U0005326

聊齋志異

原著／蒲松齡
編撰／曾珮琦
繪圖／尤淑瑜

好讀出版

一窺《聊齋》的宗廟之美，百官之富

文／盧源淡

《聊齋志異》是值得一看再看的好書。

這部小說光在清朝就有近百種抄本、刻本、注本、評本、繪圖本，截至目前，相關詮釋與討論的文字數以億計，根據它的內容所改編的影劇與戲曲也有上百齣，而這部中文短篇小說集到現在已有將近三十種外語譯本，世界五大洲都可發現它的蹤跡。這不是好書，什麼才是好書？

我很高興此生能與這本書結下不解之緣。

小時候，我和《聊齋志異》的首度接觸，是在兒童月刊《學友》。這本雜誌會不定期刊載童話版的志怪小說，當時只覺得道人種桃、古鏡照鬼的情節很好看，根本不知道、也不會想知道這些故事是怎麼來的。另外，《良友》之類的雜誌也會穿插短篇的《聊齋》連環圖，至今還依稀記得〈偷桃〉、〈妖術〉、〈佟客〉的精彩畫面。初中時，看過樂蒂和趙雷演的《倩女幽魂》，無意間從海報認識「聊齋」這個詞彙，後來聽老師講述，這才明白以前看過的那些鬼狐仙妖，都是從這本小說孕育出來的。

五十多年前的《皇冠》雜誌偶爾也有白話《聊齋》故事，印象較深的有〈胡四娘〉、〈局詐〉等等，都改寫得非常精彩，這也激起我閱讀原文的念想。就讀大學時，曾向圖書館借到一本附有注釋的《聊齋》，不過那本書品質粗糙，不但排版草率，聊備一格的注釋對讀者也毫無助益。後來雖在書店發現一些性質類似的「精選」本，但情況毫無二致。最後好不容易買到一套手稿本，卻讀得一頭霧水，即便手邊擺著一套《辭海》，仍舊跨不過那百仞宮牆。幸好，這一盆盆的冷水並沒有完全澆熄我對《聊齋志異》的滿腔熱火。

由於《聊齋志異》的手稿本斷簡殘編，因此幾十年前學者研讀的都以「青柯亭本」或「鑄雪齋本」爲主。呂湛恩與何垠的注解本雖在道光年間就有了，但不易取得。而一般讀者看的則大多是白話改寫的選本，通常都是寥寥二三十篇，實不容易滿足向慕者的需求。一九六二年，大陸學者張友鶴主編的《聊齋誌異會校會注會評本》問世，這對專業學者與業餘讀者來說，眞不啻爲一則天大的福音，有了這套工具書，研讀《聊齋志異》就相對輕鬆多了。後來，「康熙本」、「異史本」、「二十四卷本」，還有蒲松齡的相關文物陸續被發現，這些珍貴資料爲專家開闢不少探微索隱的幽徑，也造就一波波研討的浪潮。五十多年來，世界各地專家學者針對蒲松齡及《聊齋志異》所提出的論著和輯校的圖書，就像雨後春筍般出現，如：路大荒的《蒲松齡年譜》、盛偉的《蒲松齡全集》、馬瑞芳的《聊齋志異創作論》、于天池的《蒲松齡與聊齋志異脞說》、馬振方的《聊齋藝術論》、任篤行的《全校會注集評聊齋志異》、袁世碩與徐仲偉的《蒲松齡評傳》、朱一玄的《聊齋志異資料匯編》、朱其鎧的《全本新注聊齋誌異》等，數以千計。另外還有《蒲松齡研究》季刊和不定期舉辦的研討會，爲專家提供心得發表的平臺。「蒲學」遂一時蔚成風氣，足以與國際「紅學」相頡頏。

拜「蒲學」潮流之賜，我的夙願也得以逐步實現。兩岸開放交流後，我就經常利用暑假前往大陸，不是在圖書館蒐集資料，埋首抄錄，便是到書店選購「蒲學」相關文獻。我還三度造訪淄川蒲家莊和周村畢自嚴故居，向紀念館內的專業人士請益，並流連於柳泉、綽然堂，與「短篇小說之王」作穿越時空的交心偶語。我也曾趑趄濟南的大明湖畔，想像「寒月芙蕖」的奇觀；我也曾彳亍荷澤的牡丹花徑，領略「曹國夫人」的丰采。每次返臺，行囊、衣襟盡是濃郁的書香，這才體悟到梁任公所揭櫫的道理：「任何一門學問，只要深入的研究，必能引發出趣味來。」這是我畢生最引以爲樂的個人經驗，特地在此提出來與各位讀者分享。

在紙本文字日益式微的當前，好讀出版仍不惜耗費鉅資，禮聘學者點評、作注，出版一系列古典小說，促成多本曠世名著以最新穎的編排及更精緻的內涵增進大眾閱讀樂趣。這是經營者崇高的理念，更是使命感的展現，既獲取讀者的口碑，也贏得業界的敬重。而在決定出版《聊齋志異》全集時，好讀出版精挑的專家則是曾珮琦君。

曾珮琦君是位詠絮奇才，在學期間尤其屬意於中文，國學根柢扎實深厚。就讀研究所時，專攻老莊玄學，在王邦雄教授指導下，完成論文〈《老子》「正言若反」之解釋與重建〉，取得碩士學位。另外著有《圖解老莊思想》、《樂知學苑・莊子圖解》等書，字字珠璣，鞭辟入裡，備受學界推伏。近年來，曾君醉心《聊齋志異》奼紫嫣紅的幻域，含英咀華，芬芳在頰，乃決意長期從事注譯的編撰，將這部古典巨著推薦給青年學子，目前已發行《義狐紅顏》、《倩女幽魂》兩集單冊。我發現書中注釋引經據典，精確賅備，對理解原文必有極大裨益；白話翻譯則筆觸流利，既無直譯的生澀，亦無擴寫的模糊，文白對照，可獲得閱讀樂趣，並有助國文程度提升。此外，尤淑瑜君的插畫也能引領讀者進入故事情境，頗具錦上添花之效。我相信全書殺青後，必足以在出版界占一席之地。

馮鎮巒曾在〈讀聊齋雜說〉謂：「讀聊齋，不作文章看，但作故事看，便是呆漢。」馮鎮巒是清嘉慶年間的文學評論家，這句話說得眞夠犀利，同時也道出《聊齋志異》的特色。然而，從功利角度而言，但看故事實已值回書價，再涵泳辭藻便是物超所值了。總之，手執一卷，先淺出，再深入，則如倒吃甘蔗，樂即在其中矣。現在就請諸位在曾君的導覽下，跨進蒲松齡的異想世界，一窺《聊齋》的宗廟之美，百官之富。

盧源淡

淡江大學中文系畢業，桃園市私立育達高級中學退休教師，從事蒲學研究工作三十餘年。著有《詳注・精譯・細說聊齋志異》全八冊，一百七十餘萬言。

中國第一部彰顯女性地位的故事集

文／呂秋遠

在我年輕的那個世代，大學國文只有《古文觀止》可以學習；不過運氣很好，一年級下學期時，學校開放選修文學名著，我選擇了《聊齋志異》。不過，這並不是我的第一次接觸，早在小學就已經開始接觸白話文版本。

《聊齋志異》所使用的語言，並不是艱深的文言文。事實上，作者蒲松齡身處十七世紀的中國，使用的文字已經不是那麼艱澀，而且他所蒐集的故事素材，也是透過不同的訪談及自己所聽說的故事撰寫而成，因此不至於過度艱澀。

有學者以為，《聊齋志異》這部書，是一個落魄文人對於男性情愛幻想的烏托邦故事集。然而，如果把這部小說放在十七世紀的脈絡觀察，則可以看出當時保守的中國，有多少的女權情慾流動已經躁動萌芽。在《聊齋志異》中，女鬼、狐怪往往是善良的，而男性卻有許多負心人。女性在這部書中的愛情角色是主動積極、毫不畏縮的，如果與故事中的男主角相較，更可以看出其批判禮教迂腐與封閉之處，這點在書中隨處可見。

蒲松齡筆下的俠女、鬼狐、民女，都具備勇氣且勇於挑戰世俗。在那個婚姻奉媒妁之言、父母之命的年代，他藉由這些鬼怪故事，塑造出「嬰寧」、「聶小倩」、「白秋練」、「鴉頭」、「細柳」等人，她們遇到變故時總是比男性更爲冷靜與機智；而男性在他筆下，無能者多、負心者眾。因此，論這部書，說它是中國第一部彰顯女性地位的故事集也不爲過。

因此，我們可以輕鬆的來閱讀《聊齋志異》，但是當我們讀這些精彩俠女復仇記，或狐仙助人記的同時，別忘了，蒲松齡隱藏在故事中，想要說、卻不容於當時的潛言語其實是——女性的千言萬語。

呂秋遠

宇達經貿法律事務所律師、東吳大學社工系兼任助理教授。雖為法律背景，然國學根柢深厚，近年經常在FB臉書以娓娓道來的敘事之筆分享經手案例與時事觀察，筆力之雄健、觀點之風格化，贏得了「臺灣最會說故事的律師」讚譽。

熱愛文字與分享，著有《噬罪人》《噬罪人II：試煉》二書，曾於書中提到「希望讀者在書中找到自己人性的歸屬，也可以理解天使與惡魔的試煉，都是不容易通過的。如果能因此讓自己更自在，則一切的經驗分享也就值得了」，巧妙的與蒲松齡在《聊齋志異二．倩女幽魂》〈蓮香〉一文中的精闢結論，若合符節——「唉！死者求生，生者又求死，天底下最難得的，難道不是人身嗎？只可惜，擁有人身者往往不懂珍惜，以至於活著不知廉恥，還不如一隻狐狸；死的時候悄無聲息，還不如一個鬼。」

讀鬼狐精怪故事
讀懂蒲松齡用心

文／曾珮琦

談到《聊齋志異》這部小說（共四百九十一篇故事），給人的印象大多是講述些鬼狐精怪故事，歷來更有不少故事被改編成影視作品（且風行不輟、改編不斷）——其中最膾炙人口的是〈聶小倩〉，講述書生與女鬼之間的戀愛故事；〈畫皮〉也被改編爲電影，然原本故事僅講述女鬼變化成美女迷惑男子，裡面並無愛情成分。無論是人鬼戀，抑或鬼怪迷惑男子的故事，《聊齋志異》的作者蒲松齡，於屢次科舉失意後日益醉心蒐羅並撰寫鬼狐精怪、奇聞「異」事，其眞正用意不只是談狐說鬼，而想藉由這些故事諷刺當時官僚的腐敗、揭露科舉制度的弊病，反映出社會現實。

書裡收錄的各短篇故事，均爲奇聞異事，情節有趣、奇妙且精彩，不僅滿足讀者一窺天底下新鮮事的好奇心，還寓有教化世人、懲惡揚善的意涵，這也是這部古典文言文小說能從清朝流傳至今逾三百年的原因。當我們隨著蒲松齡的筆鋒遊覽神鬼妖狐的世界時，或可一邊思考故事背後隱含的思想，這些思想，很可能才是作者眞正想透過故事傳達的。

不過，《聊齋志異》中除了宣揚教化、諷刺世俗的故事，確實不乏浪漫純眞的愛情故事，如〈小翠〉、〈青鳳〉、〈聶小倩〉等均歌頌了人狐戀，意寓眞摯的愛情本質並不爲人狐之間的界限所侷限，此等故事相當感人。

《聊齋志異》第一位知音——清初詩壇領袖王士禛

至於蒲松齡的寫作素材來自哪裡？他是將聽聞來的鄉野怪譚予以編撰、整理，亦有各地同好提供故事題材。他蒐羅故事的經過，傳說是在路邊設一個茶棚，免費提供茶水給過路旅客，條件是要講一個故事（但也有人認爲不太可能，因他一生一直爲生計奔忙，在別人家中設館教書，怎有空擺攤）。明末清初，蒲松齡的家鄉山東慘遭兵禍，當時屍橫遍野，於是流傳了許多鬼怪傳說，由此成了他寫作的題材。

《聊齋志異》這部小說在當時即聲名大噪，知名文人王士禛對此書更是大力推崇。王士禛（一六三四～一七一一），小名豫孫，字貽上，號阮亭，別號漁洋山人，人稱王漁洋，謚文簡。蒲松齡在四十八歲時結識了這位當時詩壇領袖，王士禛讀了《聊齋志異》後十分欣賞，爲之題了一首詩：「姑妄言之姑聽之，豆棚瓜架雨如絲。料應厭作人間語，愛聽秋墳鬼唱時（詩）。」不僅如此，王士禛也爲書中多篇故事做了評點，足見他對此書的喜愛，而其評點文字的藝術性之高，亦廣泛成爲後代文人研究分析的主題。蒲松齡對此甚感榮幸，認爲王士禛是眞懂他，亦做了詩回贈：「志異書成共笑之，布袍蕭索鬢如絲。十年頗得黃州意，冷雨寒燈夜話時。」還將王士禛所做的評點，抄錄收進書中。王士禛的評點融入了他個人對小說創作的理論與審美觀點，這點影響了後世《聊齋志異》的評點家，如馮鎮巒等人。王氏評點貢獻有三：一、評論小說的藝術描寫與生活寫實。二、評論小說中人物形象的刻畫（然，他的評點往往過於簡略，未切合重點）。三、總結與簡述《聊齋志異》裡頭的佳作，所使用的高超寫作手法與傑出藝術成就。例如，他將〈連瑣〉評爲「結而不盡，甚妙」，點出小說的敘事手法，亦表達出他的小說美學觀點。

在介紹《聊齋志異》這部小說前，先來談談作者蒲松齡的生平經歷。他是個懷才不遇的文人，參加鄉試屢次落榜，於是一邊教書，一邊將精力放在編寫奇聞怪譚故事上。讀這部書，可發現蒲松齡實際上將自己的人生經歷與思想寄託在其中——例如〈葉生〉，便是講述一個於科舉考試屢屢名落孫山的讀書人，而後遇到一個欣賞他才華的知府。後來他病重，知府正好在此時罷官準備還鄉，想等葉生一起回去。葉生後來雖病死，魂魄卻跟隨知府一起返鄉，並教導知府的兒子讀書，知府的兒子一舉中榜，這全是葉生的功勞。以此故事對照蒲松齡的經歷來看，可發現他屢經落榜挫折時，也曾受到江蘇寶應知縣孫蕙（字樹百）的青睞，邀他前往擔任文書幕僚，也就是俗稱的「師爺」，兩人不僅是長官與下屬關係，更是知己好友；也正是在此時，蒲松齡看盡了官場黑暗，對那些貪官汙吏、地方權貴深惡痛絕。

在〈成仙〉中，地方權貴與官府勾結，將成生的好友周生誣陷下獄，還隨便編派罪名，要置他於死地；於是成生後來看破世情，出家修道。蒲松齡本人並未如主人翁成生那樣出家修道，反倒將心中的憤懣不平，藉著他手上那支文人的筆宣洩出來。足見，《聊齋志異》不僅寫鬼狐精怪、奇聞異事，更抒發了蒲松齡懷才不遇的苦悶。難怪他在〈聊齋自誌〉中要說「三閭氏感而為騷」，意即將自己比喻成屈原——屈原被楚懷王放逐後，才作了《離騷》；同樣的，蒲松齡也因失意於考場，才編著了《聊齋志異》。

《聊齋志異》的勸世思想——佛教、儒家、道家及道教兼有之

蒲松齡除了將自己人生經歷融入這些奇聞怪譚中，還不忘傳遞儒釋道三教的懲惡揚善思想。如〈畫壁〉，故事主人翁是一名朱姓舉人，和朋友偶然經過一間寺廟，進去參觀，看到牆上壁畫有位美女，心中頓時起了淫念，隨後進入畫中世界展開一段奇妙旅程。朱舉人在壁畫幻境中，與裡面的美女相好，但擔心被那裡的金甲武士發現，最後躲了起來。朱舉人心中非常恐懼害怕，最後經寺廟中的老和尚敲壁提醒，才總算從壁畫世界逃了出來，脫離險境。蒲松齡在故事末尾評論道：「人有淫心，是生褻境；人有褻心，是生怖境。」（人心中有淫思慾念，眼前所見就是如此；人有淫穢之心，故顯現恐

怖景象。）

可見，是善是惡，皆來自人心一念，此種思想頗似佛教所謂的「一念三千」。「一念三千」是指，我們在日夜間所起的一念心，必屬十法界中之某一法界，與殺生等之瞋恚心相應的是地獄界，與貪欲相應的是餓鬼界。所以，顯現在我們眼前的是哪一個法界，源於我們心中起的是什麼樣的心念。〈畫壁〉一文，不僅蘊含了佛教哲理，苦口婆心勸戒世人莫做苟且之事，通篇還使用許多佛教詞彙，足見蒲松齡佛學涵養之深厚。

至於蒲松齡的政治理想，則是孔孟所提倡的仁政——他尊崇儒家的仁義禮智，講求道德實踐，因此《聊齋志異》書中時常可見懲惡揚善的思想。值得注意的是，孔孟所提倡的仁義禮智，並非外在教條，而要我們發自內心理性的自我要求。《孟子・告子上》提到：「仁義禮智，非由外鑠我也，我固有之也，弗思耳矣。」（仁義禮智，不是由外在的制約逼迫、強制自己必須這麼做，而是我發自內心想這麼做。）孟子還舉了個例子——只要是人見到一個小孩快掉進井裡，都會無條件的衝過去救他。這麼做不是想博得美名，也不是想巴結小孩的父母，純粹只是不忍小孩掉進井裡溺死罷了。

這個「不忍人之心」，每個人生下來即有，也就是孔子所說的「仁心」。而孟子將此仁心的十字打開，發展成「仁義禮智」，其實此四者簡言之，就是「仁」而已。清代政治腐敗，貪官汙吏橫行，權貴為一己私慾，不惜傷害別人，甚至做出剝奪他人生存權利之事。孔孟所提倡的仁政與道德蕩然無存，這些貪官汙吏無視、更無法實踐，實是人心墮落與放縱私慾的結果。蒲松齡有感於此，藉著這些鄉野奇譚，寄寓了諷刺當時政治腐敗與人心黑暗的想法。因而，《聊齋志異》不僅是志怪小說，更是一部寓言。書中可看出蒲松齡試圖撥亂反正、爲百姓伸張正義的苦心；現實生活中的他無能爲力，只好將此憤懣不平心緒，藉自己的筆寫出，宣洩在小說中。

此外，《聊齋志異》也涵蓋了道家與道教的思想，像是書中時常可見《莊子》的詞彙與典故，亦有神仙方術、洞天福地等道教色彩。老莊等道家哲學，是以「道」爲中心開展的哲學，追求人的心靈之自由自在，解消人的身體或形體對我們心靈帶來的束縛。而道教則認爲，人可以透過神仙方術長生不老、飛升成仙。《聊齋志異》書中多篇故事，於是出現了懂得奇門遁甲法術、捉妖收妖、符咒的道士，這些奇幻的神仙色彩，增添了故事的精彩與可讀性，也讓後世之人改編成影視作品時有更多想像空間。

《聊齋志異》寫作體裁——筆記小說＋唐代傳奇

大陸學者馬積高、黃鈞主編的《中國古代文學史》，將《聊齋志異》分成三種體裁：一、短篇小說體：主要描寫主角人物的生平遭遇，篇幅較長，細膩刻畫了人物性格及曲折戲劇化的故事情節，此類作品有〈嬌娜〉、〈成仙〉等。二、散記特寫體：重點在於記述某事件，不著墨於人物刻畫，此則受到古代記事散文的影響，此類作品有〈偷桃〉、〈狐嫁女〉、〈考城隍〉等。三、隨筆寓言體：篇幅短小，將所聽之事記錄下來，並寄寓思想在其中，此類作品有〈夏雪〉、〈快刀〉等。

《聊齋志異》深受魏晉南北朝筆記小說、唐代傳奇小說的影響。筆記小說，是隨筆記錄下聽到的故事，比較像在記筆記，篇幅短小。此種小說乃受史書體例影響，十分重視將事件確實記錄下來，而非有意識的創作小說；且多爲志怪小說，又以干寶的《搜神記》最著名。《聊齋志異》裡頭有多篇保留了筆記小說特點的篇幅短小故事，如〈蛇癖〉、〈眞定女〉等。

唐代傳奇，則是文人有意識的創作小說，內容是虛構的、想像的，題材有志怪、愛情、俠義、歷史等等。像是《聊齋志異》中的〈葉生〉，葉生死後，魂魄隨知己丁乘鶴返鄉，直到回家看見屍體，才發現自己已死；此種離魂情節，乃受到唐傳奇陳玄佑〈離魂記〉的影響。由此可見，蒲松齡無論在創作手法或故事題材上，無不受到古代小說影響，此乃《聊齋志異》之承先。

《聊齋志異》之啓後在於，蒲松齡將六朝志怪與唐宋傳奇小說的主要特色融爲一體，給予後世小說家很大啓發，進而出現許多效仿之作，如清代乾隆年間沈起鳳的《諧鐸》、邦額的《夜譚隨錄》等，以及現代諸多影視作品。不過值得注意的是，改編後的電影或戲劇，爲了情節精彩與內容多樣化，不一定按照原著思想精神呈現，若想了解《聊齋志異》的原貌，實應回歸原典，才能體會蒲松齡寄寓其中的思想精神與用心。

此次，爲讓現代讀者輕鬆徜徉《聊齋志異》的志怪玄幻世界，才有了這套書的編撰，畢竟古典文言文小說在我們現代人讀來相當艱澀且陌生。因此，除收錄「原典」，還加上了「評點」、「白話翻譯」、「注釋」。其中，評點部分要感謝元智大學中國語文學系兼任助理教授張柏恩（研究專長：文學批評、古典詩詞創作、明清詩學），提供了許多寶貴資料，特在此銘誌感謝。至於白話翻譯，儘管已盡量貼近原典，然而任何一種翻譯都是主觀詮釋，裡頭融合了編撰者本身的社會背景、文化思想等因素，這些都會影響對經典的理解。但這並不是說白話翻譯不可信，而想提醒讀者，本書白話翻譯僅止於一種詮釋觀點，並不能與原典畫上等號。眞正的原典精華，只有待讀者自己去找尋了。

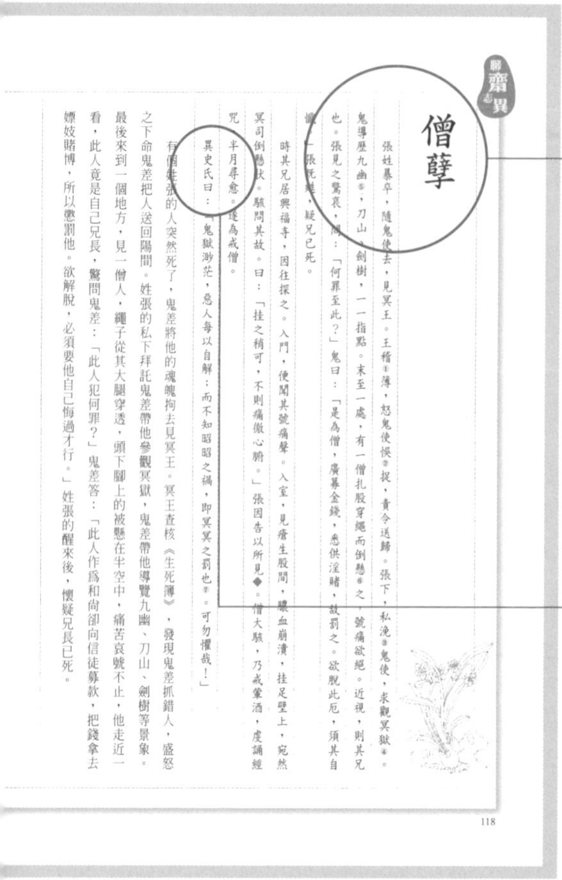

聊齋志異

僧孽

張姓暴卒，隨鬼使去，見冥王。王稽[1]簿，怒鬼使悞[2]捉，責令送歸。張下，私浼[3]鬼使，求觀冥獄[4]。鬼導歷九幽[5]，刀山、劍樹，一一指點。末至一處，有一僧扎股穿繩而倒懸[6]之，號痛欲絕。近視，則其兄也。張見之驚哀，問：「何罪至此？」鬼曰：「是為僧，廣募金錢，悉供淫賭，故罰之。欲脫此厄，須其自懺悔。」張既甦，疑兄已死。

時其兄居興福寺，因往探之。入門，便聞其號痛聲。入室，見瘡生股間，膿血崩潰，挂足壁上，宛然冥司倒懸狀。駭問其故。曰：「挂之稍可，不則痛徹心腑。」張因告以所見◆。僧大駭，乃戒葷酒，虔誦經咒，半月尋愈。遂為戒僧。

異史氏曰：「鬼獄渺茫，惡人每以自解；而不知昭昭之禍，即冥冥之罰也[7]。可勿懼哉！」

有個姓張的人突然死了，鬼差將他的魂魄拘去見冥王。冥王查核《生死簿》，發現鬼差抓錯人，盛怒之下命鬼差把人送回陽間。姓張的私下拜託鬼差帶他參觀冥獄，鬼差帶他導覽九幽、刀山、劍樹等景象。最後來到一個地方，見一僧人，繩子從其大腿穿透，頭下腳上的被懸在半空中，痛苦哀號不止，他走近一看，此人竟是自己兄長，驚問鬼差：「此人犯何罪？」鬼差答：「此人作為和尚卻向信徒募款，把錢拿去嫖妓賭博，所以懲罰他。欲解脫，必須要他自己悔過才行。」姓張的醒來後，懷疑兄長已死。

118

原典，值得信賴

原典以一九九一年里仁書局出版的張友鶴《聊齋誌異會校會注會評本》（簡稱《三會本》）為底本。

張友鶴是以蒲松齡的半部手稿本，以及鑄雪齋抄本（乾隆十六年抄本，抄者為歷城張希傑）為主要底本，從而編輯了《三會本》。他的版本最為完整，且融合了多家的校注、評點，極富參考與研究價值。

好讀版本的《聊齋志異》，為求彩圖與文章流暢搭配之版面安排，每卷裡頭的文章或有可能調動次序，尚祈見諒。

「異史氏曰」，真有意思

《聊齋志異》有些故事在正文結束後，會有一段以「異史氏曰」開頭的文字，這是蒲松齡對故事及人物所做評論，或是陳述他自己的觀點、見解（但他亦有些評論，不見得都冠上「異史氏曰」）。這種作法沿用自史書，如《史記》的「太史公曰」，即司馬遷自己的評論。值得注意的是，有些「異史氏曰」相關文字，不僅僅做評論，還會再加附其他故事，以與正文的故事相應和。

文章中除了蒲松齡自己的評論，亦可見以「友人云」為開頭的親友評論，其中最常出現的是蒲松齡文友王士禎以「王阮亭云」或「王漁洋云」為開頭的評論；這些評論由蒲松齡親自收錄在文章中，與後世所作評點不同。

注釋解析，增進中文造詣

針對原典中的艱難字詞加注，既有助讀者領略古人的用語，亦可賞讀蒲松齡作文之美。每條注釋，均扣緊原典的上下文文意而注，惟該字詞自有它用在別處的可能解釋，注釋意涵恐無法盡括。

注釋盡可能跟隨原典擺放，以收對照查看之效。

【卷一】僧孽

他前往兄長居住的興福寺探望，剛進門，便聽見兄長正痛苦哀號。走進內室，看到兄長的大腿長了膿瘡，膿血從傷口流出，雙腳懸掛在牆壁上，一如他在冥府所見。他驚訝的問兄長爲何將自己倒掛在牆上？兄長回答：「若不這樣倒掛，將痛徹心扉。」姓張的便把在冥府所見所聞告知兄長。和尚非常震驚，立刻戒掉葷酒，虔誠誦經。不過半個月，病已痊癒，從此成爲一名戒僧。

記下奇聞異事的作者如是說：「做壞事的人，以爲鬼獄不過是傳說而已，哪裡知道人世間的禍患，即來自幽冥的處罰。」

1 稽：查核、稽查。
2 悞：出了差錯。同今「誤」字，是誤的異體字。
3 浼：讀作「每」，拜託、請求。
4 冥獄：人死後，受刑的牢獄。
5 九幽：原指極深暗的地底，此處指九泉之下，囚禁鬼魂之地。
6 扎股穿繩：以繩子穿過大腿。扎，穿孔、穿洞。股，大腿。倒懸：人的腿腳被繩子綁住，頭下腳上的被吊掛在半空中。
7 昭昭：人世間。冥冥：陰間、地府。

◆**但明倫評點**：生時痛苦，即是陰罰；焉得見者而告之，使孽海眾生，翻然而登彼岸。

活著時受苦，正是來自冥獄的處罰，豈能讓你看到了解，使陷落在苦海的芸芸眾生，幡然悔悟而得解脫。

119

白話翻譯，助讀懂故事

為了讓讀者能輕鬆閱讀，每篇故事均附白話翻譯（採取意譯，非逐句逐字譯）。

值得注意的是，由於《聊齋志異》為古典文言文短篇小說集，作者蒲松齡講述故事時有時過於精簡，白話翻譯將視情況需要，於貼合原典的準則下，增加一些補述，以求上下文語意完整。

插圖，圖文共賞不枯燥

為了更增《聊齋志異》故事閱讀的生動，一方面盡可能收錄晚清時期珍貴的《聊齋志異圖詠》線稿圖畫，另方面亦邀請廿一世紀新生代繪者尤淑瑜，以藝術家的眼光、樸實的全彩筆觸，讓故事場景更加躍然紙上。

評點，有助理解故事

評點，是中國獨特的文學批評形式，近似讀書心得或讀書筆記。礙於篇幅關係，無法將《三會本》所收錄的評點全都附上，每篇僅擇最切合故事要旨、或發人深省哲思的一家評點，供讀者參考。由於《聊齋志異》並非每篇故事都有評點，若無，即從缺。

常見的代表性評點有與蒲松齡同時代的王士禎評本（清康熙年間）、馮鎮巒評本（清嘉慶年間）、何守奇評本（約清道光年間），以及但明倫評本（清道光年間）。其中，以馮、但這兩家的評點特別能顯出故事中隱藏的思想精神，他們皆以儒家的道德實踐為準則，著重揭露蒲松齡寫作的思想要旨、故事中人物的心理活動，同時也涉及社會現象等層面。

目次

【卷九】

唐序[1]

諺有之云：「見橐駝謂馬腫背[2]。」此言雖小，可以喻大矣。夫[3]人以目所見者為有，所不見者為無。曰，此其常也；倏有而倏無則怪之。至於草木之榮落，昆蟲之變化，倏有倏無，又不之怪；而獨于神龍則怪之。彼萬竅之刁刁[4]，百川之活活，無所持之而動，無所激之而鳴，豈非怪乎？又習而安焉。獨至於鬼狐則怪之，至於人則又不怪。夫人，則亦誰持之而動，誰激之而鳴者乎？莫不曰：「我實為之。」

夫我之所以為我者，目能視而不能視其所以視，耳能聞而不能聞其所以聞，而況於聞見所不能及者乎？夫聞見所及以為有，所不及以為無，其為聞見也幾何矣。人之言曰：「有形形者，有物物者。」而不知有以無形為形，無物為物者。夫無形無物，則耳目窮矣，而不可謂之無也。有見蚊睫者，有不見泰山者；有聞蟻鬬[5]者，有不聞雷鳴者。見聞之不同者，聾瞽[6]未可妄論也。

自小儒為「人死如風火散」之說[7]，而原始要終之道，不明於天下；於是所見者愈少，所怪者愈多，而「馬腫背」之說昌行於天下。無可如何，輒以「孔子不語[8]」一詞了之，而齊諧[9]志怪，虞初[10]記異之編，疑之者參半矣。不知孔子之所不語者，乃中人以下不可得而聞者耳[11]，而謂《春秋》[12]盡刪怪神哉！

留仙蒲子[13]，幼而穎異，長而特達。下筆風起雲湧，能為載記之言。於制藝舉業[14]之暇，凡所見聞，輒為筆記，大要多鬼狐怪異之事。向得其一卷，輒為同人取去；今再得其一卷閱之。凡為余所習知者，十之三四，最足以破小儒拘墟之見，而與夏蟲語冰也[15]。余謂事無論常怪，但以有害於人者為妖。故日食星隕，鷁飛鵒巢[16]，石言龍鬬，不可謂異；惟土木甲兵[17]之不時，與亂臣賊子，乃為妖異耳。今觀留仙所著，其論斷大義，皆本於賞善罰淫與安義命之旨，足以開物而成務[18]；正如揚雲《法言》[19]，桓譚[20]謂其必傳矣。

康熙壬戌仲秋既望[21]，豹岩樵史唐夢賚拜題

1 唐序：唐夢賚為《聊齋志異》所作的序。唐夢賚（讀作「賴」），字濟武，號嵐亭，別字豹岩，山東淄川人，是蒲松齡的同鄉，兩人交情甚好。唐夢賚是清世祖順治六年（西元一六四九年）進士，授庶吉士；八年，授翰林院檢討，九年罷歸，那時他才廿六歲，從此著書作文，閒居鄉里。

2 見橐駝謂馬腫背：看到駱駝以為是腫背的馬。橐駝，讀作「陀陀」，駱駝的別名。

3 夫：讀作「福」，發語詞，無義。

4 萬竅：世間所有的孔洞，如山谷、洞穴等。典出《莊子．齊物論》：「夫大塊噫氣，其名為風。是唯无作，作則萬竅怒號。」（大地間的呼吸，人們稱為風。要不就是靜止無聲，然而一旦吹起，世間的孔洞都會隨風怒號。）刁刁：草木動搖的樣子。

5 鬬：同今「鬥」字，是鬥的異體字。

6 瞽：讀作「古」，盲眼，眼睛看不見。

7 小儒：指眼界短淺的普通讀書人。人死如風火散：與「人死如燈滅」同義，人死了就如同燈火熄滅，什麼也沒有。

8 孔子不語：典出《論語．述而》：「子不語怪，力，亂，神。」（孔子不談論神怪以及死後之事。）

9 齊諧：古代志怪之書，專記載一些神怪故事，另一說為人名；後代志怪之書多以此為書名，如《齊諧記》、《續齊諧記》。

10 虞初：西漢河南人，志怪小說家。

11 乃中人以下不可得而聞者耳：典出《論語．庸也》，子曰：「中人以上，可以語上也；中人以下，不可以語上也。」（中等資質以上的人，可以告訴他較高的學問；

中等資質以下的人，不可以告訴他較高的學問。）

12 春秋：書名，孔子據魯史修訂而成，為編年體史書；所記起自魯隱公元年，迄魯哀公十四年，共二百四十二年；其書常以一字一語之褒貶，寓微言大義；因其記載春秋魯國十二公的史事，故也稱為「十二經」。

13 留仙蒲子：指蒲松齡。

14 制藝舉業：科舉考試。藝：即時藝，指八股文，科舉考試所用的文體。

15 破小儒拘墟之見，而與夏蟲語冰也：破解一般讀書人的見識淺薄，進而談論超出見識的事物。拘墟之見、夏蟲語冰，典故皆出自《莊子．秋水篇》：「井鼃（同「蛙」字）不可以語於海者，拘於虛也；夏蟲不可以語於冰者，篤於時也。」（不可以跟井底的青蛙說海的廣大，這是受空間所限制；不可以跟夏蟲說冬天的寒冷，這是受時間的限制。）

16 鷁飛鴝巢：鷁鳥飛到八哥的巢中，意指超出常理的怪異之事，因為八哥生活在樹上，而鷁是水鳥，兩者生活領域不相同，鷁卻飛到了八哥的巢。鷁，讀作「義」，一種水鳥。鴝，指雊鵒（讀作「夠玉」），八哥的別名。

17 土木甲兵：此應指天災與兵災戰亂。甲兵，原指鎧甲和兵械，後引申為戰亂、戰爭。

18 開物而成務：開通萬物之理，使人事各得其宜，語出《易經．繫辭上》：「夫易，開物成務，冒天下之道，如斯而已者也。」（人如果通曉周易卦象之理，就可以了解萬物的紋理，社會的各種領域、制度，都脫不了周易所涵蓋的範圍）。

19 揚雲《法言》：模擬《論語》語錄體裁而寫成的一部著作，內容是傳統的儒家思想；由揚雄所作，此處揚雲可能為筆誤。揚雄，字子雲，原本寫為楊雄，蜀郡成都（今四川成都郫都區）人，乃西漢哲學家、文學家、語言學家。

20 桓譚：人名，字君山，東漢相人，生卒年不詳；博學多通，遍習五經，能文章，光武朝官給事中，力諫讖書之不正，帝怒，出為六安郡丞，道卒；著《新論》二十九篇。

21 康熙壬戌：康熙二十一年，即西元一六八二年。仲秋：農曆八月。既望：農曆十五為望，十六為既望。

白話翻譯

俗諺說：「看到駱駝，以爲是腫背的馬。」這句話雖只是嘲諷那些不識駱駝的人，但也可廣泛用以比喻見識淺薄之人。一般人認爲看得見的東西才是眞實的，看不見的東西就是虛幻、不存在的。我說，這是人之常情；認爲一下子在，一下子又消失，是怪異現象。那麼，草木榮枯、花開花落、昆蟲的生長變化，也是一下子在，一下子消失，一般人卻又不覺怪異；唯獨認爲鬼神龍怪才是異事。世上的洞穴呼號、草木搖擺、百川流動，都毋需人相助即自行運作，沒有人刺激就自行鳴叫，難道這些現象不奇怪嗎？世人卻習以爲常。只認爲鬼怪狐妖是怪異的，但提到人，又不覺得奇怪。人的存在與行爲，又是誰來相助，誰來刺激的呢？一般人都會說：「這本來就是如此。」

我之所以是我，眼睛能看、卻看不見之所以讓我能看的原因；耳朵能聽、卻聽不到讓我之所以能聽的緣由，更何況，是那些看不見、聽不到的東西呢？能用感官加以經驗認識，就以爲是眞實，無法用感官去經驗認識，就以爲不存在；然而，能被感官認識的事物實則有限。有人說：「有形的東西必有形象，具體的東西才是眞實。」卻不知世間存有以無形爲有形，以不存在爲存在的事物。那些沒有形象、沒有具體的事物，乃礙於我們眼睛與耳朵的限制而無法認識，不能因此就說它們不存在。有人看得見蚊子睫毛這類細小的東西，卻也有人看不見泰山這麼大的事物；有人聽得到螞蟻的打鬥聲，卻也有人聽不到雷鳴。這都是因爲看見的東西與聽到的聲音有所不同罷了，不能因爲看不見某些事物就說他是瞎子，也不能因爲聽不到某些聲音就說他是聾子。

自從有些見識淺陋的讀書人提出「人死如風火散」的說法以後，探究世間事物發展始末的學問，就無法盛行於天下了；於是人們能看見的東西越來越少，覺得怪異的事也越來越多，於是「以爲駱駝是腫背的馬」這類說詞充斥周遭。最後無可奈何，只好拿「孔子不語怪力亂神」這句話來敷衍搪塞。至於對齊諧志怪、虞初記異故事懷疑不信的人，至少也占了一半。這些人不了解，孔子所謂「不語怪力亂神」是指——中等資質以下的人即使聽了也不懂，還當作是《春秋》把神怪故事全都刪除了呢！

蒲留仙這個人，自幼聰穎，長大後更傑出。下筆如風起雲湧，有辦法將這類怪異故事記載下來。攻讀科舉考試閒暇之時，凡有見聞，便寫成筆記小說，大多是鬼狐怪異這類故事。之前我曾得到其中一卷，後來被人拿去；現在又再得一卷閱覽。凡我所讀到習得的事，十件裡有三、四件足可打破一般井底之蛙的見識，還能觸及耳目感官所不能經驗的事。我認爲，無論是我們習以爲常或怪奇難解的世事，其中只要對人有害，就是妖異。因此，日蝕與流星、水鳥飛到八哥巢中、石頭開口說話、龍打架互鬥之事，都不能算是妖異；只有天災人害、戰亂兵禍與亂臣賊子，才算妖孽。我讀留仙所寫故事，大意要旨皆源自賞善罰惡與安身立命之言論，適足以開通萬物之理；正如東漢的桓譚曾經說過，揚雄的《法言》必能流傳後世。

康熙二十一年農曆八月十六，豹岩樵史唐夢賚拜題

聊齋自誌

披蘿帶荔[1]，三閭氏感而為騷[2]；牛鬼蛇神，長爪郎[3]吟而成癖。自鳴天籟[4]，不擇好音[5]，有由然矣。松[6]落落秋螢之火，魑魅[7]爭光；逐逐野馬之塵[8]，罔兩[9]見笑。才非干寶，雅愛搜神[10]；情類黃州[11]，喜人談鬼。聞則命筆，遂以成編。久之，四方同人，又以郵筒相寄，因而物以好聚，所積益夥。甚者：人非化外，事或奇于斷髮之鄉[12]；睫在眼前，怪有過于飛頭之國[13]。遄飛逸興[14]，狂固難辭；永托曠懷，癡且不諱。展如之人[15]，得毋向我胡盧[16]耶？然五父衢[17]頭，或涉濫聽[18]；而三生石[19]上，頗悟前因。放縱之言，有未可概以人廢者。

松懸弧[20]時，先大人[21]夢一病瘠瞿曇[22]，偏袒[23]入室，藥膏如錢，圓黏乳際。寤[24]而松生，果符墨誌[25]。且也：少羸[26]多病，長命不猶。門庭之淒寂，則冷淡如僧；筆墨之耕耘，則蕭條似缽。每搔頭自念：勿亦面壁人[27]果是吾前身耶？蓋有漏根因[28]，未結人天之果[29]；而隨風蕩墮，竟成藩溷[30]之花。茫茫六道[31]，何可謂無理哉！獨是子夜熒熒[32]，燈昏欲蕊；蕭齋[33]瑟瑟，案冷凝冰。集腋為裘[34]，妄續幽冥之錄[35]；浮白載筆[36]，僅成孤憤[37]之書：寄托[38]如此，亦足悲矣！嗟乎！驚霜寒雀，抱樹無溫；弔月秋蟲，偎闌自熱。知我者，其在青林黑塞[39]間乎！

康熙己未[40]春日。

1 披蘿帶荔：語出《九歌》中的〈山鬼〉：「若有人兮山之阿，披薜荔兮帶女蘿。」這是指出沒在野外的山鬼，而薜荔、女蘿皆植物名。《九歌》原為南方楚地祭祀用的樂歌，經屈原潤色而成。分別為〈東皇太一〉〈雲中君〉〈湘君〉〈湘夫人〉〈大司命〉〈少司命〉〈東君〉〈河伯〉〈山鬼〉〈國殤〉及〈禮魂〉等十一篇。

2 三閭氏感而為騷：三閭氏，指屈原，他曾擔任楚國的三閭大夫。騷，指《離騷》，是屈原被楚懷王放逐漢水之北時所作自傳，抒發其懷才不遇的苦悶心情，以及理想抱負不得施展的悲苦。（編撰者按：蒲松齡之所以在作者自序中提及屈原所作《離騷》，可能是因他與屈原遭遇相似——蒲松齡鄉試落榜，正如空有滿腔抱負、卻不得君王重用的屈原。）

3 長爪郎：指唐朝詩人李賀，有「詩鬼」之稱；因其指爪長，故稱為「長爪郎」。

4 天籟：典故出自《莊子．齊物論》：「夫吹萬不同，而使其自己也。」天籟是無聲之聲，天籟因其無聲給出了一個空間，讓大自然的各種孔竅洞穴能發出聲音。此處指渾然天成的優秀詩作。

5 不擇好音：指這些作品雖好，卻不受世俗認可。

6 松：指本書作者，蒲松齡的自稱。

7 魑魅：讀作「癡媚」，山野中的鬼怪精靈。

8 野馬之塵：本意為塵土，此處指視科舉功名若塵土。

9 罔兩：亦作「魍魎」，山川草木中的鬼怪精靈。

10 才非干寶，雅愛搜神：不敢說自己才比干寶，只酷愛些鬼怪奇談而已。干寶，是東晉編集《搜神記》的作者，此書蒐羅了一些志怪故事，為中國古代志怪故事代表作。

11 黃州：指蘇軾，字子瞻，號東坡居士。蘇軾在宋神宗元豐二年（西元一〇六九年）因烏臺詩案獲罪，次年被貶謫黃州。他曾寫詩自嘲：「問汝平生功業，黃州惠州儋州。」

12 化外、斷髮之鄉：皆指未受教化的蠻夷之地。

13 飛頭之國：古代神話中，人首能夠分離、且會飛的奇異國度。

14 遄飛逸興：很有興致，欲罷不能。遄，讀作「船」，迅速。

15 展如之人：真摯、誠懇之人。依照上下文意，應指那些只相信現實經驗、而不相信那些奇幻國度的人。

16 胡盧：笑聲。

17 五父衢：路名，在今山東曲阜東南。孔子不知其生父所葬之地，而將母親葬於此處。衢，讀作「渠」，通達四方的大路。

18 濫聽：不實的傳聞。

19 三生石：宣揚佛教輪迴觀念的故事。佛教認為人沒有靈魂，但今生所造的業，會帶到來生。人今生今世所受的果報，無論善或惡，皆由過去累世累劫積累而成，而今生所造的業，亦影響來生所承受的果報。

20 懸弧：古人若生男孩，便將弓懸掛在門的左邊。

21 先大人：蒲松齡的先父。

22 瞿曇：梵文，讀作「渠談」，為釋迦牟尼佛的俗家姓氏，此處指僧人。

23 偏袒：佛家語，指僧侶。原指古印度尊敬對方的禮法，後為佛教沿用，僧侶在拜見佛陀時，須穿著露出右肩的袈裟以示尊敬；但平時佛教徒所穿袈裟，則無偏袒。

袒，讀作「坦」，裸露之意。

24 寤：讀作「物」，醒來、睡醒。

25 果符墨誌：與蒲松齡父親夢中所見僧人的胸前特徵相符——「藥膏如錢，圓黏乳際」。墨誌，指黑痣。

26 少羸：年少時，身體瘦弱。羸，讀作「雷」。

27 面壁人：和尚坐禪修行，稱為面壁。面壁人，代指和尚、僧人。

28 有漏根因：佛家語。有漏，由梵語轉譯，是流失、漏泄之意，意即煩惱。有漏因，即招致三界（欲界、色界、無色界）果報的業因，語出景德傳燈錄卷三菩提達磨章（大五一．二一九上）：「帝曰：『何以無功德？』師曰：『此但人天小果，有漏之因，如影隨形，雖有非實。』」原文中並無「根」字。

欲界，指一切有情眾生所住之世界，地獄、餓鬼、畜生、阿修羅、人、六欲天皆屬此。欲界之有情，是指有食欲、淫欲、睡眠欲等。

色界之眾生脫離淫欲，不著穢惡之色法，此界之天眾無男女之別，其衣是自然而至，而以光明為食物及語言。

無色界，指超越物質現象經驗之世界，此界之有情眾生，沒有無色法、場所，無空間高下之分別。

29 人天之果：佛家語。有漏之業的善果。

30 藩溷：籬笆和茅坑。溷，讀作「混」。

31 六道：佛家語。眾生往生後各依其業前往相應的世界，分別為：地獄道、餓鬼道、畜生道、阿修羅道、人間道、天道。前三道為惡，後三道為善。

32 熒熒：讀作「迎迎」，微弱光影閃動的樣子。

33 蕭齋：對自己所居房屋或書齋的謙詞，典故出自——梁武帝造寺，命蕭子雲於寺院牆上寫一「蕭」字。寺院毀壞後，刻字的殘壁仍保存下來。至唐朝李約，將此牆壁運歸洛陽，匾於小亭，以供賞玩，稱為「蕭齋」。

34 集腋為裘：意謂此部《聊齋志異》，集結了眾人之力，積少成多才完成。

35 幽冥之錄：南朝宋劉義慶所編纂的志怪小說集，屬於六朝志怪筆記小說，篇幅短小，為後世小說的先驅。

36 浮白：暢飲。載筆：此指寫作著書。

37 孤憤：原為《韓非子》一書的其中一篇篇名。此指憤世嫉俗的著作，意即對一些看不慣的世俗之事執筆記錄下來，以表心中悲憤。

38 寄托：寄託言外之音於文辭之間，猶言寓言。

39 青林黑塞：指夢中的地府幽冥。

40 康熙己未：清朝康熙十八年（西元一六七九年）。這一年，蒲松齡四十歲。

白話翻譯

野外的山鬼，讓屈原有感而發寫成了《離騷》；牛鬼蛇神，被李賀寫入了詩篇。這種獨樹一幟的作品，不見容於世俗，其來有自。我於困頓時，只能與魑魅爭光；無法求取功名，受到鬼怪的嘲笑。雖不像干寶那樣有才華，能寫出流傳百世的《搜神記》，卻也喜愛志怪故事；也與被貶謫黃州的蘇軾一樣，喜與人談論鬼怪故事。聽到奇聞怪事就動筆記錄下來，這才編成了這部書。久而久之，各地同好便將蒐羅來的鬼怪故事寄給我，物以類聚，內容更加豐富。甚至──人不處於蠻荒之地，卻有比蠻荒更離奇的怪事發生；即便在我們周遭，也有比飛頭國更古怪的事情。我越寫越有興趣，甚至到了發狂的地步；長期將精力投注於此，連自己都覺得癡迷。那些不信鬼神的人，恐怕要嘲笑我。道聽塗說之事，或許不足採信；然而這些荒謬怪誕的傳聞，有助於人認清事實，增長智慧。這些志怪故事的價值，不可因作者籍籍無名而輕易作廢。

我出生之時，先父夢到一名病瘦的僧人，穿著露肩袈裟入屋，胸前貼著一個似錢幣的圓形膏藥。夢醒，我就出生了，胸前果然有一個黑痣。且我年幼體弱多病，恐活不長。門庭冷清，如僧人般過著清心寡慾的日子；整天埋首寫作，貧窮如僧人的空缽。常常自想，莫非那名僧人眞是我的前世？我前世所做的善業不夠，所以才沒法到更好的世界；只能隨風飄蕩，落入汙泥糞土之中。虛無飄渺的六道輪迴，不可謂全無道理。特別是在深夜燭光微弱之際，燈光昏暗蕊心將盡，書齋更顯冷清，書案冷如冰。我想集結眾人之力，妄圖再續《幽冥錄》；飲酒寫作，成憤世嫉俗之書：只能將平生之志寄託於此，實在可悲！唉！受盡風霜的寒雀，棲於樹上感受不到溫暖；憑弔月光的秋蟲，依偎著欄杆還能感到一絲溫暖。知我者，大概只有黃泉幽冥之中的鬼了！

寫於康熙十八年春。

卷八 08

相逢自是有緣，
千里維繫的情義更是彌足珍貴，
縱然日後人鬼殊途，
往昔的同甘共苦依舊長存於心。

呂無病

洛陽[1]孫公子，名麒，娶蔣太守女，甚相得。二十夭殂，悲不自勝。離家，居山中別業。適陰雨，晝臥，室無人。忽見複室簾下，露婦人足，疑而問之。有女子褰[2]簾入，年約十八九，衣服樸潔，而微黑多麻[3]，類貧家女。意必村中僦屋[4]者，呵曰：「所須宜白[5]家人，何得輕入！」女微笑曰：「妾非村中人，祖籍山東，呂姓。父文學士[6]。妾小字無病。從父客遷，早離顧復[7]。慕公子世家名士，願為康成文婢[8]。」

孫笑曰：「卿意良佳。然僕輩雜居，實所不便，容旋里後，當輿聘之。」女次且[9]曰：「自揣陋劣，何敢遂望敵體？聊備案前驅使，當不至倒捧冊卷。」孫曰：「納婢亦須吉日。」乃指架上，使取通書[10]第四卷——蓋試之也。女翻檢得之。先自涉覽，而後進之，笑曰：「今日河魁不曾在房[11]。」孫意少動，留匿室中。女閒居無事，為之拂几整書，焚香拭鼎，滿室光潔，孫悅之。

至夕，遣僕他宿。女俛眉承睫[12]，殷勤臻至。命之寢，始持燭去。中夜睡醒，則床頭似有臥人；以手探之，知為女。捉而撼焉。女驚起立榻下。孫曰：「何不別寢，床頭豈汝臥處也？」女曰：「妾善懼。」孫憐之，俾施枕床內。忽聞氣息之來，清如蓮蕊，異之；呼與共枕，不覺心蕩；漸與同衾，大悅之。念避匿非策，又恐同歸招議[13]。

孫有母姨，近隔十餘門，謀令遁諸其家，而後再致之。女稱善，便言：「阿姨，妾熟識之，無容先達，請即去。」孫送之，踰垣[14]而去。孫母姨，寡媪也。凌晨起戶，女掩入。媪詰之。答云：「若甥遣問阿姨。公子欲歸，路賒[15]乏騎，留奴暫寄此耳。」媪信之，遂止焉。孫歸，矯謂姨家有婢，欲相贈，遣人舁[16]之而還，坐臥皆以從。久益嬖[17]之，納為妾。世家論昏，皆勿許，殆有終焉之志。女知之，苦勸令娶；乃娶於許，而終嬖愛無病。

許甚賢，略不爭夕；無病事許益恭：以此嫡庶偕好。許舉一子阿堅，無病愛抱如己出。兒甫三歲，輒離乳媪，從無病宿；許喚之，不去。

無何，許病卒。臨訣，囑孫曰：「無病最愛兒，即令子之可也；即正位焉亦可也。」既葬，孫將踐其言。告諸宗黨，僉[18]謂不可；女亦固辭，遂止。

邑有王天官[19]女，新寡，來求婚。孫雅不欲娶，王再請之。媒道其美，宗族仰其勢，共慫恿之。孫惑焉，又娶之。色果豔，而驕已甚，衣服器用，多厭嫌，輒加毀棄。孫以愛敬故，不忍有所拂。入門數月，擅寵專房，而無病至前，笑啼皆罪。時怒遷夫婿，數相鬧鬥。孫患苦之，以故多獨宿。婦又怒。孫不能堪，託故之都，逃婦難也。婦以遠遊咎無病。無病鞠躬屏氣[20]，承望顏色；而婦終不快。夜使直宿床下，兒奔與俱。每喚起給使，兒輒啼。婦厭罵之。無病急呼乳媪來抱之，不去；強之，益號。婦怒起，毒撻[21]無算，始從乳媪去。兒以是病悸[22]，不食。婦禁無病不令見之。兒終日啼，婦叱媪，使棄諸地。兒氣竭聲嘶，呼而求飲；婦戒勿與。

日既暮，無病窺婦不在，潛飲兒。兒見之，棄水捉衿，號咷[23]不止。婦聞之，意氣洶洶而出。兒聞聲輟涕，一躍遂絕。無病大哭。婦怒曰：「賤婢醜態！豈以兒死脅我耶！無論孫家襁褓物；即殺王府世子，王天官女亦能任之！」無病乃抽息[24]忍涕，請為葬具。婦不許，立命棄之。

婦去，竊撫兒，四體[25]猶溫。隱語媼曰：「可速將去，少待於野，我當繼至。其死也，共棄之；活也，共撫之。」媼曰：「諾。」無病入室，攜簪珥[26]出，追及之。共視兒，已蘇。二人喜，謀趨別業，往依姨。媼慮其纖步為累，無病乃先趨以俟之，疾若飄風，媼力奔始能及。約二更許，兒病危，不復可前。遂斜行[27]入村，至田叟家，倚門待曉，扣扉借室，出簪珥易貲，巫醫並致，病卒不瘳[28]。女掩泣曰：「媼好視兒，我往尋其父也。」媼方驚其謬妄，而女已杳矣。駭詫不已。

是日，孫在都，方憩息床上，女悄然入。孫驚起曰：「纔眠已入夢耶！」女握手哽咽，頓足不能出聲。久之久之，方失聲而言曰：「妾歷千辛萬苦，與兒逃於楊——」句未終，縱聲大哭，倒地而滅。孫駭絕，猶疑為夢。喚從人共視之，衣履宛然。大異不解。即刻趣[29]裝，星馳[30]而歸。既聞兒死妾遁，撫膺大悲。語侵婦，婦反脣相譏。孫忿，出白刃；婢嫗遮救，不得近，遙擲之。刀脊[31]中額，額破血流，披髮嗥叫而出，將以奔告其家。孫捉還，杖撻無數，衣皆若縷，傷痛不可轉側。孫命舁諸房中護養之，將待其瘥[32]而後出之。婦兄弟聞之，怒，率多騎登門；孫亦集健僕械禦之。兩相叫罵，竟日始散。

王未快意，訟之。孫捍衛入城，自詣質審，訴婦惡狀。宰不能屈，送廣文[33]懲戒以悅王。廣文朱先生，世家子，剛正不阿。廉[34]得情，怒曰：「堂上公以我為天下之齷齪教官，勒索傷天害理之錢，以吮人癰痔[35]者耶！此等乞丐相，我所不能！」竟不受命，孫公然歸。王無奈之，乃示意朋好，為之調停，欲生謝過其家。孫不肯，十反不能決。婦創漸平，欲出之，又恐王氏不受，因循而安之。

妾亡子死，夙夜傷心，思得乳媼，一問其情。因憶無病言「逃於楊」，近村有楊家疃[36]，疑其在是；往問之，並無知者。或言五十里外有楊谷，遣騎詣訊，果得之。兒漸平復；相見各喜，載與俱歸。兒望見父，嗷[37]然大啼，孫亦淚下。婦聞兒尚存，盛氣奔出，將致誚罵。兒方啼，開目見婦，驚投父懷，若求藏匿。抱而視之，氣已絕矣。急呼之，移時始甦。孫恚[38]曰：「不知如何酷虐，遂使吾兒至此！」乃立離婚書，送婦歸。王果不受，又舁還孫。孫不得已，父子別居一院，不與婦通。

乳媼乃備述無病情狀，孫始悟其為鬼。感其義，葬其衣履，題碑曰「鬼妻呂無病之墓」。無何，婦產一男，交手於項而死之。孫益忿，復出婦；王又舁還之。孫乃具狀控諸上臺，皆以天官故，置不理。後天官卒，孫控不已，乃判令大歸。孫由此不復娶，納婢焉。婦既歸，悍名譟甚，居三四年，無問名者。婦頓悔，而已不可復挽。

有孫家舊媼，適至其家。婦優待之，對之流涕；揣其情，似念故夫。媼歸告孫，孫笑置之。又年餘，婦母又卒，孤無所依，諸娣姒[39]頗厭嫉之；婦益失所，日輒涕零。一貧士喪偶，兄議厚其奩妝[40]而遣之，婦不肯。每陰託往來者致意孫，泣告以悔，孫不聽。

一日，婦率一婢，竊驢跨之，竟奔孫。孫方自內出，迎跪階下，泣不可止。孫欲去之。婦牽衣復跪之。孫固辭曰：「如復相聚，常無間言則已耳；一朝有他，汝兄弟如虎狼，再求離逷[41]，豈可復得！」婦曰：「妾竊奔而來，萬無還理。留則留之，否則死之！且妾自二十一歲從君，二十三歲被出，誠有十分惡，寧無一分情？」乃脫一腕釧，並兩足而束之，袖覆其上，曰：「此時香火之誓[42]，君寧不憶之耶？」孫乃熒眥[43]欲淚，使人挽扶入室；而猶疑王氏詐諼[44]，欲得其兄弟一言為證據。婦曰：「妾私出，何顏復求兄弟？如不相信，妾藏有死具[45]在此，請斷指以自明。」遂於腰間出利刃，就床邊伸左手一指斷之，血溢如涌。孫大駭，急為束裹。婦容色痛變，而更不呻吟。笑曰：「妾今日黃粱之夢[46]已醒，特借斗室為出家計，何用相猜？」孫乃使子及妾另居一所，而已朝夕往來於兩間。又日求良藥醫指創，月餘尋愈。

婦由此不茹葷酒，閉戶誦佛而已。居久，見家政廢弛，謂孫曰：「妾此來，本欲置他事於不問，今見如此用度，恐子孫有餓莩者矣。無已，再腆顏一經紀[47]之。」乃集婢媼，按日責其績織[48]。家人以其自投也，慢之，竊相誚訕，婦若不聞知。既而課工[49]，惰者鞭撻不貸，眾始懼之。又垂簾課主計僕，綜理微密。孫乃大喜，使兒及妾皆朝見之。阿堅已九歲，婦加意溫卹，朝入塾，常留甘餌以待其歸；兒亦漸親愛之。

一日，兒以石投雀，婦適過，中顱而仆，逾刻不語。孫大怒，撻兒。婦蘇，力止之。且喜曰：「妾昔虐兒，心中每不自釋，今幸消一罪案矣。」孫益嬖愛之，婦每拒，使就妾宿。居數年，屢產屢殤，曰：「此昔日殺兒之報也。」阿堅既娶，遂以外事委兒，內事委媳。一日曰：「妾某日當死。」孫不信。婦自理葬具，至日，更衣入棺而卒。顏色如生，異香滿室；既殮，香始漸滅。

異史氏曰：「心之所好，原不在妍媸[50]也。毛嬙[51]、西施，焉知非自愛之者美之乎？然不遭悍妒，其賢不彰，幾令人與嗜痂者[52]並笑矣。至錦屏之人[53]，其夙根[54]原厚，故豁然一悟，立證菩提；若地獄道中，皆富貴而不經艱難者也。」

1 洛陽：位於河南省西部的洛陽盆地內。
2 褰：讀作「千」，提起、拉起。
3 多麻：臉上長滿斑點。
4 僦屋：租房子。僦，讀作「舊」。
5 白：讀作「博」，告訴、告知。
6 文學士：普通的讀書人。
7 早離顧復：雙親早逝。顧復，意指父母的照顧之恩，出自《詩經．小雅．蓼莪》：「顧我復我，出入腹我。」
8 康成文婢：原指鄭玄家中博通書文的丫鬟。此指女子知書通文，卻願意自貶身價做個小妾。鄭玄（西元一二七～二〇〇年），字康成，東漢經學家。
9 次且：欲言又止的樣子。
10 通書：古代民間通行的曆書。
11 河魁不曾在房：河魁，五行星命的叢辰之一，月中的凶神。根據陶岳《荊湖近事》典故，河魁在房是不適合夫妻行房的凶日。此處河魁不曾在房，含有女子自薦枕席之意。
12 俛眉承睫：察言觀色。
13 招議：招人非議。
14 垣：讀作「圓」，矮牆。
15 路賒：路途遙遠。
16 舁：讀作「魚」，扛舉、抬。
17 嬖：讀作「畢」，寵愛。
18 僉：讀作「千」，盡皆、都。
19 天官：明清兩代吏部尚書的別稱。
20 鞠躬屏氣：彎腰屏住呼吸，形容態度非常恭敬。
21 撻：讀作「踏」，用棍、鞭等抽打。
22 病悸：驚嚇過度而染病。

23 號咷：讀作「豪逃」，大哭大叫。
24 抽息：深呼吸，用力吸氣。
25 四體：四肢。
26 簪珥：頭簪與耳環等各式首飾。
27 斜行：抄近路。
28 瘳：讀作「抽」，病癒。
29 趣：讀作「促」，通「促」，催促之意。
30 星馳：飛奔急行。
31 刀脊：刀背。
32 瘥：讀作「拆」的四聲，病癒。
33 廣文：明清兩代府、州、縣學教官的稱呼。
34 廉：調查。
35 吮人癰痔：用嘴吸吮別人的痔瘡，形容一個人為了諂媚奉承，不惜做些污穢低賤的事。
36 疃：讀作「團」的三聲，村莊、村落。
37 噭：讀作「較」，哭泣的樣子。
38 恚：讀作「惠」，惱怒、生氣。
39 娣姒：妯娌。
40 匳妝：女子的嫁妝。匳，讀作「連」，同今「奩」字，是奩的異體字，女子的陪嫁品。
41 離逷：遠離。逷，讀作「替」。
42 香火之誓：成親時夫妻許下的承諾。
43 熒眥：眼中泛著淚光。熒，讀作「營」。微弱的光。
44 詐諼：欺騙。諼，讀作「宣」。
45 死具：能傷人致命的器具，如刀、匕首等尖銳物。
46 黃梁：即黃梁一夢的故事，典出唐人沈既濟所著傳奇小說《枕中記》，講述有一盧生進京赴考，落榜後途經旅店，遇到一名老道士贈他一個枕頭，他就在枕上睡了一覺。他夢見自己金榜題名，當了大官卻遭奸人陷害，榮華富貴一朝煙消雲散。夢醒後，旅店老闆正在煮黃梁，還未煮熟，後來盧生看破紅塵，出家當道士。
47 經紀：經營打理。
48 績織：紡紗織布。
49 課工：考核工作成果。
50 妍媸：讀作「言吃」，美醜、好壞。媸，容貌醜陋之意。
51 毛嬙：春秋時代與西施並稱的美女。嬙，讀作「牆」。
52 嗜痂者：嗜吃瘡痂之人。原指擁有與眾不同的嗜好之人，此處引申為攀權附貴至是非不分的人。
53 錦屏之人：有錢人家的閨中女子。錦屏立於女子閨房門前，由此引申而來。
54 夙根：佛教謂一人前生所造修行或業力，可影響下一世的禍福果報。

◆**何守奇評點**：孫為宗族所惑，守志不定，王天官女一娶，不免蛇足矣。卒致家亂如此，可以為戒。

孫麒被宗親所迷惑，心志不夠堅定，娶了王尚書的女兒，不免畫蛇添足。導致家不安寧，可引以為戒。

呂無病
萬里閶闔遞消
息存孤今見
鬼程嬰可憐悍
婦空貽悔覆
水收時不
見卿

白話翻譯

洛陽有個叫孫麒的世家公子，娶了蔣太守的女兒爲妻，夫妻感情很好。蔣氏剛滿二十歲就染病身亡，孫麒很傷心，於是搬到山中別墅居住。一天，陰雨綿綿，孫麒正在午睡，屋子裡只有他一人。忽然他看見內室的門簾下露出一雙女人的小腳，他感到很詫異，就問她是誰，有個女子應聲掀簾進屋。她約莫十八、九歲，衣著樸素整潔，膚色黝黑，長滿麻子，像窮人家的女兒。孫麒猜想她大概是要來租房子的村婦，就斥責她道：「沒有事先和我的家人通報，怎能隨便闖進別人家？」女子微笑道：「我不是這個村子裡的人。我家祖籍山東，姓呂，父親本是個讀書人。我跟隨父親搬到此地，小名喚作無病，父母早亡，仰慕公子是世家出身的秀才，所以很想做您的婢女，侍奉您讀書。」

孫麒說：「你的立意不錯，但我這裡只有男僕，你和他們同居實在不妥，等我回家後，派轎子把你娶過來。」呂無病猶豫地說：「我知道我的相貌醜陋，才能淺薄，怎麼敢奢望做您的妻子？若是能在書齋侍奉，做個婢女就心滿意足了。」孫麒說：「收婢女也得選個良辰吉日。」他指著書架，讓她把《通書》第四卷取下來，想試一試這個女子的才學。呂無病找到了這卷書，先翻閱一陣，然後拿給孫麒，笑說：「今日河魁不曾在房。」孫麒聽到她這句挑逗的話，有些動心，就把她留在屋裡。呂無病沒事做的時候，就替孫麒打掃書桌，整理書卷，點上香火，擦淨香爐，讓書齋保持整潔，孫麒覺得她很勤快，很喜歡她。

夜晚，孫麒把僕人們打發去別的屋子睡。呂無病殷勤盡心地侍奉孫麒，直到最後孫麒叫她離開，她才拿起蠟燭走了。孫麒半夜醒來，覺得床邊好像有人，伸手一摸，知道是呂無病，就把她搖醒。呂無病驚醒了，趕緊起身站到床前。孫麒說：「爲什麼不去其他屋子裡睡，這裡是你該睡的地方嗎？」呂無病說：「我會害怕，不敢一個人睡。」孫麒可憐她，就在床上放了一個枕頭，讓她睡下。忽然間，孫麒聞到一股清香，如同含苞待放的蓮花一樣，他感到很驚異，讓呂無病過來一起睡，不知不覺心神搖盪，與她交歡，對她十分喜愛。他開始認爲把呂無病藏在屋裡只是權宜之計，想把她帶回家又怕遭人非議。

孫麒有個姨母，住得離這裡很近，只隔十幾道門。他便想到一個主意，讓呂無病先到姨母家住一陣子，再設法把她接來。呂無病也同意了，她對孫麒說：「我和你的姨母很熟，不勞煩你去說，我現在就過去。」孫麒送她出去，只見她翻過牆頭就走了。孫麒的姨母是個寡婦，清早打開房門，就見呂無病一晃眼進到屋裡。姨母問她是何人，呂無病回答：「您的外甥讓我來看望姨母。公子打算回鄉，路途遙遠又缺少車馬，讓我在姨母家暫住。」姨母相信了她說的話，把她留下。孫麒回家後編了個謊話，說姨母家想送給他一個婢女，就派了一乘轎子把呂無病接來。呂無病從此與孫麒一同生活，寸步不離。時間久了，孫麒更喜愛她，娶她做小妾。後來有個大戶人家想把女兒嫁給他，他都沒答應，孫麒對呂無病情有獨鍾，不想再娶別的女人。呂無病知道他的心意，苦勸孫麒娶一房正妻，他就娶了許氏，然而孫麒始終寵愛呂無病。

許氏很賢慧，並不在乎孫麒對呂無病的寵愛，呂無病對許氏更加恭敬，妻妾二人相處十分融洽。許氏生了一個兒子名叫阿堅，呂無病很喜歡他，經常抱著他玩，像對待親生兒子一樣。阿堅剛滿三歲時，經常不與奶媽同寢，反而跟呂無病一起住，許氏制止了，他也不聽。

不久，許氏染病去世，臨終前囑咐孫麒：「呂無病最寵愛堅兒，讓阿堅當她的兒子，把呂無病扶為正房夫人。」許氏下葬後，孫麒想要依她的話做，就將這個想法告訴家族宗親。他們都不贊成，呂無病也竭力推辭，這事只好作罷。

城裡有位姓王的吏部尚書，女兒剛剛喪夫，向孫麒求親。孫麒不想再娶，王尚書再三請求，媒人又極力遊說，孫麒的宗親為了巴結王尚書，一同慫恿孫麒答應這門親事。孫麒終於經不起這番勸誘，把王氏娶進門，王氏果然非常美貌，然而性格驕縱蠻橫，對家中衣服、器具諸多挑剔，經常隨便摔壞。孫麒因為喜愛她，對她百依百順，不忍違背她。王氏過門數月，孫麒天天到她房裡留宿，呂無病若來跟前侍奉，無論哭笑坐臥，都會惹王氏不悅。王氏又找孫麒出氣，經常大吵大鬧。孫麒難以忍受，就隨便找個藉口獨自在書房就寢，王氏更加生氣。孫麒別無他法，只好再尋個藉口上京城，躲避這位母老虎。王氏就把這件事怪到呂無病頭上，呂無病對王氏向來恭敬，唯恐得罪她，王氏卻始終看她不順眼。一天，王氏讓無病在床前侍候，阿堅就跑來跟她在一起。每當王氏要支開呂無病，阿堅總會啼哭，王氏厭煩得不停謾罵，呂無病趕緊叫奶媽把阿堅抱回去，阿堅不肯，硬拖他走又哭得更厲害。王氏惱羞成怒，把孩子毒打一頓讓他走，阿堅因爲此事被嚇出病來，食不下嚥。王氏不允許呂無病去探望他，阿堅成天哭鬧，王氏就責罵奶媽，命她把阿堅摔在地上。阿堅哭得聲嘶力竭，喊著要喝水，王氏又不允許給他水喝。

到了傍晚，呂無病趁王氏不在屋內，偷偷送水給阿堅喝。阿堅見到呂無病來了，立刻把杯子放下，拉住她的衣服不停大哭。王氏聽見哭聲，氣勢洶洶地跑來責罵呂無病，阿堅一聽是王氏的聲音，立刻止住哭泣，往前一跳，摔在地上死了。呂無病見狀，放聲大哭，王氏怒吼：「小賤人！難道想把害死孩子的罪過推到我身上嗎？別說是孫家的一個小孩子，就是殺了王府裡的公子，我爹是尚書，看誰能拿我怎麼樣！」呂無病抽泣著忍住哭聲，請求給孩子置辦棺材，王氏不允，命令家人立即把屍體丟棄。

王氏走後，呂無病偷偷摸了下阿堅的身體，發覺還溫熱著，就悄悄對奶媽說：「你快點帶孩子走，在外面稍等我，我馬上就到。要是孩子死了，我們就一起把他扔了；要是還能活，我們一起撫養他。」奶媽說：「好，就這麼辦吧。」呂無病回房收拾好行李首飾，就去與奶媽會合，到了荒郊野外，兩人一看，阿堅已經甦醒，她們都很高興，商量去投靠孫麒的姨母。奶媽擔心呂無病腳小體弱行走不便，呂無病就先行一步在前頭等她，沒想到呂無病行走如風，奶媽得拚命追才能趕上。到了二更天，阿堅病得很重，不能再往前走，就到附近村莊的農戶門前暫避。等天亮了，兩人敲門借宿，變賣幾件首飾，請來巫醫爲阿堅診治，病情仍不見好轉。呂無病掩面痛哭：「奶媽，你好好照看阿堅，我去找他爹來。」奶媽正覺不可思議，呂無病已消失蹤影，她不禁驚訝害怕起來。

就在同一天，遠在京城的孫麒正躺在床上休息，呂無病忽然悄悄走進屋。孫麒驚醒起身，說：「剛躺下就做夢了嗎！」呂無病握住孫麒的手，傷心流淚發不出聲，過了許久才嘶啞地說道：「我歷盡千辛萬苦，帶堅兒逃到楊……」話還沒說完，就放聲大哭，倒在地上消失了。孫麒大驚，以爲在作夢，喊人來看，呂無病的衣服、鞋子竟在房中，他感到很詫異，不知家裡出了何事。他立刻打點行裝，返家一看，聽到阿堅死訊以及呂無病逃走的消息。他捶胸痛哭，一氣之下責罵了王氏幾句，王氏也罵回去，孫麒氣得掏出刀子要和王氏拚命，婢女和老媽子們急忙勸阻，孫麒就遠遠地拿刀向王氏擲去，刀背砍中王氏額頭，王氏頭破血流，披頭散髮叫嚷著跑出去要回娘家。孫麒把她抓回來拿出棒子猛打，衣裳都被打破，王氏遍體鱗傷，疼得無法翻身。孫麒讓人把她抬進屋裡照看，待她傷癒就要休了她。王氏的兄弟聽說此事，頗爲大怒，率領僕從到孫家門前挑釁。孫麒聚集家丁手執刀槍棍棒抵擋，雙方叫罵了一整天才散去。

王氏的兄弟忍不下這口氣，一狀告到官府。孫麒也主動到官府申辯，反訴王氏的惡劣行徑。知縣說不過他，就把孫麒送到廣文館先生那裡處置，藉以討好王尚書。廣文館朱先生是世家子弟，一向剛正不阿，查清案情後，憤怒地說：「縣老爺想借我的手懲治你，好去巴結權貴嗎？我還沒無恥到這種地步！」他不接受縣官判決，將孫麒釋放了。王氏弟兄也拿他沒轍，就表示願意和好，爲他們夫妻調解，想讓孫麒到王家賠禮道歉。孫麒不答應，王氏兄弟往返十來次也沒成功，過了些時日，王氏的傷逐漸痊癒。孫麒想休了她，又怕她大吵大鬧，只好忍下來。

呂無病失蹤，孩子夭折，孫麒因而日夜悲傷，想找阿堅的奶媽問明緣由，回憶起呂無病曾說「逃到楊——」，附近有個村子叫楊家疃。孫麒懷疑奶媽可能也在那兒，派人到楊家疃一問，打聽不到奶媽下落，又聽說五十里外有個村子叫楊谷，孫麒派人去打聽，果然找到奶媽，並且知道阿堅沒死，已逐漸康復。眾人相見後都非常高興，派去的人就把奶媽和阿堅都帶回家。阿堅一見到父親，放聲大哭，孫麒也跟著傷心落淚。王氏聽說阿堅還活著，氣勢洶洶地跑出來，又想大喊大罵。阿堅正哭著，睜眼一看王氏來了，嚇得一頭鑽到父親懷裡，想要父親把他藏起來，孫麒抱起孩子一看，已經斷氣，他急忙叫喚，阿堅過了許久才甦醒。孫麒氣憤地說：「不知她是怎樣虐待孩子，把我兒子嚇成這樣！」於是寫下休書，把王氏送回。王氏兄弟不接受，又把王氏用轎子抬回。孫麒不得已，和阿堅搬到別院住，不與王氏往來。

奶媽詳述起呂無病的狀況，孫麒才恍然大悟，呂無病原來是鬼。他感念呂無病的情意，就把她的衣鞋一起葬了，立了一塊墓碑，上面寫道：「鬼妻呂無病之墓。」不久，王氏生下兒子，用手掐死了親生骨肉。孫麒更加氣憤，又把她休了，王家照樣把她送回來。孫麒就寫好狀子，告到上一級官府，官府不敢得罪王尙書，於是置之不理。後來王尙書死了，孫麒不斷控告，官府才判王氏的休書成立。從此孫麒不再娶妻，只納了一個婢女作妾。王氏被休後，因爲悍婦的名聲傳開，過了三、四年也沒人來提親，此時，王氏才覺得自己從前做錯了，卻悔之已晚。

此時有一位孫家的老媽子到王家來辦事，王氏殷勤接待，並對她流淚訴苦。老媽子猜測王氏想要與孫麒復合，回去稟告後，孫麒一笑置之。又過了一年多，王氏母親也去世，她無依無靠，幾個兄嫂弟婦都很嫌棄嫉恨她。王氏無人接濟，整日啼哭，正好有個窮書生喪妻，王氏兄弟打算多給點嫁妝把她嫁過去，王氏不答應，常暗中託人向孫麒說後悔以前的行徑，想要與他復合，孫麒仍不理她。

有一天，王氏帶一個婢女，偷偷騎了一頭驢跑到孫麒家來投奔他。孫麒正好從屋裡出來，王氏迎上前去，跪在臺階下哭泣不止。孫麒想趕她走，王氏拉住他衣角繼續跪。孫麒仍不答應，說：「如果我們復合，不生嫌隙也就罷了；一有糾紛的話，你那些兄弟我可惹不起，再想休妻就難上加難。」王氏說：「這回是我瞞著家人前來投奔，斷無返回之理。你若不肯留我，我也只有一死了之！我從二十一歲嫁給你，二十三歲被休棄，就算我從前有難以饒恕的罪過，你難道對我沒有絲毫夫妻之情嗎？」說完摘下一只手鐲，兩腳併攏，綁上手鐲，把衣袖蓋在上面說：「當日成親時的誓言，你難道忘了嗎？」孫麒頗爲感動，命人把她扶入內室。但還是懷疑王氏欺騙他，要拿到她兄弟的字據爲證。王氏說：「我是偷跑出來，哪有臉面再面對兄弟？如果不信，我準備好利刃，請允許我斷一指表明心跡。」於是從腰間拔出一把快刀，剁下一根手指，瞬間血如泉湧。孫麒大吃一驚，急忙爲她包紮。王氏疼得臉色慘白，卻沒有呻吟，笑說：「回想往事眞如黃粱一夢，如今大夢初醒，只想在你這裡借一處小房間出家修行罷了，你還有什麼不放心的？」孫麒就讓阿堅和小妾搬到別院，自己早晚往來於妻妾的房間，又替王氏延醫求藥治斷指的傷，一個多月後便康復了。

王氏從此戒酒，不沾葷腥，成天閉門誦經。過了些日子，她見家風不整，秩序混亂，對孫麒說：「我這次回來，原本打算不管家事，可是看到家裡開銷太大，常此以往，恐怕子孫要挨餓。我沒有辦法，只好厚顏再替你打理家務。」她把婢女老媽子們叫來，要求日日考核她們紡紗織布的成果。有些家僕因爲她是自己偷跑哀求回來的，對她很不尊重，王氏假裝不知，可是到了檢查工作成績時，只要有人偷懶就鞭打責罰，毫不客氣，眾人這才開始懼怕她。王氏又隔著簾子親自監管帳目，將收支管理得井井有條。孫麒見狀十分高興，讓小妾和阿堅都來拜見王氏。阿堅已經九歲，王氏對他關懷備至。孩子早上去學堂，王氏常準備好吃的糖果點心等他回來，阿堅也逐漸與她親近。

一天，阿堅拿一塊石頭打鳥，王氏恰好經過，石頭落到她的頭上，她登時倒地，許久未醒。孫麒大怒，把阿堅打了一頓，王氏這才甦醒過來，竭力勸止，並且高興地說：「我以前虐待孩子，心裡常感懊悔，今天挨這一下可抵銷我的罪過。」孫麒更加喜愛王氏，每每到她屋裡過夜，王氏卻經常推辭，請他到小妾那裡去。過了幾年，王氏生了好幾個孩子都夭折了，她說：「這都是我從前殺死親骨肉的報應。」阿堅長大成人，娶了媳婦，王氏就把外面的事務交給阿堅管理，把內務交給兒媳打理，自己則袖手旁觀。一天，她對孫麒說：「我某月某日要死。」孫麒不相信。她就自己準備棺材壽衣，時間一到，她換上壽衣躺進棺材裡就斷氣了。王氏死後，容顏如同活人一般，滿屋都是奇異香味，入殮以後，香氣才慢慢散去。

記下奇聞異事的作者如是說：「心中所愛，原本不在於容貌的美醜。毛嬙、西施，怎知不是由愛慕她們的人美化的呢？呂無病若是沒遭到悍婦嫉妒，她的賢德就顯現不出來，差點被世人和賢愚不分的人一同嘲笑。至於那位王氏，她的善根深厚，所以能突然省悟，痛改前非，立刻證成善果；而墮入地獄道中的眾生，都是生前富貴又未歷經艱難的人啊。」

錢卜巫

夏商，河間[1]人。其父東陵，豪富侈汰[2]，每食包子，輒棄其角，狼藉滿地。人以其肥重，呼之「丟角太尉」。暮年，家綦[3]貧，日不給餐；兩肱[4]瘦，垂革如囊，人又呼「募莊僧」[5]——謂其挂袋也。臨終謂商曰：「余生平暴殄天物，上干[6]天怒，遂至凍餓以死。汝當惜福力行，以蓋[7]父愆。」

商恪遵治命[8]，誠樸無二，躬耕自給。鄉人咸愛敬之。富人某翁哀其貧，假以貲，使學負販，輒虧其母[9]。愧無以償，請為傭。翁不肯。商瞿然[10]不自安，盡貨其田宅，往酬翁。翁詰得情，益憐之，強為贖還舊業；又益貸以重金，俾作賈。商辭曰：「十數金尚不能償，奈何結來生驢馬債耶？」翁乃招他賈與偕。數月而返，僅能不虧；翁不收其息，使復之。年餘，貸貲盈輦，歸至江，遭颶，舟幾覆，物半喪失。歸計所有，略可償主。遂語賈曰：「天之所貧，誰能救之？此皆我累君也！」乃稽簿[11]付賈，奉身而退。翁再強之，必不可，躬耕如故。每自歎曰：「人生世上，皆有數年之享；何遂落魄如此？」

會有外來巫，以錢卜，悉知人運數。敬詣之。巫，老嫗也。寓室精潔，中設神座，香氣常熏。商入朝拜訖，便索貲。商授百錢，巫盡內木箭[12]中，執跪座下，搖響如祈籤狀。已而起，傾錢入手，而後於案上次第擺之。其法以字為否，幕為亨[13]；數至五十八皆字，以後則盡幕矣。遂問：「庚甲幾何？」答：「二十八歲。」巫搖首曰：「早矣！官人現行者先人運，非本身運。五十八歲，方交本身運，始無盤錯⑭也。」問：「何謂先人運？」曰：「先人有善，其福未盡，則後人享之；先人有不善，其禍未盡，則後人亦受之。」商屈指曰：「再三十年，齒已老耄⑮，行就木矣。」巫曰：「五十八以前，便有五年回潤⑯，略可營謀；然僅免寒餓耳。五十八之年，當有巨金自來，不須力求。官人生無過行，再世享之不盡也。」別巫而返，疑信半焉。然安貧自守，不敢妄求。

後至五十三歲，留意驗之。時方東作⑰，病痁⑱不能耕。既痊，天大旱，早禾盡枯。近秋方雨，家無別種，田數畝悉以種穀⑲。既而又旱，蕎菽⑳半死，惟穀無恙；後得雨勃發，其豐㉑倍焉。來春大饑，得以無餒。商以此信巫，從翁貸貲，小權子母㉒，輒小獲；或勸作大賈，商不肯。迨五十七歲，偶葺牆垣，掘地得鐵釜；揭之，白氣如絮，懼不敢發。移時，氣盡，白鏹㉓滿甕。夫妻共運之，稱計一千三百二十五兩。竊議巫術小舛。

鄰人妻入商家，窺見之，歸告夫。夫忌焉，潛告邑宰。宰最貪，拘商索金。妻欲隱其半。商曰：「非所宜得，留之賈禍。」盡獻之。宰得金，恐其漏匿，又追貯器，以金實之，滿焉，乃釋商。居無何，宰遷南昌㉔同知㉕。逾歲，商以懋遷㉖至南昌，則宰已死。妻子將歸，貨其粗重；有桐油如干簍，商以直賤，買之以歸。既抵家，器有滲漏，瀉注他器，則內有白金二鋌㉗；徧㉘探皆然。兌之，適得前掘鏹之數。

商由此暴富，益贍㉙貧窮，慷慨不吝。妻勸積遺子孫，商曰：「此即所以遺子孫也。」鄰人赤貧至為丐，欲有所求，而心自愧。商聞而告之曰：「昔日事，乃我時數未至，故鬼神假子手以敗之，於汝何尤？」遂周給之。鄰人感泣。後商壽八十，子孫承繼，數世不衰。

異史氏曰：「汰侈已甚，王侯不免，況庶人乎！生暴天物，死無飯含[30]，可哀矣哉！幸而鳥死鳴哀，子能幹蠱[31]，窮敗七十年，卒以中興；不然，父孽累子，子復累孫，不至乞丐相傳不止矣。何物老巫，遂宣天之秘[32]？嗚呼！怪哉！」

1 河間：古代府名。位於今河北省河間市。
2 侈汰：奢侈無度。
3 綦：讀作「其」，極、甚。
4 肱：此指手臂。
5 募莊僧：四處托缽化緣的僧侶。
6 干：觸犯。
7 蓋：彌補。
8 治命：先人在臨終前的遺言囑託。
9 母：做生意的本金。
10 瞿然：驚駭恐懼。
11 簿：帳冊。
12 筩：讀作「統」。竹筒。
13 字為否，幕為亨：擲銅錢以卜吉凶，有字一面為不祥，背面則為好運。
14 盤錯：盤繞交錯，此指命途多舛。
15 耄：讀作「茂」，年老。
16 回潤：轉交好運的時機。
17 東作：春耕時節。
18 病痁：罹患瘧疾。痁，讀作「店」，瘧疾。
19 穀：此指小米。小米在中國北方稱「穀子」。
20 蕎菽：蕎麥與豆類。
21 豊：此指收成。
22 權子母：此指做生意。
23 鏹：讀作「搶」。古代串銅錢的繩索，泛指錢幣。
24 南昌：古代府名，今江西省南昌市。
25 同知：協助正官的輔佐官。凡主管某職務，但不以正官的名稱授予，就稱為同知。
26 懋遷：行商貿易。
27 鋌：讀作「定」。金錠。
28 徧：同今「遍」字，是遍的異體字。
29 贍：救濟。
30 死無飯含：子孫沒有錢財料理後事。
31 幹蠱：子孫賢能，可以彌補父母犯下的過錯。典出《易經．蠱卦》。
32 宣天之秘：洩露天機。

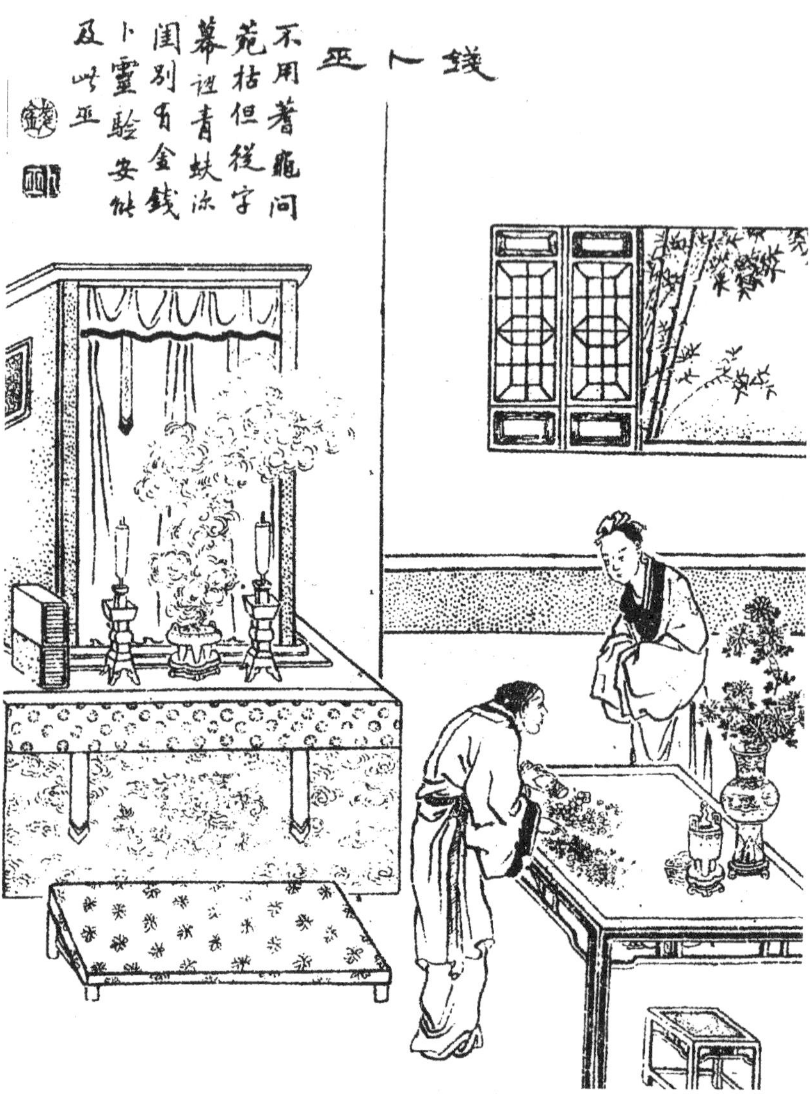

◆**但明倫評點**：此特以警天下之為人父者耳。若就為人子者而言：如有福方來，則當曰，此先人積善之所遺也，我何德焉；如其禍未已，則當曰，此我自作孽之所致也，先人何與焉。

這則故事是警示天下所有當父親的人。對於為人子女者來說：如果有福氣上門，應當視為先祖積福行善留下的福報，我能有什麼陰德呢；如果禍患尚未結束，就應當說，這是我自己犯下的罪孽，與先祖有什麼關係呢！

白話翻譯

夏商是河間人。他的父親夏東陵很有錢卻鋪張浪費，每回吃包子，只把內餡吃掉，把邊角麵團都丟掉，搞得一地都是。人們因爲他長得又肥又胖，戲稱他「丟角太尉」。晚年，家境變得貧困，時常三餐不繼，雙臂瘦得只剩下皮，像下垂的袋子。人們又給他取個綽號爲「募莊僧」，笑話他的手像化緣時掛的袋子。臨終前，他對夏商說：「我平生浪費食物，觸怒上天，以至於挨餓受凍而死。你應當積福行善，彌補爲父的罪過。」

夏商謹遵父親遺命，誠懇樸實，勤勞耕田養活自己，得到鄉親們的敬愛。有個富翁可憐他家境貧窮，借錢資助讓他學做生意，他卻把本金都賠光了，因無力償還而感到慚愧，就提議要給富翁當傭人，富翁不肯接受。夏商心中惶恐，良心不安，就把田產和房屋都賣掉，把錢還給富翁。富翁問他爲何這麼做，夏商照實回答，富翁更加看重他，堅持要替他把田地房產贖回，再借給他更多的錢，讓他去做買賣。夏商推辭道：「我連十幾兩銀子都還不起，何必再欠下來世的債呢？」

富翁於是找來一個商人和他一同前往經商，幾個月後回來，也僅僅沒虧本而已。富翁不收他利息，叫他繼續做買賣。一年多後，夏商賺了整車的錢財，在回家途中要過江時卻遇上狂風，船差點沉沒，船上的錢財遺失大半。剩下的財物計算後，僅可勉強償還債主，他就對偕同前往的商人說：「我家窮困是天意，誰能夠挽救？這都是我連累閣下！」夏商將所有財物建立起帳簿，清點好交給商人，分文不取就要離開。富翁再三挽留，夏商堅持不做生意，照舊回家耕田，經常感嘆說：「人生在世，至少也有幾天好運，我怎麼就落魄到這種地步呢？」

這天恰巧從外地來了個懂得巫術的女人，她用錢幣占卜，就能算出人的命數氣運，夏商恭敬前往問卜。巫師是個老婦人，她租了間整潔房子，在裡面擺放神壇，經常香氣繚繞。夏商進入拜過神後，女巫便向他收取費用。夏商給了她一百個銅錢，女巫把錢都丟進木筒，然後拿起筒子跪在神壇前，用求籤的樣子搖響木筒。搖了一陣後站起來，把錢倒入手中，到桌案上一個個照順序擺放，占卜的方法就是以錢幣上有字的一面表示厄運，無字的一面表示好運，數到第五十八個錢都是有字的一面，往後都是無字的。

女巫問夏商：「今年貴庚？」夏商回答：「二十八歲。」女巫搖搖頭：「你交好運的時間還沒到！你現在走的是先人運，不是你本身的運數。五十八歲才交上本身運，就不會有坎坷不順的事發生了。」夏商問：「什麼是先人運呢？」女巫說：「先人若積福行善，他的福還沒用完，那麼他的後代子孫就同受庇蔭；先人若做壞事，他的災禍還沒受夠，後人也接著承受。」夏商曲指一數：「再過三十年才能走運，那時我年紀大了，也快要死了。」女巫說：「五十八歲以前，會有五年的時間轉交好運，你可以利用那段時間賺錢，不過也僅夠你溫飽而已。到了五十八歲，會發一筆橫財，不必努力去掙。官人一生沒做什麼壞事，下輩子的福氣也享用不盡。」夏商告別女巫回家，半信半疑；他依舊安貧樂道，不敢有非分之想。

到了五十三歲那年，夏商開始留心女巫的預言是否靈驗。當時正值春耕，他臥病在床不能耕種，病癒了又逢乾旱，別人早先種的作物全乾枯了，快到秋天時才下雨，家裡沒別的種子，幾畝地都種上了小米。接著又是一場乾旱，蕎麥、豆類都快枯死，只有小米不受影響，後來下了場雨更長得生機蓬勃，收成特別好。第二年春天鬧饑荒，他們家不缺米糧。夏商從此相信巫術的預言，向富翁再次借貸，做起小本生意後稍有獲利；有人勸他去做大生意，夏商不肯。等到了五十七歲，他修補圍牆，挖地時發現一個鐵鍋，揭開一看，一股白氣像棉絮一樣竄出，嚇得他不敢掀開蓋子。過了段時間，氣冒完了，裡頭竟有滿滿一鍋白銀錠。夫妻把銀子拿去秤重，一共是一千三百二十五兩，夏商夫婦便以爲女巫占卜有誤。

鄰居妻子到夏商家偷偷瞧見這事，回去告訴丈夫。她的丈夫心中妒嫉，暗中告訴縣令，縣令生性貪婪，就把夏商捉起來，向他索要銀錢。夏商的妻子想自己留下一半，夏商說：「不是我命中該有的，留下只會招來災禍。」於是把銀子都獻給官府。縣令拿到銀子，擔心夏商自己私藏一部份，又向他要來裝銀子的罐子。銀子正好裝滿罐子，縣太爺這才放了夏商。不久，縣令升官爲南昌同知，又過一年，夏商到南昌販賣貨物，那個縣太爺已死。縣令的妻子準備返鄉，把負累粗重的東西變賣，裡面就有好幾桶桐油，夏商覺得價錢低廉，把桐油買回去。到家以後發現一桶桐油滲漏，把桐油倒進別的容器，發現原先的桶子裡竟有兩錠白銀，再查看其他桐油，裡面都有銀錠。他把銀錠拿去兌換現金，得到的銀子剛好是之前挖出來的數量。

夏商從此瞬間致富，他經常拿錢接濟窮人，慷慨不吝借。妻子勸他積點錢財留給子孫，夏商卻說：「我正是為子孫積福啊！」先前向縣令告密的鄰居後來窮得要飯，想求夏商施捨一點，始終心中有愧。夏商聽說後對他說：「當年之事，是由於我時運未到，所以鬼神借你的手讓我無法發財，你何罪之有呢？」於是接濟依舊，鄰居感動得哭泣。後來，夏商活到八十歲，子孫們繼承了他的產業，接連幾代都興旺不衰。

記下奇聞異事的作者如是說：「生活太過奢侈，連王侯也免不了遭受報應，何況是平民百姓呢！活的時候暴殄天物，死了連埋葬的錢都沒有，實在是悲哀啊！幸虧臨終時能幡然悔悟，兒子又能彌補他的罪過，窮困七十年，最後得以東山再起。否則，父親的罪孽連累了兒子，兒子又連累孫子，不到世代乞討就不會了結。那女巫又是何方神聖，能夠窺探天機？唉！真是奇怪！」

姚安

姚安，臨洮[1]人，美丰標[2]。同里宮姓，有女子字綠娥，豔而知書，擇偶不嫁。母語人曰：「門族風采，必如姚某始字[3]之。」姚聞，紿[4]妻窺井，擠墮之◆，遂娶綠娥。雅甚親愛。然以其美也，故疑之：閉戶相守，步輒綴焉；女欲歸寧，則以兩肘支袍，覆翼[5]以出，入輿封誌，而後馳隨其後，越宿，促與俱歸。女心不能善，忿曰：「若有桑中約[6]，豈瑣瑣所能止耶！」姚以故他往，則扃[7]女室中，女益厭之；俟其去，故以他鑰置門外以疑之。姚見大怒，問所自來。女憤言：「不知！」姚愈疑，伺察彌嚴。

一日，自外至，潛聽久之，乃開鎖啟扉，惟恐其響，悄然掩入。見一男子貂冠臥牀上。忿怒，取刀奔入，力斬之。近視，則女晝眠畏寒，以貂覆面上。大駭，頓足自悔。宮翁忿質官。官收姚，褫衿[8]苦械[9]。姚破產，以巨金賂上下，得不死。由此精神迷惘，若有所失。適獨坐，見女與髯[10]丈夫，狎褻[11]榻上，惡之，操刃而往，則沒矣；反坐，又見之。怒甚，以刀擊榻，席褥斷裂。憤然執刃，近榻以伺之，見女立面前，視之而笑。遽[12]砍之，立斷其首；既坐，女不移處，而笑如故。夜間滅燭，則聞淫溺之聲，褻不可言。日日如是，不復可忍，於是鬻其田宅，將卜居他所。至夜，偷兒穴[13]壁入，劫金而去。自此貧無立錐[14]，忿恚[15]而死。里人藁[16]葬之。

異史氏曰：「愛新而殺其舊，忍乎哉！人止知新鬼為厲[17]，而不知故鬼之奪其魄也。嗚呼！截指而適其屨[18]，不亡何待！」

◆**但明倫評點**：以紿作孽，即以紿致報；且一紿再紿，愈紿愈奇，所謂自作孽，不可活也。

以欺騙的行為殺人造孽，就獲得被人欺騙的果報；而且一騙再騙，騙的手法愈來愈匪夷所思，正所謂自作孽，不可活。

1 臨洮：古代縣名。位於今甘肅省。
2 丰標：風度，風采。
3 字：女子許嫁。
4 紿：讀作「帶」，欺瞞、誆騙。
5 覆翼：遮掩、覆蓋。
6 桑中約：男女幽會。典出《詩經．鄘風．桑中》，本做諷刺男女私奔之詩，亦指男女相悅之詩。
7 扃：讀作「窘」的一聲。此處當動詞用，即鎖門。
8 褫衿：剝奪生員的衿服，即革除其生員資格。
9 苦械：嚴刑拷打。
10 髯：蓄有長鬍鬚的人。
11 狎褻：親熱，調情。
12 遽：急忙、立刻、馬上。
13 穴：此作動詞用，刨挖。
14 貧無立錐：窮得連可以插錐子的一小片地都沒有。形容非常貧窮。
15 恚：讀作「惠」，惱怒、生氣。
16 藁：乾枯的草。同今「槁」字，是槁的異體字。
17 為厲：作祟害人。
18 截指而適其屨：削掉腳趾來適應鞋子，即削足適履。

白話翻譯

姚安是臨洮縣人，風流倜儻。同鄉里一戶姓宮的人家，有女叫綠娥，生得美豔絕倫，知書達禮，對配偶太過挑剔所以還未出嫁。綠娥的母親對別人說：「無論家世、長相，一定要像姚安那樣的，我女兒才肯嫁。」姚安聽說了，騙妻子去窺視水井，趁機將她推入井中，接著就娶了綠娥。兩人十分恩愛，但因爲綠娥長得太美了，姚安總是懷疑有人打她的主意，把門窗緊閉寸步不離地守著她，綠娥走到哪他就跟到哪。綠娥想回娘家，姚安用兩手撐著衣袍，覆蓋在綠娥身上走出門，等綠娥上了轎子，就在轎門上封條，然後騎馬跟在後面，只住一晚，就催綠娥一同回家。綠娥心中不悅，氣憤地說：「我要是與人偷情，你這些小動作阻止得了嗎？」

姚安一日有事外出，把綠娥鎖在家裡。綠娥更加憎厭，等他出門，故意放一別家鑰匙在門口讓他起疑。姚安看了大怒，問她鑰匙從何而來。綠娥氣憤地說：「不知道！」姚安更加疑心，對她的防範就更嚴格了。

又一日，姚安從外面回來，在門外偷聽許久，這才開鎖推門，唯恐發出響聲來驚動裡面的人。他悄悄溜進屋，竟見一個男人戴頂貂皮帽子仰臥在床上。姚安憤怒不已，拿了把刀衝進去，大力砍下。走近一觀，原來是綠娥睡午覺怕冷，拿頂貂皮帽罩在臉上。姚安很恐慌，跺腳後悔無比。他的岳父氣憤得去告官。官府把姚安收押，革除他生員的資格，並嚴刑拷打。姚安爲了這官司傾家蕩產，花重金打通關節，倖免一死。從此他變得精神恍惚，就像失了三魂七魄般。

有次姚安獨自坐著，看見綠娥與一個長鬍子男人在床上親熱，很是生氣，提刀走過去，人影卻沒了；坐回原處，兩人又出現。姚安憤怒至極，用刀砍床，床墊和被褥都斷裂了，他氣憤地拿刀在床前等待，就看見綠娥站在面前對著他笑。姚安猛然揮刀朝她砍去，立刻砍下她腦袋；等他坐下，綠娥仍站在原地，笑容依舊。夜晚熄滅蠟燭，就聽見綠娥的叫床聲，淫穢得難以啓口。天天如此，姚安忍無可忍，於是變賣田地宅院，打算搬到別處。這天夜晚，小偷從牆壁挖洞潛入屋內，把錢偷走。從此姚安窮得無立錐之地，氣憤而死，鄉親就草草把他埋葬了。

記下奇聞異事的作者如是說：「喜歡新人就殺了髮妻，太過殘忍！人們只知新鬼變厲鬼，卻不知是舊鬼奪其魂魄。唉！削足適履，現在不死要等到何時？」

采薇翁

明鼎革①，干戈蠭起②。於陵③劉芝生，聚眾數萬，將南渡。忽一肥男子詣柵門，敞衣露腹，請見兵主。劉延入與語，大悅之。問其姓字，自號采薇翁。劉留參帷幄④，贈以刃。翁言：「我自有利兵，無須矛戟。」問兵所在。翁乃捋衣露腹，臍大可容雞子⑤；忍氣鼓之，忽臍中塞⑥膚，嗤然突出劍跗⑦；握而抽之，白刃如霜。◆劉大驚，問：「止此乎？」笑指腹曰：「此武庫也，何所不有。」命取弓矢，又如前狀，出雕弓⑧一；略一閉息，則一矢飛墮，其出不窮。已而劍插臍中，既都不見。劉神之，與同寢處，敬禮甚備。

時營中號令雖嚴，而烏合之群，時出剽掠⑨。翁曰：「兵貴紀律；今統數萬之眾，而不能鎮懾人心，此敗亡之道也。」劉喜之，於是糾察卒伍，有掠取婦女財物者，梟以示眾⑩。軍中稍肅，而終不能絕。翁不時乘馬出，遨遊部伍之間，而軍中悍將驕卒，輒首自墮地，不知其何因。因共疑翁。前進嚴飭之策，兵士已畏惡之；至此益相憾怨。諸部領譖⑪於劉曰：「采薇翁，妖術也。自古名將，止聞以智，不聞以術。浮雲、白雀⑫之徒，終致滅亡。今無辜將士，往往自失其首，人情洶⑬懼；將軍與處，亦危道也，不如圖⑭之。」劉從其言，謀俟其寢，誅之。使覘⑮翁，翁坦腹方臥，息如雷。眾大喜，以兵繞舍，兩人持刀入，斷其頭；及舉刀，頭已復合，息如故，大驚。又斫⑯其腹；腹裂無血，其中戈矛森聚，盡露其穎⑰。眾益駭，不敢近；遙撥以矟⑱，而鐵弩大發，射中數人。眾驚散，白劉。劉急詣之，已杳矣。

1 鼎革：改朝換代。
2 蠭：同今「蜂」字，是蜂的異體字。
3 於陵：古代地名。今山東省鄒平縣。
4 參帷幄：一同參與商討軍事策略的團隊。
5 雞子：雞卵。
6 塞：充滿。
7 劍跗：劍柄。跗，讀作「夫」。
8 雕弓：有雕飾的弓。
9 剽掠：搶劫。
10 梟以示眾：古代有梟首的刑罰，即砍斷犯人的頭並高掛示眾。此處指把他的頭斬下。
11 譖：讀作「怎」的四聲，羅織罪狀構陷他人。
12 浮雲、白雀：代指劍俠與神仙，即有異能之士。浮雲，指唐傳奇《聶隱娘》中可隱身浮雲的劍俠「空空兒」；白雀，典出唐筆記小說《酉陽雜俎》，漁陽郡有一人名張堅，偶然獲得一白雀，後借白雀之神力躍上天庭。
13 洶：洶動，即喧嘩騷動。
14 圖：圖謀，此指設法殺害采薇翁。
15 覘：讀作「沾」，觀看、察視。
16 斫：讀作「卓」，用刀砍。
17 穎：尖銳處。
18 矟：讀作「碩」，長矛。

◆**馮鎮巒評點**：胸中甲兵，寓言耳，乃實有之耶？

胸中的兵器，只是寓言，真的有這樣的事情嗎？

白話翻譯

明朝滅亡之際，戰事蜂擁而起。山東長山的劉芝生聚集數萬兵馬，準備南渡。這天，忽有一肥胖男人來到軍營門前，敞開上衣，露出肚子，請求拜見帶領軍隊的將領。劉芝生請他入營寨說話，兩人相談甚歡。劉芝生問他姓名，他自稱采薇翁。劉芝生邀請他做軍事參謀，贈送一把刀給他。采薇翁說：「我有神兵利器，不需要其他武器。」劉芝生就問他的兵刃何在。采薇翁掀起衣服，露出大肚子，肚臍眼大得可容納一顆雞蛋。他屏住氣鼓起肚子，忽然肚臍眼中塞滿皮肉，「嗤」一聲竟冒出劍柄！他握住劍柄抽出一把劍來，劍刃白如霜雪。劉芝生倍感驚訝，問：「只有如此嗎？」采薇翁笑著指指肚子說：「這是我的武器庫，各種武器都有。」劉芝生命他取出弓箭，他又像先前那樣，取出一把雕弓；稍微閉氣，又有一支箭從肚臍眼裡飛出來，取出的兵器彷彿無窮無盡。接著，采薇翁把劍插進肚臍，整把劍都消失了。劉芝生敬他爲神人，與他一同睡覺生活，對他禮敬有加。

當時軍中雖然號令嚴明，但士卒都是些烏合之眾，時常出去掠奪百姓財物。采薇翁說：「軍隊貴在紀律嚴明。你統率數萬士兵，而不能讓他們絕對服從你的號令，這必然會成爲招致失敗的禍端。」劉芝生欣然接納他的看法，整肅起隊伍，凡有掠奪婦女和財物的士兵，一律斬首示眾。軍中紀律稍微嚴整，卻無法眞正禁絕歪風。采薇翁於是不時騎馬到兵營各處巡查，遊走在部隊行伍之間，凡是經過那些驕矜蠻橫的將領士卒身旁，他們的首級就會莫名其妙掉落死亡，查不出死因。眾將士都懷疑是采薇翁搞的鬼，日前他向劉芝生要求整肅軍紀，士兵已經對他頗有不滿，現在更對他恨之入骨。各部將領都在劉芝生面前誹謗他：「采薇翁使的是妖術。自古以來，那些建功立業的名將靠的是智謀，沒聽說過是靠妖術建功的。那些使用妖術的人，終會招致滅亡。現在很多無辜將士，往往不知緣故掉了首級，搞得人心惶惶；將軍您與他朝夕相處，同樣危險，不如就此殺掉他吧。」劉芝生聽從他們的建言，想等采薇翁睡著後再殺他，就派人前去看顧。

采薇翁這會兒正露出肚子睡覺，鼾聲如雷。眾人很高興，派士兵把房子圍住，兩個人拿刀進入房中，砍斷他的頭顱；然而刀才剛舉起，他的頭和脖子又接合在一起，依舊打鼾，殺他的人大驚失色。他們又往他的肚子上砍；肚子裂開卻沒有流血，裡面藏了無數兵器，尖銳處全露在外面。眾人看了很害怕，不敢上前；只遠遠地用長矛去撥，肚子裡的鐵弩竟然自動射出箭矢，命中好幾個人。眾人驚恐散離，將此事情稟告劉芝生。劉芝生急忙去找他，采薇翁早已失去蹤影。

崔猛

崔猛，字勿猛，建昌[1]世家子。性剛毅，幼在塾中，諸童稍有所犯，輒奮拳毆擊，師屢戒不悛[2]；名、字，皆先生所賜也。至十六七，強武絕倫。又能持長竿躍登夏屋[3]。喜雪不平，以是鄉人共服之，求訴稟白者[4]盈階滿室。崔抑強扶弱，不避怨嫌；稍逆之，石杖交加，支體為殘。每盛怒，無敢勸者。惟事母孝，母至則解。母譴責備至，崔唯唯聽命，出門輒忘。比鄰有悍婦，日虐其姑。姑餓瀕死，子竊啖之；婦知，詬厲[5]萬端，聲聞四院。崔怒，逾垣而過，鼻耳脣舌盡割之，立斃。母聞大駭，呼鄰子，極意溫卹[6]，配以少婢，事乃寢。母憤泣不食。崔懼，跪請受杖，且告以悔。母泣不顧。崔妻周，亦與並跪。母乃杖子，而又針刺其臂，作十字紋，朱塗之，俾勿滅。崔並受之，母乃食。

母喜飯僧道[7]，往往饜飽之。適一道士在門，崔過之。道士目之曰：「郎君多凶橫之氣，恐難保其令終[8]。積善之家，不宜有此。」崔新受母戒，聞之，起敬曰：「某亦自知；但一見不平，苦不自禁。力改之，或可免否？」道士笑曰：「姑勿問可免不可免，請先自問能改不能改。但當痛自抑；如有萬分之一，我告君以解死之術。」崔生平不信厭禳[9]，笑而不言。道士曰：「我固知君不信。但我所言，不類巫覡[10]，行之亦盛德[11]；即或不效，亦無妨礙。」崔請教，乃曰：「適門外一後生，宜厚結之，即犯死罪，彼亦能活之也。」呼崔出，指示其人。蓋趙氏兒，名僧哥。趙，南昌[12]人，以歲祲饑[13]，僑寓建昌。崔由是深相結，請趙館於其家，供給優厚。僧哥年十二，登堂拜母，約為弟昆。逾歲東作，趙攜家去，音問遂絕。

崔母自鄰婦死，戒子益切，有赴訴者，輒擯斥[14]之。一日，崔母弟卒，從母往弔。途遇數人，縶[15]一男子，呵罵促步，加以捶扑[16]。觀者塞途，輿不得進。崔問之。識崔者競相擁告。先是，有巨紳子某甲者，豪橫一鄉，窺李申妻有色，欲奪之，道無由[17]。因命家人誘與博賭，貸以貲而重其息，要使署妻於券[18]，貲盡復給。終夜，負債數千；積半年，計子母三十餘千。申不能償，強以多人篡[19]取其妻。申哭諸其門。某怒，拉繫樹上，榜笞刺剟[20]，逼立「無悔狀」[21]。

崔聞之，氣涌如山，鞭馬前向，意將用武。母搴簾而呼曰：「唶[22]！又欲爾耶！」崔乃止。既弔而歸，不語亦不食，兀坐直視，若有所嗔。妻詰之，不答。至夜，和衣臥榻上，輾轉達旦，次夜復然。忽啟戶出，輒又還臥。如此三四，妻不敢詰，惟懾息[23]以聽之。既而遲久乃反，掩扉熟寢矣。是夜，有人殺某甲於床上，刳[24]腹流腸；申妻亦裸尸床下。官疑申，捕治之。橫被殘梏，踝骨皆見，卒無詞。積年餘，不堪刑，誣服，論辟[25]。會崔母死，既殯，告妻曰：「殺甲者，實我也，徒以有老母故，不敢泄。今大事已了，奈何以一身之罪殃他人？我將赴有司死耳！」妻驚挽之，絕裾[26]而去，自首於庭。官愕然，械送獄，釋申。申不可，堅以自承。官不能決，兩收之。戚屬皆誚讓申。申曰：「公子所為，是我欲為而不能者也。彼代我為之，而忍坐視其死乎？今日即謂公子未出[27]也可。」◆執不異詞，固與崔爭。

久之，衙門皆知其故，強出之，以崔抵罪，瀕[28]就決矣。會卹刑官[29]趙部郎，案臨閱囚[30]，至崔名，屏人而喚之。崔入，仰視堂上，僧哥也。悲喜實訴。趙徘徊良久，仍令下獄，囑獄卒善視之。尋以自首減等[31]，充雲南軍，申為服役而去；未期年，援赦[32]而歸：皆趙力也。既歸，申終從不去，代為紀理生業。予之貲，不受。緣橦[33]技擊之術，頗以關懷。崔厚遇之，買婦授田焉。崔由此力改前行，每撫臂上刺痕，泫然流涕。以故鄉鄰有事，申輒矯命排解，不相稟白。

有王監生[34]者，家豪富，四方無賴不仁之輩，出入其門。邑中殷實者，多被劫掠；或迕之，輒遣盜殺諸途。子亦淫暴。王有寡嬸，父子俱烝[35]之。妻仇氏，屢沮王，王縊殺之。仇兄弟質諸官，王賕囑[36]，以告者坐誣。兄弟冤憤莫伸，詣崔求訴。申絕之使去。過數日，客至，適無僕，使申瀹[37]茗。申默然出，告人曰：「我與崔猛朋友耳，從徙萬里，不可謂不至矣；曾無廩給[38]，而役同廝養，所不甘也！」遂忿而去。或以告崔。崔訝其改節，而亦未之奇也。申忽訟於官，謂崔三年不給傭值。崔大異之，親與對狀，申忿相爭。官不直之，責逐而去。又數日，申忽夜入王家，將其父子嬸婦並殺之，黏紙於壁，自書姓名；及追捕之，則亡命無蹟。王家疑崔主使，官不信。崔始悟前此之訟，蓋恐殺人之累己也。關[39]行附近州邑，追捕甚急。

會闖賊[40]犯順[41]，其事遂寢。及明鼎革，申攜家歸，仍與崔善如初。時土寇嘯聚，王有從子得仁，集叔所招無賴，據山為盜，焚掠村疃[42]。一夜，傾巢而至，以報仇為名。崔適他出；申破扉始覺，越牆伏暗中。賊搜崔、李不得，據崔妻，括財物而去。申歸，止有一僕，忿極，乃斷繩數十段，以短者付僕，長者自懷之。囑僕越賊巢，登半山，以火爇[43]繩，散挂荊棘，即反勿顧。僕應而去。申窺賊皆腰束紅帶，帽繫紅絹，遂傚其裝。有老牝馬初生駒，賊棄諸門外。申乃縛駒跨馬，銜枚44而出，直至賊穴。

賊據一大村，申縶馬村外，踰垣入。見賊眾紛紜，操戈未釋。申竊問諸賊，知崔妻在王某所。俄聞傳令，俾各休息，轟然噭應45。忽一人報東山有火，眾賊共望之；初猶一二點，既而多類星宿。申坌息急呼東山有警。王大驚，束裝率眾而出。申乘間漏46出其右，反身入內。見兩賊守帳，紿之曰：「王將軍遺佩刀。」兩賊競覓。申自後斫47之，一賊踣48；其一回顧，申又斬之。竟負崔妻越垣而出。解馬授轡，曰：「娘子不知途，縱馬可也。」馬戀駒奔駛，申從之。出一隘口，申灼火於繩，遍懸之，乃歸。

次日，崔還，以為大辱，形神跳躁，欲單騎往平賊。申諫止之。集村人共謀，眾恇怯49莫敢應。解諭再四，得敢往二十餘人，又苦無兵。適於得仁族姓家獲奸細二，崔欲殺之，申不可；命二十人各持白梃50，具列於前，乃割其耳而縱之。眾怨曰：「此等兵旅，方懼賊知，而反示之。脫其傾隊而來，闔村不保矣！」申曰：「吾正欲其來也。」執匿盜者誅之。遣人四出，各假弓矢火銃51，又詣邑借巨砲二。日暮，率壯士至隘口，置砲當其衝，使二人匿火而伏，囑見賊乃發。又至谷東口，伐樹置崖上。已而與崔各率十餘人，分岸伏之。一更向盡，遙聞馬嘶，賊果大至，繈屬52不絕。俟盡入谷，乃推墮樹木，斷其歸路。俄而砲發，喧騰號叫之聲，震動山谷。賊驟退，自相踐踏；至東口，不得出，集無隙地。兩岸銃矢夾攻，勢如風雨，斷頭折足者，枕藉溝中。遺二十餘人，長跪乞命。乃遣人縶送以歸。

乘勝直抵其巢。守巢者聞風奔竄，搜其輜重而還。崔大喜，問其設火之謀。曰：「設火於東，恐其西追也；短，欲其速盡，恐偵知其無人也；既而設於谷口，口甚隘，一夫可以斷之，彼即追來，見火必懼：皆一時犯險之下策也。」取賊鞫[53]之，果追入谷，見火驚退。二十余賊，盡劓刖[54]而放之。由此威聲大震，遠近避亂者從之如市，得土團[55]三百余人。各處強寇無敢犯，一方賴之以安。

異史氏曰：「快牛必能破車[56]，崔之謂哉！志意慷慨，蓋鮮儷[57]矣。然欲天下無不平之事，寧非意過其通者與？李申，一介細民，遂能濟美。緣橦飛入，翦禽獸于深閨；斷路夾攻，蕩妖魔于隘谷。使得假五丈之旗[58]，為國效命，烏在不南面而王[59]哉！」

1建昌：古代府名，今江西省南城縣。
2悛：讀作「圈」，悔改。
3夏屋：高大的房屋。夏，大。
4求訴稟白者：前來陳訴冤情的人。
5詬厲：斥責辱罵。厲，虐害。
6溫卹：好言勸慰。
7飯僧道：布施食物給僧人和道士。
8令終：安享晚年，壽終正寢。
9厭禳：作法術消災解難。禳，讀作「攘」，以祭祀來祈禱病癒或消災解禍。
10巫覡：男女巫師的合稱。巫，指女巫。覡，讀作「席」，指男巫。
11盛德：積德。
12南昌：古代府名，今江西省南昌市。
13祲饑：種植的穀物收成不好，此處指氣候怪異。祲，讀作「今」，形容不祥之兆。
14擯斥：排除、屏棄。擯，讀作「鬢」，丟棄、排除。
15縶：讀作「直」，綑綁。
16捶扑：杖打。
17道無由：找不到理由、藉口。
18署妻于券：在借錢的契約上，註明用妻子做抵押。
19篡：搶奪。
20榜笞刺剟：嚴刑拷打，用鞭子抽打，用尖錐刺身體。剟，讀作「奪」，用刀刺。
21無悔狀：保證永遠不再反悔的字據。
22唶：讀作「屆」，呼喊之聲。
23慴息：因恐懼而不敢發出聲音。慴，讀作「哲」，害怕、恐懼。
24刳：讀作「哭」，用刀剖開。
25論辟：判處死刑。辟，砍頭。
26絕裾：割斷袖袍，表示心意已決。事見《世說新語．尤悔》：「晉溫嶠受劉琨命，至江南奉表勸進，其母崔氏固駐之，嶠絕裾而去。」裾，讀作「居」，衣服的前襟。
27出：自首。
28瀕：接近。
29恤刑官：明、清時設置，由朝廷派遣至各地復審囚犯、處理冤獄案件的官員。恤刑，慎用刑罰。
30閱囚：即錄囚，複勘審查已經定罪的犯人。
31減等：減緩刑罰。
32援赦：符合特赦的法令規範。
33緣橦：攀爬柱子的特技。橦，讀作「床」，支柱。
34監生：國子監生員。國子監，中國古代最高學府。
35烝：讀作「蒸」，晚輩同長輩婦女行淫亂之事。
36賕囑：施行賄賂，使人代為請託、遊說。賕，讀作「求」，行賄。
37瀹：讀作「越」，烹煮。
38廩給：原指官員的俸祿，此指發給工資。
39關：關文，古代官府之間平行的公文。
40闖賊：即李自成（西元一六〇六～一六四五年），明末民變領袖。京師淪陷後，李自成部下劉宗敏搶奪吳三桂的愛妾陳圓圓，並擒捉他的父親吳襄，吳三桂悲憤乃引清兵入關，李自成兵敗，滿清遂入主中原。
41 犯順：起兵造反叛亂。
42 疃：讀作「團」的三聲，村莊、村落之意。
43 爇：讀作「若」或「熱」，燒炙，此處作點燃。
44 銜枚：默不作聲的意思。枚，形狀像筷子，兩端繫上長帶，可綁於脖子上。古代行軍偷襲敵人時，常令士兵銜在口中，防止喧嘩。
45 噭應：高聲答應。噭，讀作「較」，此處作高聲大喊之意。
46 漏：此指躲避。
47 斫：用刀砍。讀作「卓」。
48 踣：讀作「柏」，跌倒。
49 恇怯：畏縮害怕。恇，讀作「匡」，膽怯。
50 白梃：沒有多餘裝飾的棍子。梃，棍棒，讀作「挺」。
51 火銃：一種武器，類似現代所用的槍械，填充彈藥以發射之。
52 繈屬：讀作「搶煮」，像繩子一樣連續不斷。
53 鞫：讀作「局」，審問、審判。
54 劓刖：割去人體一部分的刑罰。劓，讀作「義」，割掉鼻子的刑罰；刖，讀作「月」，砍掉腳的刑罰。
55 土團：鄉勇，當地以自我防衛為目的集結的武裝勢力。土，鄉土、在地之意。
56 快牛必能破車：意指才華出眾的人，必定引來禍患。典故出自《晉書．石季龍載記》：「快牛為犢子時，多能破車，汝當小忍之。」快牛，快而健壯的牛，比喻才華出眾之人。
57 鮮儷：難以比擬。儷，並列，比肩。
58 五丈之旗：朝廷頒發給軍中主帥的大旗。
59 南面而王：帝王、君位。此處意指封侯拜相、位居高位。

◆**馮鎮巒評點**：李申爛賭，以妻署券，此無賴子耳，至此卻變成有肝膽男子，非前之李申也。

李申嗜賭如命，把妻子拿去抵押借款，這是流氓，到這裡卻變成有義氣的男人，已經不是先前的李申了。

白話翻譯

崔猛，字勿猛，建昌世家子弟。他的性情剛強堅毅，年幼時在學堂讀書，學童們要是稍微惹怒他，就拳腳相向，教書先生屢次警戒懲處，都不肯改過。他的名和字都是老師取的。等他長成至十六、七歲，武藝出眾，能拿長竹竿登躍高樓，又喜歡替人打抱不平，所以鄉親們都很佩服他，凡有冤情就來向他訴苦，來人擠滿一屋子。崔猛鋤強扶弱，不怕得罪權貴，只要有人忤逆，就用石頭和棍子招呼他，時常打傷人。他每次動怒時無人敢勸，只有侍奉母親非常孝順，母親一出面，他就不與人爭鬥。

崔母經常爲他的性子責備他，他當下雖然唯唯諾諾答應，一出門就拋諸腦後。鄰居家有個悍婦，每日虐待婆婆，婆婆快餓死了，她的兒子偷偷拿食物給她吃，悍婦得知後，不斷責罵丈夫，鄰居們都聽到她的叫罵。崔猛很憤怒，翻牆過去，把悍婦的鼻子、耳朵、嘴唇、舌頭都割掉了，悍婦當場死亡。崔母知道後很害怕，把鄰家兒子找來，好言相勸，又把年輕的婢女許配過去，這件事才作罷。崔母氣得流淚絕食，崔猛感到害怕，跪著請求杖責，並且保證悔改。崔母只顧著哭泣，不理會他，崔妻周氏也跪在他身旁，崔母才用起木杖責打崔猛，又用針在他手臂上刺一個十字花紋，用紅色顏料塗上，讓圖案不會消失。崔猛一一接受，崔母才肯吃飯。

崔母經常佈施食物給和尚道士，讓他們飽餐一頓。剛好有個道士在門口化緣，崔猛從他身邊經過，道士盯著他說：「你的面相看來有兇橫之氣，恐怕不得善終。你們是行善積福的人家，不應有這般下場。」崔猛剛受過崔母懲罰，聽了這話，恭敬地說：「我也有自知之明，但一看見不公道的事，就無法控制自己行爲。我如果盡力改過，是否可以免除禍患呢？」道士笑說：「暫且別問是否可以免禍，應該先問你是否能控制自己的脾氣。你應當痛下決心控制脾氣，但萬一出事，我告訴你一個救命的辦法。」崔猛生平不信巫術，但笑不語，道士說：「我知道你不相信，但我所說的，不是巫術，做了可以累積功德，就算沒有效果，也不會對你有任何損害。」崔猛便向他請教，道士才說：「剛才在門外遇到一個年輕人，你應當與他結交，就算你犯了死罪，也能保你性命。」道士叫崔猛出去，告訴他是哪個人。

此人原來是趙家兒子，名喚僧哥。趙某是南昌人，因爲家鄉鬧饑荒，暫時住在建昌。崔猛於是和他結交，還請趙某住在他家，對他十分禮遇。僧哥年僅十二歲，他按禮節拜見了崔母，並與崔猛結拜爲兄弟。到了第二年春耕，趙某攜帶家眷返回家鄉，從此斷絕音訊。

崔母自從鄰家的悍婦死後，對崔猛的管教更加嚴厲。凡是有來陳訴冤情的，都被嚴厲拒絕了。一天，崔母的弟弟死了，崔猛跟著母親前去弔唁，路上遇見一群人綁著一個男子，綁匪不斷大罵，催促那男子走快點，還用鞭子抽打他。圍觀的人很多，擠得水洩不通，車子無法前進。崔猛上前探問，認識崔猛的人爭相告訴他，原來是有一名富豪某甲的兒子，在鄉里橫行霸道，看到李申的妻子頗有姿色，就想要占爲己有，只是找不到理由，就命他的家僕引誘李申賭博，借他高利貸，並逼迫他在借條上註明用老婆作抵押。李申輸光錢又再給他賭資，賭了一晚上，欠了幾千文錢的賭債。拖了半年，本金加利息一共三萬多債務，李申還不起，富豪的兒子便派人把他的老婆搶走。李申到富豪家門前哭訴。富豪的兒子聽了很憤怒，就把李申綁在樹上，用鞭子抽打，還用刀刺他身體，逼迫李申寫下「永不反悔的文書」。

崔猛聽完來龍去脈，氣得要上前教訓惡人。崔母掀起車簾喊道：「哎！你又想幹什麼？」崔猛這才停下，弔唁後返回家中，他氣得話也不說，飯也不吃，只肯坐著發呆，好像在生悶氣。妻子問他，他也不答。入夜後，他沒脫衣服躺在床上，輾轉難眠，一直到天亮都沒睡好。第二天又是如此，一下開門出房，一下又回房躺下，這樣過了三、四天，妻子也不敢詢問，只能屏息以待。接著，崔猛出門了，過了很久才回來，一回家就關起門來沉沉睡去。當晚，有人把某甲開腸剖肚地殺了，李申的妻子也赤裸裸地陳屍床底，官府懷疑李申是兇嫌，把他捉來治罪。李申被嚴刑拷打，皮開肉綻得連骨頭都露出來，始終沒有招供。一年多後，李申忍受不了酷刑，只好認罪，被判處死刑。崔母也在這時過世，下葬後，崔猛告訴妻子：「某甲是我殺的。只因母親健在，不敢洩露。如今母親已經歸天，我怎能讓自己的罪孽殃及無辜呢？我準備到官府去自首。」崔妻感到很驚訝，連忙勸阻他，崔猛砍斷衣袖而去，到官府去自首，縣官感到驚愕，給他戴上刑具關進牢裡，釋放了李申。李申不願離去，一口咬定是自己做的。縣官不能決斷，只好把兩人都收押。李申的家眷和親朋好友都嘲笑他蠢。李申說：「崔公子是替我做了想做卻不能做之事。他代替我做了，我怎能眼睜睜看他去赴死呢？現在請求官府當作崔猛沒有自首這回事就行了。」堅決不肯改口供，和崔猛爭相招供。

這件事拖了許久，衙門裡的人都知道事情原委，強逼李申出獄，用崔猛抵罪，即將把他處死。這時，剛好遇到恤刑官趙郎中來視察，他在審閱案件時見到崔猛名字，就屏退左右，傳喚崔猛。崔猛抬頭一看坐在堂上的趙郎中，認出他是趙僧，悲喜交加地說明事情經過。趙僧猶豫許久，依舊叫人把崔猛收押入獄，吩咐獄卒善待他。不久，崔猛因為自首而得以免除死刑，改判充軍雲南。李申自願和崔猛同往，不滿一年，崔猛符合赦免規定，就獲得釋放回鄉了，這些都是趙僧暗中相助。

回鄉以後，李申跟在崔猛左右，幫他經營產業，處理家務。崔猛要發工資給他，他拒絕接受，對於輕功和搏鬥的技藝卻學得很用心。崔猛對他很好，幫他娶了一房妻子，購置田產，自己也痛改前非，不再衝動行事，每次摸到手臂上母親所刺的十字就潸然淚下。崔猛行俠仗義的義舉傳揚開來，只要鄉親們有了糾紛，李申就以崔猛的名義代為調解，並沒有向他稟告。

有一位姓王的太學生，家裡很富裕，家中經常有四方地痞流氓出入，城裡較富有的人家大都被他搶劫過；有些人反抗他，往往就在路上被強盜殺了，他的兒子同樣淫亂殘暴。例如王監生的嬸嬸是個寡婦，竟然就被父子聯手姦淫。王監生的妻子仇氏時常勸誡丈夫不要這麼做，就被王監生勒死了，仇氏的兄弟告到官府，王監生買通官府，不但無罪還反告仇家誣衊。仇氏的兄弟氣憤，有冤難訴，就找崔猛申訴。李申拒絕要求，請他們離開。過了數日，有客人來訪，正好僕人不在，就讓李申泡茶。李申默默走出來，對人說：「我和崔猛只是朋友，和他一起流放雲南，可說是仁至義盡了；他也沒發給我工資，卻使喚我做僕人做的事，眞是不甘心！」他氣憤離去。有人將此事告訴崔猛，崔猛對他的態度改變感到驚訝，卻也不覺有何古怪。

忽然，李申一狀告到官府，說他崔猛三年不發工資。崔猛覺得奇怪，親自跟他對質，李申很氣憤地與他爭吵。官府覺得李申無理取鬧，就把李申逐出。又過數日，李申忽然半夜闖入王監生家中，將父子二人與嬸嬸都殺了，貼一張紙到王家牆上，上面寫著自己的名字。官府下令追捕他時，他卻已經逃之夭夭。王家人懷疑是崔猛主使，官府不採信。崔猛才恍然大悟，先前李申是假意控告他，怕他殺人會連累到自己。追捕公文發到附近的州縣，要求各地全力配合追捕兇犯。剛好遇到闖王李自成謀反作亂，這件事才無疾而終。

不久，清兵入主中原，明朝滅亡，李申才帶著家眷回來，和崔猛和好如初。當時盜匪群聚作亂，王監生的姪兒王得仁，召集叔叔所結交的地痞流氓，占山做強盜，四處搶劫村落。

一天晚上，他帶著大批人馬，以報仇的名義去找崔猛麻煩。剛好崔猛不在，等到強盜損毀大門闖進來，李申才發覺。他跳牆躲在暗處，盜賊找不到崔猛跟李申，就擄走崔妻，並把財物搜刮離去。李申回來後，屋裡只剩下一個僕人，他又氣憤又著急，將繩索剪成數十截，把短的交給僕人，長的帶在身上，吩咐僕人繞過土匪寨爬到半山腰，點火燒起繩子後分散掛到荊棘藤上，事情做完就往回跑，不要回頭觀望。僕人應允出門了，李申看見盜賊們都在腰間束上紅腰帶，帽子也繫著紅絲絹，就學他們的模樣打扮。有匹老母馬剛生下小馬，盜賊把牠們丟在門外，李申就用繩子綁住小馬，騎著母馬，口中銜枚便出發了，直奔盜賊的山寨。

盜賊占據一個大村子，李申把馬綁在村外，翻牆進入，看見盜賊人多勢眾，手上還拿著武器。李申向其他盜賊打探崔妻下落，得知她在王得仁的房間裡。不久，首領傳令，要大家各自休息，群起應和。忽然有人來報東山著火了，盜賊們紛紛出去觀望，剛開始還是零星火苗，接著火勢倏然轉大。李申氣喘吁吁地大喊：「東山著火啦！」王得仁才大驚失色，整裝率領眾人出發。李申趁亂轉頭跑回村子，見到只有兩名盜賊看守營帳，李申於是哄騙他們：「王將軍有佩刀落下了，命我來取。」兩名盜賊爭相尋找，李申從他們背後拿刀砍去，一名盜賊倒地，另一個回頭，李申又砍了他的頭，背起崔妻翻牆離去。他解下馬繩，把轡頭交給她，說：「嫂子不知道回家的路，只要駕著馬讓馬帶路就行了。」母馬眷戀小馬一路狂奔，李申尾隨在後。出了一個隘口，李申就往繩子點火，掛滿了樹枝，這才回去。

第二天，崔猛回來，覺得受到奇恥大辱，暴跳如雷，要單槍匹馬就去剿平賊窟，李申勸阻他。崔猛召集全村人來想辦法，大家都害怕盜賊，沒有人敢出聲，再三勸慰後才只有二十個人自告奮勇和他一起去，卻又煩惱起沒有武器。這時剛好在王得仁宗親家捉到兩個奸細，崔猛想要殺他們，李申勸阻，命這二十人分別拿著木杖，排成一排站到奸細前，割了他們的耳朵就釋放了。大家埋怨說：「我們只有這幾個人，正怕盜賊知道，你卻反而洩露給他們看。要是他們傾巢出動，我們整個村子的人都要完蛋了！」李申說：「我就是要他來。」然後把藏匿盜賊的親族給殺掉。

他派人到各地去借來弓箭槍械，又向縣城借來兩門大砲。等到傍晚，率領壯士來到隘口，把大砲對準路口，命兩人將火捻藏好，囑咐他們一見盜賊出現就點火。他又到山谷東面出口，砍樹放到山崖上，設置完畢就和崔猛率領十幾個人，分散在山谷兩側埋伏。一更將近，眾人遠遠聽到馬兒嘶鳴，偷偷一瞧，盜賊果然傾巢出動，人馬絡繹不絕。等到盜賊進入山谷，一群人就把砍好的樹木推下懸崖，斷絕盜賊返回的去路。不久，大砲發射，喧騰嚎叫的聲音震動山谷，盜賊連忙退走，互相踐踏；退到東谷口卻無法出去，一群強盜擠在一起，兩邊弓箭火槍如風雨之勢橫掃而過，一堆屍體斷手斷腳、七橫八豎躺在澗谷裡，剩下二十幾人跪地求饒。

狀士們乘勝攻打回盜賊據點，留守的賊人望風而逃，他們就把補給品搜刮一空後回去了。崔猛很高興，就問李申設置埋伏的布局。李申說：「在東山布置火繩，是怕他們向西追趕；以短繩點火，是要它很快就能燒完，因爲時間一長，盜賊會發現根本沒有人。接著在谷口放火繩，谷口很狹窄，一個人就能擋住，就算盜賊追上來，看到火一定害怕，這都是鋌而走險的計策。」押出被擒捉的盜賊來審問，他們追進山谷後果然是因爲看到火而不敢前進。二十幾個被擒捉的盜賊都被割了鼻子、砍斷腳後才放走。從此崔猛和李申兩人聲名遠播，各地逃避戰亂的人都來投靠，追隨者甚眾，組成一個團練，一共三百多人，各地強盜都不敢來犯，這一帶得以獲得安寧。

記下奇聞異事的作者如是說：「跑得快的牛必會造成車子損毀，說的就是崔猛啊！他慷慨激昂，喜好替人打抱不平，世上無人能及。然而想要消除天下不平之事，這個期望難道不是不合乎常理嗎？李申，原是一介布衣，最後卻能繼承崔猛的志向。他倚仗輕功如入無人之境，在閨房中剷除敗類，又斷絕盜賊的退路，剷除盜賊於狹谷之中。假使他有朝廷授予的主帥令旗，爲國家效力，何愁不能封侯拜相呢！」

詩讞

青州[1]居民范小山，販筆為業，行賈[2]未歸。四月間，妻賀氏獨居，夜為盜所殺。是夜微雨，泥中遺詩扇一柄，乃王晟之贈吳蜚卿者。晟，不知何人；吳，益都之素封[3]，與范同里，平日頗有佻達[4]之行，故里黨共信之。郡縣拘質，堅不伏，慘被械梏，誣以成案；駁解往復[5]，歷十餘官，更無異議。吳亦自分必死，囑其妻罄竭所有，以濟煢獨[6]。有向其門誦佛千者，給以絮袴；至萬者絮襖：於是乞丐如市，佛號聲聞十餘里。因而家驟貧，惟日貨田產，以給資斧。陰賂監者使市鴆[7]。夜夢神人告之曰：「子勿死，曩日『外邊凶』，目下『裏邊吉』矣。」再睡，又言，以是不果死。

無何，周元亮[8]先生分守是道[9]，錄囚至吳，若有所思。因問：「吳某殺人，有何確據？」范以扇對。先生熟視扇，便問：「王晟何人？」並云不知。又將爰書[10]細閱一過，立命脫其死械，自監移之倉。范力爭之。怒曰：「爾欲妄殺一人便了卻耶？抑將得仇人而甘心耶？」眾疑先生私吳，俱莫敢言。先生標朱簽[11]，立拘南郭某肆主人。主人懼，莫知所以。至則問曰：「肆壁有東莞[12]李秀詩，何時題耶？」答云：「舊歲提學按臨[13]，有日照二三秀才，飲醉留題，不知所居何里。」遂遣役至日照[14]，坐拘李秀。數日，秀至。怒曰：「既作秀才，奈何謀殺人？」秀頓首錯愕，曰：「無之！」先生擲扇下，令其自視，曰：「明係爾作，何詭託王晟？」秀審視曰：「詩真某作，字實非某書。」曰：「既知汝詩，當即汝友。誰書者？」秀曰：「蹟似沂州[15]王佐。」乃遣役關拘[16]王佐。佐至，呵[17]之如秀狀。佐供：「此益都鐵商張成索某書者，云晟其表兄也。」先生曰：「盜在此矣。」執成至，一訊遂伏。

先是，成窺賀美，欲挑[18]之，恐不諧。念託於吳，必人所共信，故偽為吳扇，執而往。諧則自認，不諧則嫁名於吳，而實不期至於殺也。踰垣入，逼婦。婦因獨居，常以刀自衛。既覺，捉成衣，操刀而起。成懼，奪其刀。婦力挽，令不得脫，且號。成益窘，遂殺之，委扇而去。三年冤獄，一朝而雪，無不誦神明者。吳始悟「裏邊吉」乃「周」字也。然終莫解其故。後邑紳乘間請之。笑曰：「此最易知。細閱爰書，賀被殺在四月上旬；是夜陰雨，天氣猶寒，扇乃不急之物，豈有忙迫之時，反攜此以增累者，其嫁禍可知。向避雨南郭，見題壁詩與箑[19]頭之作，口角[20]相類，故妄度李生，果因是而得真盜。」聞者歎服。

異史氏曰：「天下事，入之深者，當其無有有之用。詞賦文章，華國之具也，而先生以相天下士，稱孫陽焉。豈非入其中深乎？而不謂相士之道，移於折獄。易曰：『知幾其神。』先生有之矣。」

1 青州：地名，今山東省青州市。
2 行賈：外出做生意。
3 素封：指無官爵封邑，卻財產富裕的人。
4 佻達：輕佻放蕩。佻，讀作「條」。
5 駁解往復：反覆審理。

6 煢獨：沒有親人可以依靠，孤身一人。煢，讀作「瓊」。
7 鴆：毒藥。
8 周元亮：即周亮工（西元一六一二～一六七二年），字元亮，號減齋。明末清初河南祥符縣（今開封市）人，善於寫作古文。

9 分守是道：擔任觀察使。

10 爰書：官府審問犯人口供的判詞。爰，讀作「元」。

11 朱簽：拘提犯人的竹牌。

12 東莞：指古代東莞縣。今山東省沂水縣。

13 提學按臨：指提學使至所屬各級縣市主持歲試與科試。

14 日照：古代縣名。今山東省日照市。

15 沂州：古代州名。今山東省臨沂市。

16 關拘：發公文前往外縣市拘捕罪犯。

17 訶：大聲喝斥、責罵。通「呵」。

18 挑：勾引，挑逗。

19 箑：讀作「煞」。扇子。

20 口角：說話或行文的口吻。

◆**何守奇評點**：因詩成讞，知公於此道三折肱矣。

以一首詩就能將人繩之以法，由此可知周元亮先生對於斷案必定經驗豐富。

白話翻譯

范小山是山東青州居民，他以販賣毛筆爲生，在外經商未歸。四月的某天，妻子賀氏獨自在家睡覺，被人殺害。當天夜晚下著小雨，他在泥濘的地上發現一把題詩的扇子，是王晟贈送給吳蜚卿的。王晟不知何許人也，吳蜚卿則是益都的有錢人，和范小山住在一個里，吳某素來行爲輕浮，所以鄰居們都相信是他所爲。縣衙把吳蜚卿抓去審訊，他堅持不認罪，遭到酷刑拷問，被屈打成招，就成定案。後來經過各級官署衙門反覆審理，十幾個官員經手，無人提出反對。吳蜚卿心想必死無疑，囑咐妻子散盡所有家產，救濟孤獨困苦的百姓。凡是在他家門前唸誦一千遍「阿彌陀佛」就贈送一條棉褲，唸一萬遍就贈送一件棉襖。於是乞丐都聚集到他家門前，念誦佛號的聲音十幾里外都聽得見。

吳蜚卿的家中因爲救濟佈施突然變得很貧窮，只靠販賣田產支持日常開銷。他暗中賄賂獄卒替他購買毒藥，想要自殺，晚上卻夢見神仙對他說：「你不要尋死，以前是『外邊凶』，現在是『裡邊吉』了。」他繼續睡，又夢見天神說同樣的話，就此打消尋死的念頭。

不久，周元亮先生出任青州觀察使，他審閱到吳蜚卿的案子時，似乎想起某件事，便問：「吳某殺人，有什麼確鑿的證據？」范小山回答有詩扇爲證。周先生仔細審視扇子，問：「王晟是什麼人？」范小山說不知道。周先生又把判決書細看一遍，立刻下令卸下他身上枷鎖，從死刑犯的監獄移轉到輕刑犯的監獄。范小山盡力爭辯，周元亮大怒道：「你是想枉殺一個無辜的人交差呢，還是想把眞正的罪犯找出來呢？」

大家都懷疑周元亮偏袒吳蜚卿，卻不敢有異議。周元亮簽發了拘牌，立刻派衙役去把南門外某旅店的店主傳喚來衙門審問。店主心中畏懼，不知是什麼緣故要拘拿他。等他到了衙門，周元亮問他：「你的店鋪牆上有東莞李秀才的題詩，是何時所寫？」店主答：「去年提學使大人蒞臨本地主持考試，有兩、三位秀才，喝醉酒後留下的，不知他們住在何處。」周元亮就派人到日照縣，以殺人罪名去拘捕李秀才歸案。幾天後，李秀才到公堂。周元亮憤怒地說：「你既身爲秀才，爲何要謀殺人呢？」李秀才叩頭錯愕道：「沒這回事！」周元亮把扇子扔到李秀才面前，讓他自己看，說：「明明是你作的詩，爲何假託王晟？」李秀才審視後說：「這首詩的確是我所做，可是字不是我寫的。」周元亮說：「既然知道是你作的詩，寫字的必定是你的朋友，字是誰寫的？」李秀才說：「筆跡像是沂州王佐寫的。」於是又派人去拘捕王佐。王佐到了公堂，周元亮又訓斥他一番，像審問李秀才一樣。王佐說：「這是益都的鐵商張成求我寫的，說王晟是他表哥。」周元亮說：「殺人兇手找到了！」命人把張成抓來，一經審問，他就招供認罪了。

原來是先前，張成看見賀氏長得漂亮，想去挑逗她，又恐怕她不肯，盤算起若假冒吳蜚卿之名，大家一定相信，他就假造了一把署名吳蜚卿題詩的扇子，拿著前往。如果勾搭成了，就說出自己的眞姓名；不成就嫁禍於吳蜚卿，沒想到竟然會死人。張成當時翻牆進范家，要逼迫賀氏就範。賀氏因獨自居住，平時就準備刀來自衛。她察覺有人來，捉住張成衣服，持刀從床上跳起。張成害怕，就去搶奪賀氏的刀。賀氏抓住張成不放，張成無法掙脫，賀氏大聲喊叫起來，張成更加慌張，殺了賀氏丟下扇子逃跑。

三年冤獄，一朝得以平反，大家都稱頌周元亮斷案如神。吳蜚卿這時才領悟出「裡邊吉」正是一個「周」字，但他始終不明白這案子是如何破的。後來縣城裡的仕紳找機會向周元亮請教，周元亮笑道：「這很容易察覺。我仔細看過判決書，賀氏是在四月上旬被殺，當天夜晚陰雨綿綿，天氣很冷，扇子根本派不上用場，哪有在慌忙急迫之時，反而帶這種東西增添負擔呢？可知必定是栽贓嫁禍。前些時我在南門外避雨，見到酒店牆上的題詩和扇子上的題詩口吻相像，所以揣測是李秀才，果然順藤摸瓜，就把眞兇手擒來，眞是萬幸。」聽到這件事的人無不嘆服。

記下奇聞異事的作者如是說：「天底下的事情，只要深入探察研究，就能在它的尋常之處，發掘出不尋常的事情來。詞賦文章，本來是讓國家光榮顯耀的工具。周先生卻用它來鑑別天下的讀書人，眞堪稱爲伯樂啊，這難道不是他深得其中奧妙之理嗎？只是沒想到品鑑讀書人的能力又在斷案上派上用場。《易經》說：『能見微知著就相當高明了。』我看周先生就是如此。」

小棺

天津有舟人某，夜夢一人教之曰：「明日有載竹笥[1]賃舟者，索之千金；不然，勿渡也。」某醒，不信。既寐，復夢，且書「⿸厂貝、⿸厂⿱貝⿰貝貝、⿸厂⿱貝⿰貝貝」[2]三字於壁，囑云：「倘渠[3]吝價，當即書此示之。」某異之。但不識其字，亦不解何意。次日，留心行旅。日向西，果有一人驅騾載笥來，問舟[4]。某如夢索價。其人笑之。反復良久，某牽其手，以指書前字。其人大愕，即刻而滅。搜其裝載，則小棺數萬餘，每具僅長指許，各貯滴血而已。某以三字傳示遐邇，並無知者。未幾，吳逆[5]叛謀既露，黨羽盡誅，陳尸幾如棺數焉。徐白山說。」

1 笥：讀作「四」，以竹子編成的箱子。
2 ⿸厂貝、⿸厂⿱貝⿰貝貝、⿸厂⿱貝⿰貝貝：此三字恐為蒲松齡杜撰，字典中無此三字。
3 渠：他，指第三人稱。
4 問舟：租借船隻。
5 吳逆：此指吳三桂。明朝遼東（今遼寧省）人，字長白。明末清初著名政治軍事人物，錦州總兵吳襄之子。明末崇禎時為遼東總兵，封平西王，鎮守雲南。李自成攻陷北京時，吳三桂聽說愛妾陳圓圓為李自成所得，就引清兵入關，被封平西王。後絞殺南明永曆帝，西元一六七三年叛清，發動三藩之亂，不久於長沙病逝。

白話翻譯

天津有個船夫，晚上夢見一個人教他：「明天有個客商載竹箱來向你租船，要向他索要一千兩銀子，否則別讓他搭船渡河。」船家醒後，不信夢中之事。等他再次睡著，又做同樣的夢，那人還在牆上寫了「⿸厂頁、⿸厂⿱頁⿰頁頁、⿸厂⿱⿰頁頁⿰頁頁」三個字，囑咐道：「要是他吝嗇不給，就寫這幾個字給他看。」船家感到事有蹊蹺，但不認識這幾個字，也不知是何意。

第二天，他注意過往商旅。太陽西斜，果然有個人趕著騾子載竹箱前來租船。船家按照夢中指點，要價一千兩銀子，那人笑他漫天要價，兩人再三討價還價，船家拉起那人的手，用手指在他手心寫下那幾個怪字，那人大驚失色，立刻消失無蹤。船家搜查他運載的貨品，裡面有幾萬具小棺材，每具僅長一指多長，每個棺材裡只存放一滴血而已。這位船家把那三個怪字到處拿給人看，無人知曉何意。不久，吳三桂謀反敗露，黨羽全被朝廷派來的官兵誅殺，死亡的人數正好與小棺數相符合。這是徐白山先生講的故事。

嫦娥

太原[1]宗子美，從父遊學[2]，流寓廣陵[3]。父與紅橋[4]下林嫗有素。一日，父子過紅橋，遇之，固請過諸其家，瀹茗[5]共話。有女在旁，殊色也。翁亟贊之。嫗顧宗曰：「大郎溫婉如處子，福相也。若不鄙棄，便奉箕帚[6]，如何？」翁笑促子離席，使拜嫗曰：「一言千金矣！」先是，嫗獨居，女忽自至，告訴孤苦。問其小字，則名嫦娥。嫗愛而留之，實將奇貨居之也。時宗年十四，睨女竊喜，意翁必媒定之；而翁歸若忘。心灼熱[7]，隱以白母。翁聞而笑曰：「曩與貪婆子戲耳。彼不知將賣黃金幾何矣，此何可易言！」

逾年，翁媼並卒。子美不能忘情嫦娥，服將闋[8]，託人示意林嫗。嫗初不承。宗忿曰：「我生平不輕折腰，何媼視之不值一錢？若負前盟，須見還也！」嫗乃云：「曩或與而翁戲約，容有之。但無成言，遂都忘卻。今既云云，我豈留嫁天王[9]耶？要日日裝束，實望易千金；今請半焉，可乎？」宗自度難辦，亦遂置之。適有寡媼，僦居西鄰，有女及笄，小名顛當。偶窺之，雅麗不減嫦娥。向慕之，每以饋遺階進[10]；久而漸熟，往往送情以目，而欲語無間[11]。一夕，踰垣乞火[12]。宗喜挽之，遂相燕好。約為嫁娶，辭以兄負販未歸。由此蹈隙往來，形跡周密[13]。

一日，偶經紅橋，見嫦娥適在門內，疾趨過之。嫦娥望見，招之以手，宗駐足；女又招之，遂入。女以背約讓宗。宗述其故。便入室，取黃金一鋌[14]付之。宗不受，辭曰：「自分永與卿絕，遂他有所約。受金而為卿謀，是負人也；受金而不為卿謀，是負卿也：誠不敢有所負。」◆女良久曰：「君所約，妾頗知之。其事必無成；即成之，妾不怨君之負心也。其速行，媪將至矣。」宗倉卒無以自主，受之而歸。隔夜，告之顛當。顛當深然其言，但勸宗專心嫦娥。宗不語；願下之，宗乃悅。即遣媒納金林媪，媪無辭，以嫦娥歸宗。入門後，悉述顛當言。嫦娥微笑，陽[15]慫恿之。宗喜，急欲一白顛當，而顛當跡久絕。嫦娥知其為己，因暫歸寧，故予之間，囑宗竊其佩囊。已而顛當果至，與商所謀，但言勿急。及解衿狎笑，脅下有紫荷囊，將便摘取。顛當變色起，曰：「君與人一心，而與妾二！負心郎！請從此絕。」宗屈意挽解，不聽，徑去。一日，過其門探察之，已另有吳客[16]僦居[17]其中，顛當子母遷去已久，影滅跡絕，莫可問訊。

宗自娶嫦娥，家暴富，連閣長廊，彌亙街路。嫦娥善諧謔，適見美人畫卷，宗曰：「吾自謂，如卿天下無兩，但不曾見飛燕[18]、楊妃[19]耳。」女笑曰：「若欲見之，此亦何難。」乃執卷細審一過，便趨入室，對鏡修妝，傚飛燕舞風，又學楊妃帶醉。長短肥瘦，隨時變更；風情態度，對卷逼真。方作態時，有婢自外至，不復能識，驚問其僚[20]；既而審注，恍然始笑。宗喜曰：「吾得一美人，而千古之美人，皆在床闥[21]矣！」一夜，方熟寢，數人撬扉而入，火光射壁。女急起，驚言：「盜入！」宗初醒，即欲嗚呼。一人以白刃加頸，懼不敢喘。又一人掠嫦娥負背上，鬨然而去。宗始號，家役畢集，室中珍玩，無少亡者。宗大悲，恇然失圖[22]，無復情地。告官追捕，殊無音息。

荏苒三四年，鬱鬱無聊，因假赴試入都。居半載，占驗[23]詢察，無計不施。偶過姚巷[24]，值一女子，垢面敝衣，傴儴[25]如丐。停趾相之，乃顛當也。駭曰：「卿何憔悴至此？」答云：「別後南遷，老母即世，為惡人掠賣旗下[26]，撻[27]辱凍餒，所不忍言。」宗泣下，問：「可贖否？」曰：「難矣。耗費煩多，不能為力。」宗曰：「實告卿：年來頗稱小有；惜客中資斧有限，傾裝貨馬，所不敢辭。如所需過奢，當歸家營辦之。」女約明日出西城，相會叢柳下；囑獨往，勿以人從。宗曰：「諾。」次日，早往，則女先在，袿衣[28]鮮明，大非前狀。驚問之，笑曰：「曩試君心耳，幸綈袍之意[29]猶存。請至敝廬，宜必得當以報。」北行數武[30]，即至其家，遂出肴酒，相與談讌[31]。宗約與俱歸。女曰：「妾多俗累，不能從。嫦娥消息，固頗聞之。」宗急詢其何所。女曰：「其行蹤縹緲，妾亦不能深悉。西山[32]有老尼，一目眇[33]，問之，當自知。」遂止宿其家。天明示以徑。宗至其處，有古寺，周垣盡頹；叢竹內有茅屋半間，老尼綴衲[34]其中。見客至，漫不為禮。宗揖之，尼始舉頭致問。因告姓氏，即白所求。尼曰：「八十老瞽，與世睽絕[35]，何處知佳人消息？」宗固求之。乃曰：「我實不知。有二三戚屬，來夕相過[36]，或小女子輩識之，未可知。汝明夕可來。」

宗乃出。次日再至，則尼他出，敗扉扃[37]焉。伺之既久，更漏已催，明月高揭，徘徊無計，遙見二三女郎自外入，則嫦娥在焉。宗喜極，突起，急攬其袪。嫦娥曰：「莽郎君！嚇煞妾矣！可恨顛當饒舌，乃教情欲纏人。」宗曳坐，執手款曲[38]，歷訴艱難，不覺惻楚。女曰：「實相告：妾實姮娥被謫，浮沉俗間，其限已滿；託為寇劫，所以絕君望耳。尼亦王母守府者，妾初譴時，蒙其收卹，故暇時常一臨存[39]。君如釋妾，當為代致顛當。」宗不聽，垂首隕涕。女遙顧曰：「姊妹輩來矣。」宗方四顧，而嫦娥已杳。宗大哭失聲，不欲復活，因解帶自縊。恍惚覺魂已出舍，悵悵[40]靡適。俄見嫦娥來，捉而提之，足離於地；入寺，取樹上尸推擠之，喚曰：「癡郎，癡郎！嫦娥在此。」忽若夢醒。少定，女恚曰：「顛當賤婢！害妾而殺郎君，我不能恕之也！」

下山賃輿而歸。既命家人治裝，乃返身而出西城，詣謝顛當；至則舍宇全非，愕歎而返。竊幸嫦娥不知，入門，嫦娥迎笑曰：「君見顛當耶？」宗愕然不能答。女曰：「君背嫦娥，烏得顛當？請坐待之，當自至。」未幾，顛當果至，倉皇伏榻下。嫦娥疊指彈之，曰：「小鬼頭陷人不淺！」顛當叩頭，但求賒死[41]。嫦娥曰：「推人坑中，而欲脫身天外耶？廣寒十一姑不日下嫁，須繡枕百幅、履百雙，可從我去，相共操作。」顛當恭白：「但求分工，按時齎送。」女不許，謂宗曰：「君若緩頰[42]，即便放卻。」顛當目宗，宗笑不語，顛當目怒之。乃乞還告家人，許之，遂去。宗問其生平，乃知其西山狐也。買輿待之。次日，果來，遂俱歸。然嫦娥重來，恆持重不輕諧笑。宗強使狎戲，惟密教顛當為之。顛當慧絕，工媚。嫦娥樂獨宿，每辭不當夕。一夜，漏三下，猶聞顛當房中，吃吃不絕。使婢竊聽之。婢還，不以告，但請夫人自往。伏窗窺之，則見顛當凝妝作已狀，宗擁抱，呼以嫦娥。女哂而退。未幾，顛當心暴痛，急披衣，曳宗詣嫦娥所，入門便伏。

嫦娥曰：「我豈醫巫厭勝[43]者？汝欲自捧心傚西子[44]耳。」顛當頓首，但言知罪。女曰：「愈矣。」遂起，失笑而去。顛當私謂宗：「吾能使娘子學觀音。」宗不信，因戲相賭。嫦娥每趺坐[45]，眸含若瞑。顛當悄以玉瓶插柳，置几上；自乃垂髮合掌，侍立其側，櫻唇半啟，瓠犀[46]微露，睛不少瞬。宗笑之。嫦娥開目問之。顛當曰：「我學龍女[47]侍觀音耳。」嫦娥笑罵之，罰使學童子拜。顛當束髮，遂四面朝參之，伏地翻轉，逞諸變態[48]，左右側折，襪能磨乎其耳。嫦娥解頤[49]，坐而蹴之。顛當仰首，口啣鳳鉤[50]，微觸以齒。嫦娥方嬉笑間，忽覺媚情一縷，自足趾而上，直達心舍，意蕩思淫，若不自主。乃急斂神，呵曰：「狐奴當死！不擇人而惑之耶？」顛當懼，釋口投地。嫦娥又厲責之，眾不解。嫦娥謂宗曰：「顛當狐性不改，適間幾為所愚。若非夙根[51]深者，墮落何難！」自是見顛當，每嚴御[52]之。顛當慚懼，告宗曰：「妾於娘子一肢一體，無不親愛；愛之極，不覺媚之甚。謂妾有異心，不惟不敢，亦不忍。」宗因以告嫦娥，嫦娥遇之如初。然以狎戲無節，數戒宗，不聽；因而大小婢婦，競相狎戲。

一日，二人扶一婢，效作楊妃。二人以目會意，賺婢懈骨作酣態[53]，兩手遽釋；婢暴顛墀下[54]，聲如傾堵。眾方大譁；近撫之，而妃子已作馬嵬薨[55]矣。大眾懼，急白主人。嫦娥驚曰：「禍作矣！我言如何哉！」往驗之，不可救。使人告其父。父某甲，素無行，號奔而至，負尸入廳事，叫罵萬端。宗閉戶惴恐，莫知所措。嫦娥自出責之，曰：「主即虐婢至死，律無償法；且邂逅[56]暴殂，焉知其不再甦？」甲譟言：「四支已冰，焉有生理！」嫦娥曰：「勿譁。縱不活，自有官在。」乃入廳事撫尸，而婢已蘇，隨手而起。嫦娥返身怒曰：「婢幸不死，賊奴何得無狀！可以草索縶送官府！」甲無詞，長跪哀免。嫦娥曰：「汝既知罪，姑免究處。但小人無賴，反復何常，留汝女終為禍胎，宜即將去。原價如干數，當速措置來。」遣人押出，俾浼二三村老，券證[57]署尾。已，乃喚婢至前，使甲自問之：「無恙乎？」答曰：「無恙。」乃付之去。已，遂召諸婢，數責遍扑。又呼顛當，為之厲禁。謂宗曰：「今而知為人上者，一笑嚬亦不可輕[58]。謔端開之自妄，而流弊遂不可止。凡哀者屬陰，樂者屬陽；陽極陰生，此循環之定數。婢子之禍，是鬼神告之以漸[59]也。荒迷不悟，則傾覆及之矣。」宗敬聽之。顛當泣求拔脫[60]。嫦娥乃掐其耳；逾刻釋手，顛當憮然[61]為間，忽若夢醒，據地自投，歡喜欲舞。

由此閨閣清肅，無敢譁者。婢至其家，無疾暴死。甲以贖金莫償，浼[62]村老代求憐恕，許之。又以服役之情，施以材木而去。宗常患無子。嫦娥腹中忽聞兒啼，遂以刃破左脅出之，果男；無何，復有身，又破右脅而出一女。男酷類父，女酷類母，皆論昏於世家。

異史氏曰：「陽極陰生，至言哉！然室有仙人，幸能極我之樂，消我之災，長我之生，而不我之死。是鄉樂，老焉可矣，而仙人顧憂之耶？天運循環之數，理固宜然；而世之長困而不亨者，又何以為解哉？昔宋人有求仙不得者，每曰：『作一日仙人，而死亦無憾。』我不復能笑之也。」

1太原：府名，今山西省太原市。
2遊學：原指出外遊歷講學。此指四處開館授徒。
3廣陵：位於今江蘇省揚州市東北。
4紅橋：橋名，位於江蘇省揚州市。
5瀹茗：烹茶。瀹，讀作「越」。烹煮。
6箕箒：做家務。此指出嫁。
7心灼熱：內心焦急，迫不及待。
8服將闋：喪期將滿。闋，讀作「卻」。完畢。
9天王：此指天子。
10以饋遺階進：以贈送禮物來拉攏關係。遺，此處讀作「位」，贈送。
11無間：沒縫隙。此指機會。
12乞火：指求借米糧煮飯。
13形跡周密：兩人之間的往來更加親密。
14鋌：讀作「定」。金錠。
15陽：假意，假裝。
16吳客：蘇州人。
17僦居：租房子。僦，讀作「舊」。
18飛燕：趙飛燕，漢成帝的皇后。體態輕盈，據傳能在手掌上舞蹈，唐代杜牧〈遣懷〉詩云：「落魄江南載酒行，楚腰腸斷掌中輕。」說的就是趙飛燕。
19楊妃：即楊貴妃（西元七一九～七五六年），小字玉環。唐代蒲州永樂人。精通音律，擅長歌舞。原是壽王李瑁的王妃，後出家為女道士，號太真。入宮後，受到玄宗寵愛，封為貴妃，楊家親族均加官晉爵，權傾天下。安祿山起兵造反時，玄宗逃至馬嵬坡，陳玄禮等人煽動眾將士殺死楊國忠，又逼迫玄宗殺死楊貴妃以安撫天下百姓。玄宗只能含淚將她處死，最後貴妃被縊死在路邊佛寺下。
20僚：共事，即服侍同一個主人的僕人。
21床闥：內室。闥，讀作「踏」。
22失圖：形容六神無主，不知該如何是好的樣子。
23占驗：此指占卜以知吉凶。
24姚巷：長巷。
25恇儴：同「劻勷」，讀作「匡攘」，驚懼不安的樣子。
26旗下：滿清旗人所住之地。旗，清設八旗以做戶口編制，即正黃、正白、正紅、正藍和鑲黃、鑲白、鑲紅、鑲藍。被收編入旗籍的人，稱為旗人。
27撻：用棍、鞭等抽打。讀作「踏」。
28袿衣：婦女的上衣，此處泛指袍服。袿，讀作「規」。
29綈袍之意：比喻過往的情誼。典故出自《史記．范雎蔡澤列傳》，范雎曾為魏國中大夫須賈的部屬，須賈懷疑他出賣魏國情報，並將此事告知魏國宰相，宰相以酷刑百般羞辱他，使得他幾乎死亡，後來被人所救，遂改名換姓逃往秦國，後來受到秦王重用，被封為宰相。後來須賈出使秦國，范雎故意穿破敗的衣服去見他，須賈念在過往情份上送給他一件綈袍。須賈隨後得知范雎的身分，向他請罪，范雎因為須賈曾將綈袍相贈，表示他還顧念過往情誼，便饒他一命。綈，讀作「提」，古代一種作工極好的厚絲織品。
30數武：走幾步。
31讌：讀作「彥」，飲宴。
32西山：山名，在今北京市西郊。

33 一目眇：一隻眼睛不能視物。眇，讀作「秒」。
34 綴衲：縫補僧人所穿的百衲衣。
35 睽絕：隔絕。睽，讀作「葵」。
36 過：拜訪。
37 扃：讀作「窘」的一聲，門閂。此作動詞用，將門鎖上。
38 款曲：互訴衷情。
39 臨存：問候。
40 悵悵：不知該何去何從。
41 賖死：暫且饒過一命。
42 緩頰：求情。
43 厭勝：以詛咒制人。厭，讀作「壓」。
44 捧心效西子：即東施效顰。春秋時代越國美女西施，患心絞痛而經常捧心皺眉，另有一個醜女東施覺得這樣很美，於是學起西施捧心皺眉。
45 趺坐：讀作「夫」，盤腿而坐，即打坐。
46 瓠犀：瓠籽。比喻排列整齊的牙齒。
47 龍女：《西遊記》中記載龍女是觀音菩薩的侍從。
48 變態：變換多種姿態。
49 解頤：指笑得連下巴都掉下來，開心大笑。
50 鳳鉤：原指纏足女子所穿的繡花鞋。鉤，古代女子纏足，足尖小彎曲如鉤狀。
51 夙根：佛家語，前世或過往累積而來的修為。人有造善業與惡業的能力，這種能力稱為根性。
52 嚴御：謂嚴加管束。
53 懈骨作酣態：模仿楊貴妃喝醉酒後慵懶倦怠的樣子。
54 墀下：台階下。墀，讀作「持」。
55 妃子已作馬嵬葬：文內諷刺扮裝的婢僕摔死了。唐玄宗時，安祿山叛亂，玄宗與貴妃出逃，軍隊走到馬嵬驛（今陝西興平縣馬嵬鎮），將士揚言要殺死楊貴妃才肯繼續前行，玄宗無奈只能賜死貴妃，屍骨埋在馬嵬坡下。
56 邂逅：原指偶遇。此指意外。
57 券證：指簽訂契約。
58 一笑嚬亦不可輕：一顰一笑都不可輕忽。嚬，同「顰」。
59 漸：禍患的跡象。
60 拔脫：此指拔脫狐狸的本性。
61 憮然：茫然自失的樣子。憮，讀作「午」。
62 浼：讀作「每」，拜託、請求。

◆**但明倫評點**：人必不自負，而后不肯負人；負人者，即自負也。誠篤語不可多得。

人必定不辜負自己，才能不去辜負別人；辜負別人的心意，即是辜負自己的心意。這是誠實懇切的言論，實在難得。

嫦娥
離離合合事離
奇再合何妨永不
離嘗盡人間離別苦
神仙也是感情癡

白話翻譯

宗子美是太原人，隨父親四處開館授徒，到揚州暫住。宗子美的父親與紅橋下的林姓婦人素有交情。一天，父子二人經過紅橋，遇見林婦，林婦再三邀請宗氏父子到她家作客，烹茶閒談。林婦的女兒也在旁邊，容貌絕倫。宗父大力誇讚，林婦便瞧向宗子美，對宗父說：「大公子文質彬彬，像個姑娘家，這是福相。如果不嫌棄，就把我的女兒許配給他，如何？」宗父笑起來，催促子美起身向林媽叩拜，並說：「那可是千金一諾啦！」先前，林婦獨居，有個女子忽然前來，自言孤苦無依，問她小名，回道嫦娥。林婦非常鍾愛她，將她留下，覺得這女孩子奇貨可居，打算靠她發財。宗子美那年十四歲，一窺見嫦娥容貌，暗自竊喜，心想父親一定會爲自己作媒提親。宗父回家後卻隻字未提，宗子美心急如焚，將此事告知母親。宗父聽後笑著說：「那是與那貪婪婆子說的玩笑話，還不知她要賣多少黃金呢，這事談何容易！」

一年過去，宗子美的父母皆去世，他仍不能將嫦娥忘卻。服喪期將滿，他託人去向林婦提親，林婦起初不應允，宗子美氣憤地道：「我平生不輕易求人，你爲什麼把我的誠意看得一文不值？如要背棄婚約，那就把先前的叩拜之禮還我！」林婦只好說：「先前說要允婚，是和令尊大人開個玩笑，或許眞有這件事，但也只是口頭承諾，就把這件事給忘了。今天你既然重新提起，我難道還要把姑娘留著嫁給天子嗎？我每天把她打扮得漂漂亮亮，也不過想換個千兩銀子；不過現在只要一半，你給得起嗎？」宗子美自忖湊不出這麼多錢，只好作罷。剛好有個寡婦在西邊臨近的地方租房子住，她有個女兒剛成年，小名顚當。宗子美偶然瞥見，容貌不遜嫦娥，感到十分傾慕，經常藉著送東西以接近她。久而久之，宗子美和顛當逐漸熟悉，時常眉目傳情，想要獨處卻苦無機會。一晚，顛當過來借米煮飯，宗子美很高興地挽起她的手，兩人上床歡好。宗子美想與她定下婚盟，然而顛當以兄長外出經商推辭了，兩人從此時常趁隙幽會，密切往來。

一天，宗子美偶然路過紅橋，見到嫦娥正好在屋內，就想快步走過。嫦娥看見他，對他招招手，宗子美便停下腳步。嫦娥再次招手，他才進屋。嫦娥怪他背棄婚盟，宗子美將事情經過告訴她，嫦娥走進內室，拿出一錠黃金交給他。宗子美拒絕了，推辭說：「我自忖與你是有緣無份，便與別人私訂終身。接受你的黃金爲你奔走，就是做了負心漢；拿了你的錢而不娶你，是辜負你的情意。兩方我都不想辜負。」嫦娥沉默許久，說：「你所說的婚約，我略有耳聞。這樁婚事肯定不能成功，即使成功，我也不埋怨你負心。你快走吧，林嫗要回來了。」宗子美匆忙間也拿不定主意，只好拿著金子回去，心緒紛亂，進也不是，退也不是，不知該如何是好。第二天晚上，宗子美把這件事告訴顛當，顛當對嫦娥所言頗感贊同，只勸宗子美一心一意對待嫦娥。宗子美沉默不語，直至顛當表示願意作妾，宗子美才轉憂爲喜，託媒人把金子交給林嫗。林嫗無話可說，只好把嫦娥嫁給宗子美。

嫦娥過門後，宗子美向她傳達顛當的話，嫦娥微笑，假裝慫恿宗子美納顛當爲妾。宗子美很高興，急著想將此事告訴顛當，顛當卻不知所蹤。嫦娥知道顛當有意躲她，於是暫且回了娘家，故意給他們製造機會，囑咐宗子美偷走顛當佩帶的香囊。嫦娥離開不久，顛當果然來了，宗子美與她商量納妾之事，顛當說不要心急，解開衣服要與宗子美調情。她的腰間有個紫荷包，宗子美伸手摘取，顛當察覺了，臉色大變，起身道：「你與別人同心！卻對我有異心！負心郎，從此跟你斷絕來往！」宗子美想解釋挽留，顛當不聽，直接走了。一天，宗子美路過顛當家門口，進去打聽，得知已經另有蘇州的租客住下。顛當母女搬走已久，無影無蹤，無處探尋，宗子美唯有感嘆。

宗子美自從娶了嫦娥，家中暴富，樓閣一棟接著一棟，長廊一條連著一條，直通外頭的街路上。嫦娥喜愛玩樂，有一次夫妻二人在觀賞美人圖，宗子美說：「我常常說，你的美貌天下無雙，只是我沒見過趙飛燕和楊貴妃啊！」嫦娥笑回：「你若想見，亦非難事。」她拿起畫卷仔細觀看一遍，走入內室對鏡梳妝，仿效飛燕做掌上舞，接著又學起楊貴妃醉後神態。燕瘦環肥，隨心所欲；神態氣韻，與畫卷相比堪稱栩栩如生。正在模仿美人神態，一名婢女從外頭進來，竟認不得嫦娥，驚訝地問起其他婢女，後來仔細一看，才恍然大悟地笑出來。宗子美高興地說：「我得到一個美人，古往今來的美人，也都在我的房中了！」一天夜裡正在熟睡，幾個人撬門而入，火把將四壁照得通亮。嫦娥急忙起來，驚慌道：「有強盜！」宗子美剛睡醒，正想喊人，一個強盜已經拿刀架上他的脖子，他嚇得不敢喘氣，另一個強盜抓住嫦娥背上肩，一伙人一哄而散，宗子美才大聲呼救。家僕此時都聚集過來，發現家中珍寶沒有丟失，宗子美依舊很悲傷，六神無主，提不起精神，告到官府追捕盜賊，杳無音信。

就這樣過了三、四年，宗子美鬱鬱寡歡，借著上京趕考的機會去遊覽一番。在京城住了半年，算卦問卜，四處打探，能用的辦法都用了，仍沒有嫦娥消息。他偶然路過一條長巷，見到一個衣衫襤褸的女子，蓬頭垢面像個乞丐。宗子美停步細看，原來是顛當，他驚訝地問：「你怎麼憔悴成這樣啊？」顛當答：「自從和你分別後便搬到南方，老母過世，我被壞人拐賣到旗人官府，又是挨打又是挨餓，悽慘得無法言語啊。」宗子美也難過得落淚，問：「可以為你贖身嗎？」顛當說：「很難。恐怕要花很多錢，你無能為力。」宗子美說：「實話告訴你：這幾年來家境已富裕起來，可惜我出門在外，錢帶得不多；可是，哪怕得賣盡衣物車馬才能救你，我也在所不辭。如果需要的錢實在太多，我回家去籌錢。」顛當於是約他第二天出西城，在柳樹下會面，並囑咐他自己去，不要帶隨從僕人。宗子美應允了。第二天一早就去赴約，顛當已經先抵達，卻是穿得光鮮亮麗。宗子美驚訝地問她緣由，顛當笑答：「我昨天是試探你，看你有沒有變心，幸好你還顧念舊情。請到寒舍一敘，我會設法報答你。」宗子美跟隨她，往北走了沒幾步就到了她的家，顛當擺上酒菜，兩人飲酒有說有笑。宗子美邀請她同歸，顛當說：「我還有許多雜事沒處理完，不能跟你走，嫦娥的消息我卻是知道。」宗子美急忙問她嫦娥下落，顛當說：「嫦娥行蹤飄忽，我也不很清楚。西山有位瞎了一隻眼的老尼姑，你可以去問她，一定打探得到。」當晚，顛當讓宗子美留宿她家中，第二天早晨告訴了他前往西山的路。

宗子美來到西山，果然看見一座古寺，圍牆已經坍塌，竹林中有半間茅屋，一位老尼正在那兒縫補僧衣。老尼見有客人來訪，也不太搭理，宗子美朝她作揖施禮，她才抬頭。宗子美自報姓名並說明來意，老尼說：「我一個八十歲的老瞎子，與世隔絕，怎麼知道嫦娥消息！」宗子美不斷哀求，老尼才說：「我實在不知。我有幾個親戚明天晚上要來拜訪，或許當中有認識她的小姑娘也未可知。你明晚可再來。」

宗子美這才告辭。第二天再去，發現老尼姑已經外出，破門也鎖上了。宗子美一直等到夜半，明月當空、烏鴉啼叫，他心中害怕，不知該如何是好。正在來回踱步，遠遠看見兩、三個姑娘從外面進來，嫦娥就在這些人裡面。宗子美喜出望外，立刻上前，急急拉住她衣袖。嫦娥說：「你這個莽漢！嚇死我了！可恨顚當多嘴，竟讓情慾又纏上身。」宗子美拉她坐下，握住她的手互訴離情，不覺心酸悽楚。嫦娥說：「我實言相告：我是眞正的嫦娥，被貶下凡，在世間浮沉，現在期限已滿；假借強盜搶劫，是爲了斷絕你的念想。老尼也是王母娘娘府上的守門人。我初被貶到凡間，承蒙她收留照拂，經常前往探問，你若肯放我走，我可以替你求娶顚當。」宗子美不聽，低頭痛哭。嫦娥遠望了一眼說：「姊妹們都來了！」宗子美才回頭，嫦娥已經失去蹤影。宗子美痛哭失聲，不想活了，解下衣帶要上吊，恍惚間感覺魂已離體，不知何去何從。不久見到嫦娥走來，把他提捉起來，雙腳離地提進寺中。她又把樹上的屍體解下來，將他的魂魄推擠進肉身中，連聲呼喚：「癡郎，癡郎！嫦娥在此！」忽然，宗子美如夢初醒，過了一會兒才稍微定神，嫦娥生氣地說：「顛當這個賤婢！害我殺了郎君，我不能饒恕她！」

她下山雇了頂轎子回到自己住處，宗子美也命僕人打點行李，轉身出西城拜謝顛當。到了城西，發現房舍和先前所見已完全不同，宗子美驚歎而返，暗自竊喜嫦娥不知此事。一進門，就見嫦娥笑著迎上前道：「你見到顛當了嗎？」宗子美愕然無法應答。嫦娥說：「你瞞著我嫦娥，怎能得到顛當呢？請你坐著稍待，她自己會來。」不久，顛當果然到了，神色慌張地跪在床前。嫦娥用手指彈她額頭：「小鬼頭害人不淺！」顛當磕頭，哀求饒命。嫦娥說：「你推人入坑，還想置身事外嗎？廣寒宮裡十一姑近日就要出嫁，需要一百幅繡花枕、一百雙繡花鞋，你可隨我一同前去置辦。」顛當恭敬地說：「我還不能離開，請您把工作分給我，我一定按時繳交。」嫦娥不允許，對宗子美說：「你如果替她求情，我就放了她。」顛當也望向他，宗子美卻只是笑而不語，顛當氣得瞪他，又請求讓她回去告知家人，嫦娥答應了，她才離去。宗子美詢問顛當的生平，才知她是西山的狐仙。宗子美雇了車等候，第二天，顛當果然來了，和嫦娥一起回廣寒宮。若有人問起，就由宗子美隨意編個理由搪塞過去。

嫦娥回來後，性情莊重不輕易說笑。宗子美若要強迫她與之歡好，她就偷偷找來顛當代替自己。顛當很聰慧，擅長媚惑男人，嫦娥樂得獨宿，宗子美每每要留宿她房中，也都被她找個藉口推辭了。一天夜裡，已是三更天，還聽得見顛當房中吃吃笑聲不斷，嫦娥派婢女前去偷聽，婢女回來後沒有報告詳細情形，只請夫人自己去看。嫦娥趴到窗前窺視，就見到顛當正化裝成自己的模樣，宗子美抱著她喊「嫦娥」，嫦娥笑著回屋了。不久，顛當心頭劇痛，急忙脫掉外衣，拉著宗子美到嫦娥房裡，一進門就跪在地上。嫦娥說：「我是那種施法詛咒別人的人嗎？是你自己東施效顰罷了。」顛當只顧磕頭，頻說知罪。

嫦娥說：「痊癒了。」顛當起身，笑了笑就轉身離去。她私下對宗子美說：「我能讓娘子學觀音的樣子。」宗子美不信，開玩笑要與顛當打賭。由於嫦娥時常打坐，閉上雙眼，顛當於是偷偷拿個玉瓶插上柳枝，放到矮几上；自己再將頭髮放下，雙手合掌侍立在旁，櫻唇半張，貝牙微露，眼睛眨都沒眨一下。宗子美見狀笑出來，嫦娥睜開眼詢問，顛當說：「我學龍女侍奉觀音菩薩呢。」嫦娥笑著罵她幾句，罰她學童子拜觀音。顛當把頭髮束起，由四面八方朝她跪拜，趴在地上翻轉，變幻出各種姿態，左右弓腰踢腿，腳尖更能碰著自己的耳朵。嫦娥開懷大笑，坐著用腳踢她。顛當仰面，口裡銜起嫦娥的小腳，輕輕用牙齒觸碰。嫦娥正在嬉笑，忽覺一絲淫念順著足尖往上，直達心肺。她感到心神搖盪、慾火焚身、難以自持，趕忙定了定心神，斥責道：「狐奴該死！不挑選對象就隨便引誘人嗎？」顛當鬆口趴到地上。嫦娥再次厲聲痛罵，大家都不知是何緣故。嫦娥對宗子美說：「顛當狐性不改，剛才差一點被她所迷惑。若非我修爲深厚，墮落又有何難？」從此每次見到顛當，總是對她多加防範。顛當逐漸恐懼，對宗子美說：「我對娘子的全身上下沒有一處是不喜愛的，就是因爲太過喜愛，所以不知不覺就想媚惑她。但說我對娘子不懷好意，我不但不敢，而且也不忍心啊。」宗子美把這番話轉達給嫦娥，嫦娥才待她如初。但因爲顚當與宗子美嘻笑玩鬧毫無節制，她多次勸戒宗子美，宗子美不聽勸，大小丫鬟和老媽子們，從此也都爭相放肆玩鬧。

有一天，兩個僕婦扶著一個丫鬟玩樂，學起楊貴妃的樣子。兩個僕婦互使眼色，騙那丫鬟放鬆全身，來模仿一幕貴妃醉酒，兩人一鬆手，這丫鬟突然從台階上摔下去，聲響之大如牆壁崩塌。眾人震驚，上前試探，這個楊貴妃已經死在馬嵬坡下。他們驚懼不已，趕緊稟報主人，嫦娥驚呼說：「闖了大禍！我先前是怎麼說的？」前去查驗，已經回天乏術。派人告訴死者父親。她的父親某甲，向來品行不端，這時哭喊著跑到宗家，把女兒的屍體背到大廳，不斷地叫罵。宗子美嚇得關上門，不知所措。嫦娥從內室走出來，責備某甲說：「主子就算虐待奴婢至死，按法律也無須償命。何況你女兒是突然過世，怎知她就不能復活？」某甲喊道：「四肢已經冰涼，哪還能生還？」嫦娥說：「你不要大聲吵鬧，縱然不能復活，還有官府可以申訴。」她走到大廳撫摸屍體，丫鬟已經醒了，伸手拉她，她就站了起來。嫦娥轉身責問起某甲：「這丫鬟命大沒死，你這賊奴才怎麼這樣無理取鬧？可以拿草繩把你綁起來送到官府論罪了！」某甲無話可說，跪在地上哀求。嫦娥說：「你既然知罪，姑且不去追究。但你這無恥小人反覆無常，留你女兒在此終究是個麻煩。快點把她帶走，但原來的賣身錢須原價奉還，趕緊回去籌錢送來吧。」她派人把某甲押送出去，請來兩、三位村中耆老簽字作保，打好契約，就把丫鬟喚到跟前，讓某甲問她：「還有哪裡不適嗎？」丫鬟說：「無礙。」這才讓某甲把女兒領回去。這件事了結後，嫦娥把一眾丫鬟們叫來，嚴加斥責，並且打了她們一頓；又叫顚當前來，不准她再嘻笑玩鬧。嫦娥對宗子美說：「到了今天我才知道，居上位者，一言一笑都不可輕忽。戲鬧玩笑是我起的頭，後來對於那些效仿的人也不能禁止。舉凡哀傷的事屬陰，歡樂的事屬陽；陽來到極致就轉變爲陰，這是天理循環的定數。丫鬟闖的禍，是鬼神對我們的警告。如果再執迷不悟，大禍就要臨頭了！」宗子美恭敬地聆聽她的教訓，顛當哭求嫦娥拔除她的狐性，嫦娥便用手指掐住她的耳朵，片刻後鬆手。顛當一時間意識迷茫，隨即如夢初醒般，跪地叩拜，高興得想要跳舞。

從此，閨房中清淨莊嚴，無人再敢喧嘩玩鬧。丫鬟回到家，身無疾病卻突然死了。某甲請村老們代求嫦娥免除贖金，嫦娥應允，更念在主僕一場的份上，給她置辦棺木。宗子美常爲了膝下無子而憂慮，嫦娥腹中忽有嬰兒哭聲，於是她用利刃劃破左肋取出，果然是個男孩；不久嫦娥又有身孕，劃破右肋取出一個女兒。男孩長得像父親，女兒長得像母親，長大後都與大戶人家聯姻。

記下奇聞異事的作者如是說：「樂極生悲，眞是至理名言啊！然而幸好家有仙人，能取悅我，替我消災解厄，使我長命百歲，讓我長生不死。這是極樂仙鄉，終老在此足矣，仙人還有什麼可擔憂的呢？天理報應循環不爽，這是世間道理；有些人一生貧困而未能享一天清福，這又該怎麼解釋呢？宋朝有個人求仙不得，常常說：『若能讓我做一天神仙，縱然死了也沒有遺憾。』我不會再譏笑這樣的人了。」

刑子儀

滕[1]有楊某，從白蓮教[2]黨，得左道之術。徐鴻儒[3]誅後，楊幸漏脫，遂挾術以遨。家中田園樓閣，頗稱富有。至泗上[4]某紳家，幻法為戲，婦女出窺。楊睨其女美，歸謀攝取之。其繼室朱氏，亦風韻，飾以華妝，偽作仙姬；又授木鳥，教之作用[5]；乃自樓頭推墮之。朱覺身輕如葉，飄飄然淩雲而行。無何，至一處，雲止不前，知已至矣。

是夜，月明清潔，俯視甚了[6]。取木鳥投之。鳥振翼飛去，直達女室。女見彩禽翔入，喚婢撲之；鳥自沖簾出。女追之，鳥墮地作鼓翼聲；近逼之，撲入裙底，展轉間，負女飛騰，直沖霄漢。婢大號。朱在雲中言曰：「下界人勿須驚怖，我月府姮娥[7]也。渠[8]是王母[9]第九女，偶謫塵世。王母日切懷念，暫招去一相會聚，即送還耳。」遂與結襟而行[10]。方及泗水之界，適有放飛爆[11]者，斜觸鳥翼；鳥驚墮，牽朱亦墮，落一秀才家。

秀才邢子儀，家赤貧而性方梗[12]。曾有鄰婦夜奔，拒不納。婦啣憤去，譖[13]諸其夫，誣以挑引。夫固無賴，晨夕登門詬辱之。邢因貨產僦居別村。有相者顧某善決[14]人福壽，邢踵門叩之。顧望見笑曰：「君富足千鍾[15]，何著敗絮見人？豈謂某無瞳耶？」邢嗤妄之。顧細審曰：「是矣。固雖蕭索[16]，然金穴不遠矣。」邢又妄之。顧曰：「不惟暴富，且得麗人。」邢終不以為信。顧推之出，曰：「且去且去，驗後方索謝耳。」

是夜，獨坐月下，忽二女自天降；視之，皆麗姝。詫為妖，詰問之，初不肯言。邢將號召鄉里，朱懼，始以實告，且囑勿洩，願終從焉。邢思世家女不與妖人婦等，遂遣人告其家。其父母自女飛升，零涕惶惑；忽得報書，驚喜過望，立刻命輿馬星馳而去。報邢百金，攜女歸。邢得豔妻，方憂四壁，得金甚慰。往謝顧。顧又審曰：「尚未尚未。泰運[17]已交，百金何足言！」遂不受謝。

先是，紳歸，請于上官捕楊。楊預遁，不知所之，遂籍[18]其家，發牒[19]追朱。朱懼，牽邢飲泣。邢亦計窘，始賂承牒者，賃車騎攜朱詣紳，哀求解脫。紳感其義，為竭力營謀，得贖免；留夫妻於別館，懽如戚好。紳女幼受劉聘；劉，顯秩[20]也，聞女寄邢家信宿，以為辱，反婚書，與女絕姻。紳將議姻他族；女告父母，誓從邢。◆邢聞之喜；朱亦喜，自願下之。紳憂邢無家，時楊居宅從官貨[21]，因代購之。夫妻遂歸，出囊金，粗治器具，蓄婢僕，旬日耗費已盡。但冀女來，當復得其資助。一夕，朱謂邢曰：「孽夫楊某，曾以千金埋樓下，惟妾知之。適視其處，磚石依然，或窖藏無恙。」往共發之，果得金。因信顧術之神，厚報之。後女于歸，妝貲豐盛，不數年，富甲一郡[22]矣。

異史氏曰：「白蓮殲滅而楊獨不死，又附益之，幾疑恢恢者疏而且漏矣。孰知天留之，蓋為邢也。不然，邢即否極而泰，亦惡能倉卒起樓閣、累巨金哉？不愛一色，而天報之以兩。嗚呼！造物無言，而意可知矣。」

1 滕：古代縣名。今山東省滕州市。
2 白蓮教：民間宗教的一種，佛教的旁支。
3 徐鴻儒：明末山東鉅鹿人，熹宗天啟二年（西元一六二二年），率領白蓮教眾起義，聯合景州于宏志、曹州張世佩、艾山劉永明等反明勢力，攻下巨野、鄒縣、滕縣等地，切斷漕河糧道。最後遭朝廷鎮壓，被俘處死。
4 泗上：指山東省泗水縣。
5 作用：使用的方法。
6 了：清楚明瞭。
7 姮娥：嫦娥。漢人為避文帝諱，改「姮」為「嫦」。
8 渠：他，指第三人稱。
9 王母：指道教神話中的西王母。

10 結襟而行：結伴同行。
11 飛爆：沖天炮。
12 方梗：剛毅正直。
13 譖：讀作「怎」的四聲，羅織罪狀構陷他人。
14 決：判斷。
15 千鍾：家財萬貫。
16 蕭索：窮困。
17 泰運：好運。
18 籍：沒收入官。
19 牒：讀作「蝶」，官府發佈的公文或證明文書。
20 顯秩：地位顯赫的官職。
21 從官貨：由官府主辦，拍賣私人產業。
22 郡：此指山東兗州府。

◆**但明倫評點**：紳女為劉絕婚，而告父母誓從邢，此為名正言順。

鄉紳的女兒被劉家退婚，因而告訴父母她誓言要嫁給邢子儀，這是名正言順。

白話翻譯

滕縣楊某人，加入白蓮教，學了點旁門左道的法術。白蓮教首領徐鴻儒伏誅後，楊某僥倖逃脫，就靠這點法術四處招搖撞騙。他的家中田產頗豐，樓閣高大，頗爲富有。楊某曾到泗水縣一位鄉紳家表演幻術，這個家裡的女兒出來觀看，楊某看這女子長得貌美，就謀劃要把她騙到手。他的繼室朱氏，長得也很標緻，楊某讓她穿上華服，扮成仙女樣貌，又給她一隻木鳥，教她操縱的技巧，然後把朱氏從樓上推下去。朱氏只感身體輕盈如葉片般，宛若仙

邢子儀
隻甕忽從天上
落千金依舊
窖中藏非同
相術如神
驗禍福由
人自主
張

人踏雲而飛。不久，她飛到一個地方，雲彩停下不再往前，便知道已經到達目的。

這天夜裡，月光皎潔，往下俯瞰，視野一片清明。朱氏取出木鳥丟擲出去，木鳥展翅而飛，一直飛到鄉紳家那位女子房中，女子見到一隻五彩的鳥飛入，急忙呼叫婢女捕捉。鳥衝出簾外，女子在後頭追趕，彩鳥墜落在地，翅膀仍自撲撲作響。女子靠近它，彩鳥就鑽進女子裙底；一轉眼，它就背著女子飛上高空，直沖雲霄。婢女大聲呼喊。朱氏在雲中說：「凡人不要害怕，我是月宮的嫦娥，你家小姐是王母娘娘的第九女，偶然貶謫到凡間。王母娘娘思念甚殷，暫召她前往相會，很快就將她送回。」朱氏就與女子結伴飛行。她們剛到泗水縣的領地，正巧有人放沖天炮，火花衝撞到彩鳥翅膀，彩鳥就往下墜落，連帶朱氏也掉下來，落在一個秀才家。

這位秀才叫邢子儀，家境貧困，爲人卻剛正耿直。曾有一個鄰婦夜晚來奔，他拒絕與她歡好，婦人就氣惱地離開，她回到家後欺騙丈夫，誣陷邢子儀調戲她。她的丈夫本就是個小混混，早晚到邢子儀家門口謾罵羞辱。邢子儀無奈之下只好賣掉田產搬至別村。

有位姓顧的算命先生能推斷人的吉凶福壽，邢子儀上門拜見。顧某望著他笑道：「你家財萬貫，爲何衣衫襤褸地來見我？是怪我眼瞎嗎？」邢子儀嗤之以鼻。顧某仔細端詳他，然後說：「噢，對了，你目前雖然很窮，可是離發財也不遠了。」邢子儀仍覺得他胡言亂語。顧某又說：「你不但能發財，還能得到佳人。」邢子儀始終不信他的話。顧某將他推出門外說：「快走，快走，我的話應驗以後再向你要酬金。」

當晚，邢子儀在月下獨坐，忽有兩女從天而降，他仔細一看，都是美人。以爲她們是妖怪，邢子儀就問她們從何處來，她們剛開始不肯說，邢子儀威脅她們，要把鄉親們都叫來。朱氏心中恐懼，就把實情告訴他，並囑咐他千萬要保密，還說願意嫁給他爲妻。邢子儀心想，鄉紳家的女兒與懂幻術的婦人不同，就派人通報女子家人。女子的父母自從女兒失蹤以後，惶恐不安，整日啼哭，忽然得到消息，喜出望外，立刻派車子日夜兼程到邢家去接人，還給邢子儀一百兩銀子做酬金，把女兒帶回家。邢子儀得到美婦，卻還在爲家徒四壁發愁，如今得到酬金，十分歡喜，就到顧某家去答謝。顧某人又端詳他一番說：「現在還不是時候，你已經開始轉運，區區一百兩銀子算得上什麼？」表示他不接受答謝。

在此之前，那位鄉紳已向官府提告楊某拐帶女兒，官府派捕快前往緝捕時，楊某早已逃之夭夭，不知行蹤，官府就沒收他的家產，發出緝捕令要逮捕朱氏。朱氏很害怕，拉著邢子儀的手哭泣。邢子儀沒辦法，只好花錢賄賂持緝捕令的官差，雇了輛車載朱氏去求那位鄉紳撤銷告訴。鄉紳覺得邢子儀很講義氣，就盡力替朱氏謀劃，最終被判准繳交罰款贖罪。鄉紳又挽留夫妻二人住在別館，兩家感情好得如同親戚一般。

鄉紳家的女兒年幼時與劉家訂親，劉家位居高官，地位顯赫，聽說女子在邢子儀家中過夜，覺得很羞恥，就把聘書退回，解除婚約。鄉紳想替女兒另找夫家，女子告訴父母，誓言要嫁給邢子儀。邢子儀聽了很高興，朱氏也感到欣慰，並且自願作妾。鄉紳考慮到邢子儀沒有房產，正好官府要拍賣楊某的房子，就出錢替他買下。邢子儀和朱氏就搬到新家去住，拿出剩下的錢隨便置辦了些傢俱，雇了婢女僕人，不出十天，錢就花光了。他們希望鄉紳家的女兒能盡快嫁過來，再得鄉紳家資助。一晚，朱氏對邢子儀說：「我的前夫楊某作惡多端，曾把一千兩銀子埋在樓下，這件事只有我知情。剛才我去看了埋銀子的地方，磚石沒被動過，也許埋在那裡的銀子還在。」兩人一起去挖，果然挖到銀子。此時，邢子儀才相信算命術士顧某的話，拿了豐厚的酬金去感謝他。後來鄉紳家的女兒也嫁過來，嫁妝很豐盛，沒過幾年，邢子儀就成了縣裡首富。

記下奇聞異事的作者如是說：「白蓮教被官府剿滅，只有楊某人僥倖逃脫，又得積攢不少金錢，我幾乎懷疑天網恢恢也有疏漏的時候。誰知老天留下他，是爲了讓邢子儀發跡，否則，邢子儀即使轉運，又怎能在短時間擁有華屋與巨款？他拒絕了一個鄰婦，老天就送給他兩個美女。唉！造物者雖不說話，祂的用意卻可想而知啊！」

李生

商河[1]李生，好道。村外里餘，有蘭若[2]，築精舍[3]三楹，趺坐[4]其中。游食緇黃[5]，往來寄宿，輒與傾談，供給不厭。一日，大雪嚴寒，有老僧擔囊借榻，其詞玄妙。信宿將行，固挽之，留數日。適生以他故歸，僧囑早至，意將別生。雞鳴而往，扣關不應。踰垣入，見室中燈火熒熒[6]，疑其有作，潛窺之。僧趣[7]裝矣，一瘦驢縶[8]燈檠[9]上。細審，不類真驢，頗似殉葬物；然耳尾時動，氣咻咻然。俄而裝成，啟戶牽出。生潛尾之。門外原有大池，僧繫驢池樹，裸入水中，偏[10]體掬濯[11]已。著衣牽驢入，亦濯之。既而加裝超乘，行絕駛。生始呼之。僧但遙拱致謝，語不及聞，去已遠矣。王梅屋言：李其友人。曾至其家，見堂上額書「待死堂」◆，亦達士[12]也。

1 商河：古代縣名。今山東省商河縣。
2 蘭若：即佛教寺院。
3 精舍：指修行者精進修行的居所。
4 趺坐：盤腿而坐，即打坐。趺，讀作「夫」。
5 緇黃：僧人與道士的合稱。因僧人身穿黑衣，道士頭戴黃冠，故稱。
6 熒熒：讀作「迎迎」，微弱光影閃動的樣子。
7 趣：讀作「促」，催促。
8 縶：讀作「直」，細綁。
9 燈檠：安放油燈的燈架。檠，讀作「晴」。
10 偏：同今「遍」字，是遍的異體字。
11 掬濯：雙手捧水洗澡。掬，讀作「菊」，以雙手捧取東西。
12 達士：性格豁達之人。

◆**但明倫評點**：堂名奇闢。

大廳名稱別樹一幟。

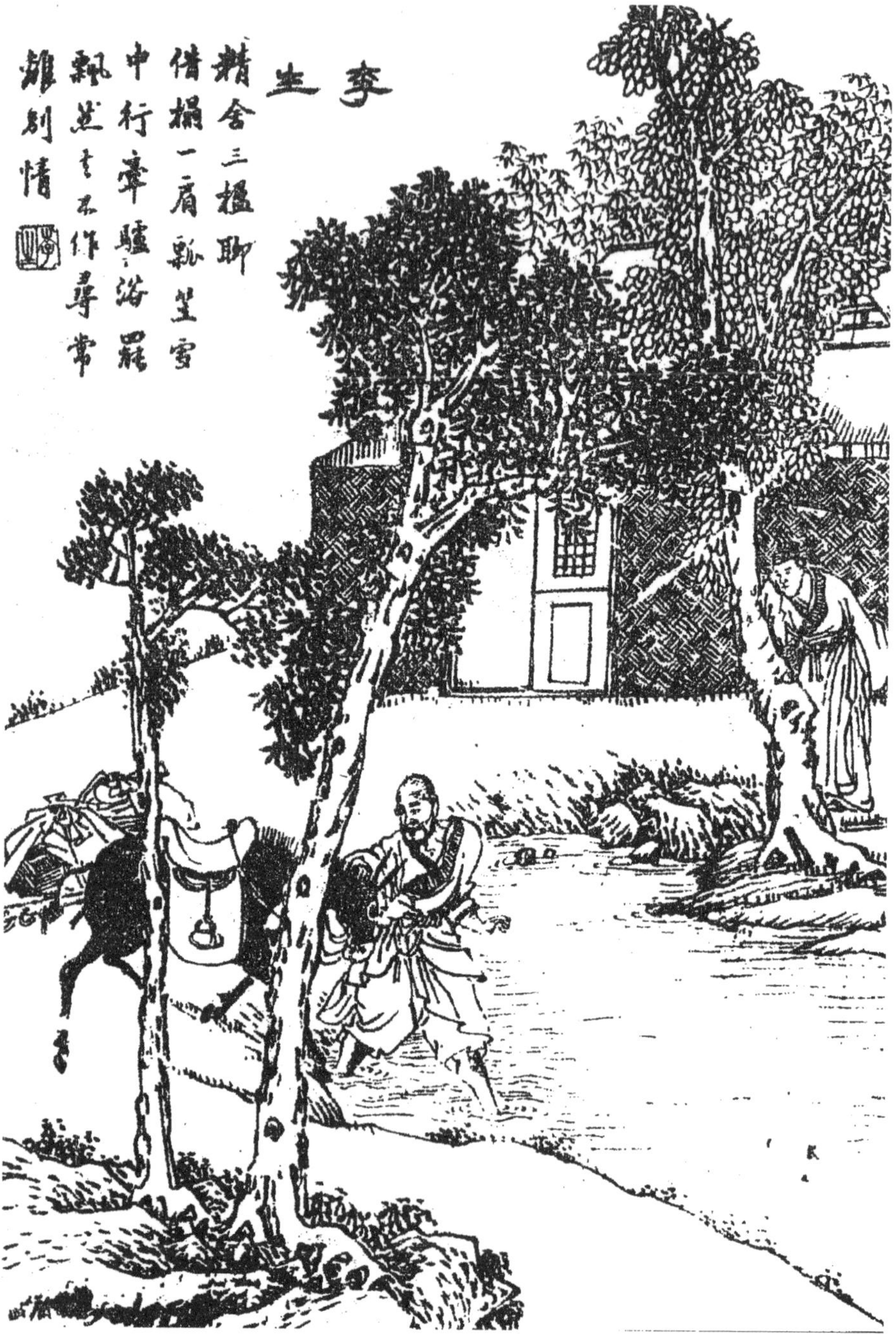
李生
精舍三楹聊
借榻一肩孤笠雪
中行牽驢浴罷
飄然去不作尋常
離別情

白話翻譯

商河縣有個李生，嚮往佛學。村外一里多的地方有一間寺廟，李生在那裡修建了三間精舍，在裡面盤腿打坐。有些雲遊僧人和道士會在這裡寄宿，李生與他們談經論道，提供食物，從不中斷。

一天，冬天下大雪非常寒冷，有位老和尚挑著行囊前來借宿，談論佛理很是玄妙。第二天，老和尚要離開，李生再三挽留，老和尚又住了幾天，適逢李生有事回家一趟，老和尚叮囑他早點回來，想要與他辭行。李生一大清早回到精舍，敲門無人應門，於是翻牆進去，見室中燈光閃爍，不知老和尚在做些什麼，便躲起來偷看。老和尚正在收拾行李，一隻瘦驢拴在燈架旁。仔細一瞧，不像眞的驢子，很像殉葬品；然而驢耳和尾巴又能不時擺動，咻咻地喘著氣。不久，老和尚把行囊收拾好，開門把驢牽出來，李生就偷偷尾隨過去。門外原本有一座大水池，老和尚把驢拴到水池旁的樹下，赤身裸體進入水池，以手捧水將全身洗過一遍。又穿上衣服把驢牽到水中也洗了一遍。隨後把行囊放到驢背上，翻身跨上後，飛也似的揚長而去。李生這才呼喊老和尚，他只是遠遠地拱手致謝，聽不清說了什麼，就走得老遠了。

王梅屋說，李生是他的朋友。他曾去過李生家，見大廳懸掛的牌匾寫著「待死堂」三字，看來他也是一位置生死於度外的豁達之人。

陸押官

趙公，湖廣[1]武陵[2]人，官宮詹[3]，致仕歸。有少年伺門下，求司筆札[4]。公召入，見其人秀雅。詰其姓名，自言陸押官。不索傭值。公留之，慧過凡僕。往來牋奏[5]，任意裁答，無不工妙。主人與客弈，陸睨之，指點輒勝。趙益優寵之。

諸僚僕見其得主人青目[6]，戲索作筵。押官許之。問：「僚屬幾何？」會別業主計者[7]皆至，約三十餘人，眾悉告之數以難之。押官曰：「此大易。但客多，倉卒不能遽辦，肆中可也。」遂徧[8]邀諸侶赴臨街店。皆坐。酒甫行，有按壺起者曰：「諸君姑勿酌。請問今日誰作東道主[9]？宜先出貲[10]為質，始可放情飲噉[11]；不然，一舉數千，鬨然都散，向何取償也？」眾目押官。押官笑曰：「得無謂我無錢耶？我固有錢。」乃起向盆中捻溼麵如拳，碎掐置几上；隨擲，遂化為鼠，竄動滿案。押官任捉一頭，裂之，啾然腹破，得小金；再捉，亦如之。頃刻鼠盡，碎金滿前，乃告眾曰：「是不足供飲耶？」眾異之，乃共恣飲。既畢，會[12]直[13]三兩餘。眾秤金，適符其數。眾索一枚懷歸，白其異於主人。主人命取金，搜之已亡。反質肆主[14]，則償貲悉化蒺藜。還白趙，趙詰之。押官曰：「朋輩逼索酒食，囊空無貲。少年學作小劇，故試之耳。」眾復責償。押官曰：「我非賺酒食[15]者，某村麥穰[16]中，再一簸揚[17]，可得麥二石，足償酒價有餘也。」因浼[18]一人同去。某村主計者將歸，遂與偕往。至則淨麥[19]數斛，已堆場中矣。衆以此益奇押官。

一日，趙赴友筵，堂中有盆蘭甚茂，愛之。歸猶贊歎之。押官曰：「誠[20]愛此蘭，無難致者。」趙猶未信。凌晨至齋，忽聞異香蓬勃，則有蘭花一盆，箭葉[21]多寡，宛如所見。因疑其竊，審之。押官曰：「臣家所蓄，不下千百，何須竊焉？」趙不信。適某友至，見蘭驚曰：「何酷肖寒家物！」趙曰：「余適購之，亦不識所自來。但君出門時，見蘭花尚在否？」某曰：「我實不曾至齋，有無固不可知。然何以至此？」趙視押官。押官曰：「此無難辨：公家盆破，有補綴處；此盆無也。」驗之始信。

夜告主人曰：「向言某家花卉頗多，今屈玉趾[22]，乘月往觀。但諸人皆不可從，惟阿鴨無害。」——鴨，宮詹僮也。遂如所請。公出，已有四人荷肩輿，伏候道左。趙乘之，疾於奔馬。俄頃入山，但聞奇香沁骨。至一洞府，見舍宇華耀，迥異人間；隨處皆設花石，精盆佳卉，流光散馥[23]，即蘭一種，約有數十餘盆，無不茂盛。觀已，如前命駕歸。押官從趙十餘年。後趙無疾卒，遂與阿鴨俱出，不知所往。

1湖廣：此指湖南省。
2武陵：古代郡名。今湖南省常德市武陵區。
3宮詹：即詹事，古代官名。漢代皇后太子宮皆設有詹事這個職務，後為太子屬官的專名。掌管東宮庶務，也稱宮詹。
4司筆札：掌管文書的職務，處理公文與往來書信。
5牋奏：原指臣下呈給天子的奏章，此指一般的公文、書信。牋，讀作「兼」，指書信。
6青目：即青睞，受到主人特別喜愛或重視。
7主計者：掌管帳簿的僕人，相當於今日的會計。
8徧：同今「遍」字，是遍的異體字。
9東道主：作為主人招待或宴請客人。典故出自《左傳・僖公三十年》：「若舍鄭以為東道主，行李之往來，共其乏困，君亦無所害。」春秋時鄭大夫燭之武見秦穆公，說：「如果捨去鄭國不予攻打，那麼今後秦國的使者到鄭國出使，就由鄭國作為東道（鄭國在秦國的東邊）的主人，款待秦國的使者。國君您也沒什麼損失。」

10貲：通「資」，財物、錢財。
11噉：同今「啖」字，是啖的異體字，「吃」也。
12會：結算。
13直：通「值」。價錢、金錢。
14肆主：店主人。
15賺酒食：用小伎倆詐騙酒菜來吃的人。
16穰：讀作「攘」，稻、麥的莖，即稈子。
17簸揚：以甩動擊打的方式除去穀類外殼與雜質。
18浼：讀作「美」，請求、懇求。
19淨麥：揚去麥子的外殼與雜質。
20誠：倘若。
21箭葉：蘭花的莖和葉子，因形狀似箭矢，故名。
22屈玉趾：請人屈尊移駕。表達尊敬的用詞。
23馥：香味。

◆何守奇評點：神仙游戲。

這是神仙的把戲。

白話翻譯

趙大人是湖南武陵縣人，曾在太子宮中任職詹事官，年老後退休返鄉。有一天，有位少年人登門拜訪，想要求取一份掌管文書的職務。趙大人看他容貌秀氣，雋朗風雅像個書生，就問他姓名。他自稱叫陸押官，不要工錢，趙大人就將他留下。陸押官聰慧遠勝一般僕人，凡是趙大人往來的公文，都由他代筆隨意回覆，行文卻十分精妙工整。有時主人和客人下棋，陸押官在旁觀看，稍加指點，主人就贏了，趙大人對他寵愛更甚。

其他僕人見他得到主人青睞，便開玩笑要他請客吃飯。陸押官允諾，問一共多少人，正好趙大人在別墅管帳的帳房都來了，約有三十餘人，鬧著要他請客的人有意刁難他，就把這些人也算進去。陸押官說：「這沒什麼困難。但客人太多，倉促間來不及辦酒席，不如去酒店吃飯吧。」就邀請所有人前往臨街一家酒店。等到大家都坐下，正要開始喝酒，有個人按住酒壺，站起來說：「大家先不要喝，請問今天誰作東，先把酒飯錢拿出來放桌上，大家才能開懷痛飲；不然，咱們這麼多人，少說也得花上數千錢，吃完後大家一哄而散，要跟誰討錢？」大家都看向陸押官，他笑說：「這是以爲我沒錢買單嗎？我當然有錢。」

他站起身，向水盆中抓了一塊拳頭大小的濕麵團，捏成幾個小團放到桌上，隨手一扔，全都變成老鼠，在桌上跑來跑去。陸押官隨便捉住一隻老鼠，用力撕裂，老鼠的肚子啾一聲破掉，竟能取出一小塊銀子；再捉一隻，又和先前一樣破腹取銀。極短時間內，老鼠全都捉完，碎銀堆在桌上，陸押官對大家說：「這些錢還不夠付帳嗎？」眾人感到很驚訝怪異，但也因此放心開懷痛飲起來。吃喝完畢，結帳時一共花了三兩多銀子，大家再秤桌上碎銀，剛好就是這個數目。有個人覺得此事匪夷所思，想要將這件事稟報主人，就索要一枚碎銀放進懷裡。回去後，他將此事稟報給趙大人，趙大人命他取出銀子來看，他在懷中摸索半天，卻找不到銀子。他又回酒店詢問店主，那些碎銀都變成了蒺藜子。僕人回去後將這件事稟告主人，趙大人就去問陸押官事情始末，陸押官說：「大夥逼著我請客喝酒吃飯，我囊中羞澀。不過年輕時學過點小戲法，所以就拿來表演一番。」大家又要他償還酒錢，陸押官說：「我不是那種招搖撞騙，吃飯不付錢的人。某個村子有好些簸篩過的麥稈，再去簸揚一遍，可得兩石小麥，償還酒錢綽綽有餘了。」他請求一人一同前往。正好那座田莊的管家要回去某村，便與陸押官同行。到達後，只見幾斛簸揚過的小麥已堆在麥場中。大家從此對他感到更加驚異了。

有一天，趙大人前去參加朋友宴席，大堂中有盆蘭花，開得十分茂盛，他非常喜愛，回去後仍讚歎不已。陸押官說：「大人若眞喜歡這盆蘭花，要取得也非難事。」趙大人不相信他的話，凌晨前往書房，忽聞一股異香迎面撲鼻而來，就見一盆蘭花放在那裡，莖葉數量也跟先前看到的一模一樣。他懷疑是陸押官偷來的，就拿此事質問他。陸押官說：「屬下家中所種植的花卉，不只千百盆，又何必去偷？」趙大人以爲他在說謊。剛好那個朋友來了，見到蘭花驚訝地說：「怎麼與寒舍中那一盆如此相似？」趙大人說：「我剛買下，也不知這盆花的來路。你今天出門時，那盆蘭花還在嗎？」朋友說：「我不曾去過書房，那盆花是否還在，委實不知。但若這盆是我的，它怎麼會在你這裡？」趙大人看向陸押官，陸押官說：「這很容易分辨：您家的那盆蘭花，盆子破裂有修補過的痕跡；這盆則沒有。」眾人一經查驗，才相信他說的話。

到了夜晚，陸押官告訴主人：「我曾說我家有很多花卉，您以為我在說謊，現在請您屈尊前往，乘著月色觀賞吧。但不能帶僕從，只有阿鴨可以去。」阿鴨，是趙大人的童僕。趙大人按他說的去做，一出門，已有四個人抬著小轎，在路邊等待。趙大人坐上後，轎子便在路上奔馳起來，比馬匹還快。不久進入山中，只聞異香沁入心脾，再不久，來到一個洞府，只見亭台樓閣非常華美，與人間建築大相逕庭；四處都擺放奇花異石，那些珍貴的花草都用精緻的盆子栽種，散發出耀眼的光芒與香氣。光是一種蘭花，就有約幾十盆，全部綻放得茂盛美觀。觀賞完後，一行人仍如來時那樣乘轎返家。陸押官跟隨趙大人十幾年，後來趙大人壽終正寢，陸押官便和阿鴨一起離開，不知去向。

蔣太史

蔣太史超[1]，記前世為峨嵋[2]僧，數夢至故居菴[3]前潭邊濯足。為人篤嗜內典[4]，一意台宗[5]，雖早登禁林[6]，嘗有出世之想。假歸江南[7]，抵秦郵[8]，不欲歸。子哭挽之，弗聽。遂入蜀，居成都金沙寺；久之，又之峨嵋，居伏虎寺，示疾怛化[9]。自書偈[10]云：「翛然猿鶴自來親[11]，老衲無端墮業塵。妄向鑊湯[12]求避熱，那從大海去翻身。◆功名傀儡[13]場中物，妻子骷髏隊裏人。只有君親無報答，生生常自祝能仁[14]。」

1 蔣太史超：蔣超，字虎臣，號華陽山人，金壇（今江蘇省金壇市）人。曾任翰林院修撰。

2 峨嵋：山名，也作「峨眉」。在今四川峨眉縣西南，山勢雄偉，有兩峰相對如蛾眉，因此得名。

3 菴：茅草屋。同「庵」。

4 內典：佛教用語，指佛經。

5 台宗：即天台宗。中國佛教宗派之一。隋朝僧人智顗（西元五三八～五九七年）所創，因智顗晚年居住天台山，故又稱「天台宗」。以《法華經》為主要教義根據，故也稱「法華宗」。此宗有五時八教的判教理論，即將釋迦摩尼佛證成涅槃成佛後所說的法，按照說法的順序分為五時期。按教義內容與教化方法又分為「八教」，因眾生根器不同，佛陀需要用不同的教法去教化不同根器的眾生。

6 禁林：古代翰林院的別稱。

7 江南：此指江蘇。

8 秦郵：古代州名。今江蘇省高郵市。

9 示疾怛化：病逝。示疾，佛教稱佛、菩薩、高僧等修行者生病，隨應機緣而示現，用意在教化眾生。怛化，比喻死亡。怛，讀作「達」。

10 偈：讀作「寄」。梵語翻譯詞彙，原指文學的詩歌，在中國則指蘊含佛教哲理的詩歌韻文。

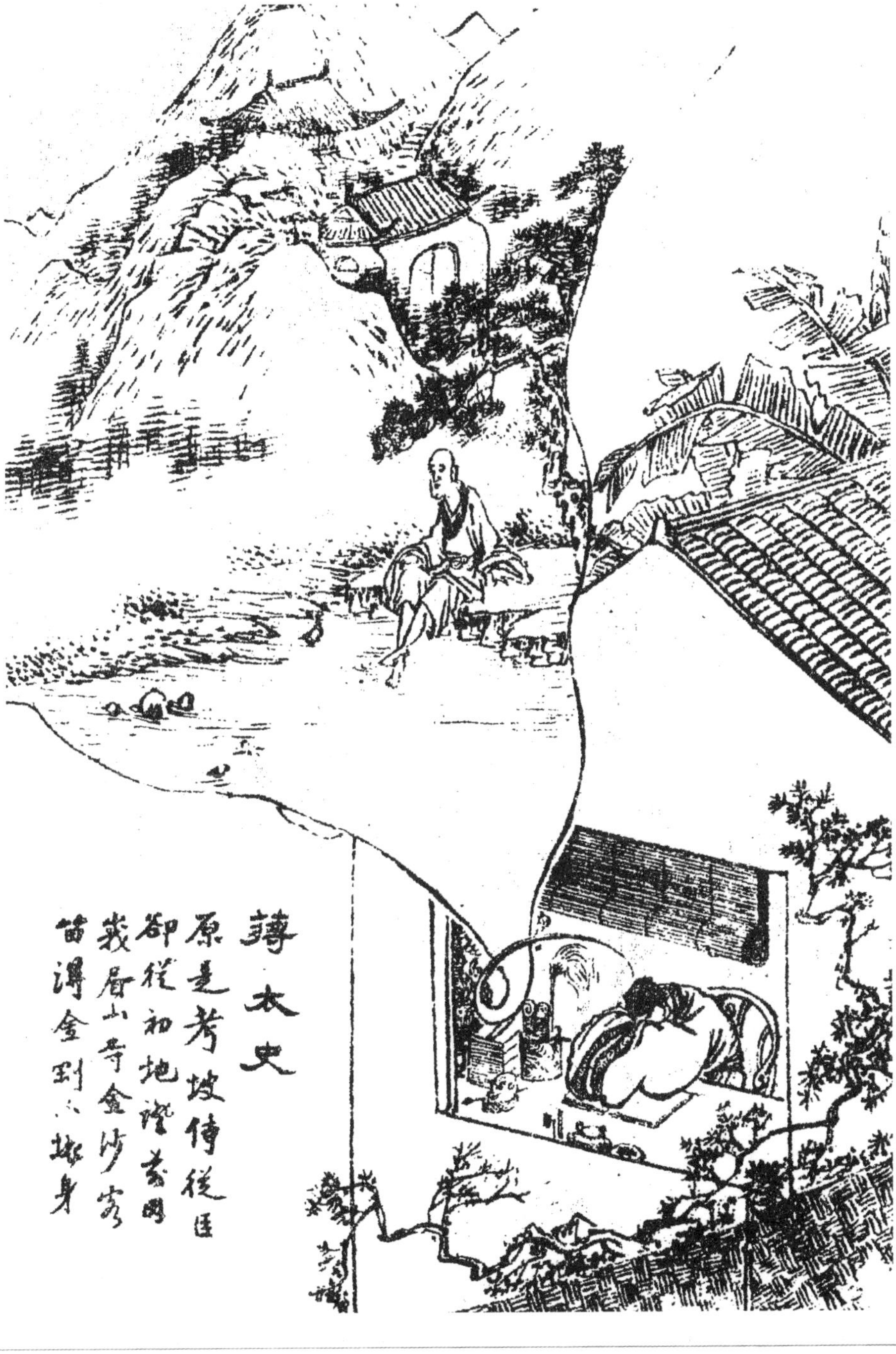
蔣太史
原是耆婆傳從匡
却從初地證菩提
我居山寺金沙窟
留得金剛不壞身

11 倏然猿鶴自來親：自由自在，無拘無束，順應自然。倏然，自由、無所拘束之貌。倏，讀作「蕭」。
12 鑊湯：鍋中煮沸的滾水。鑊，讀作「獲」，古代用以烹煮食物的大鍋。
13 傀儡：受人操縱的木偶，在此比喻被人控制、操縱。
14 能仁：佛教用語，釋迦的意譯。釋迦，印度種族之名；因釋尊是出身於釋迦族的賢人，故被尊稱為釋迦牟尼。

◆**但明倫評點**：妙解真諦，當頭棒喝。

精微深奧的闡釋真理，猶如當頭棒喝。

白話翻譯

翰林院修撰蔣超，記得自己前世是峨嵋山的和尚，屢次夢見自己回到前世居住的茅屋，然後到前面的水池邊洗腳。他素來喜歡研讀佛經，專注於天台宗的經論。雖然年紀很輕就進翰林院擔任職務，卻時常有出家念頭，他請假回江蘇，抵達高郵時，就不想回家了。兒子哭泣挽留，他不聽勸，後來去了四川，住在成都金沙寺；過了一陣子，又來到峨嵋山的伏虎寺，患病過世。他生前寫了一個偈子：「原本無拘無束與山中猿猴野鶴為伍，老衲一不小心墜入凡塵之中。妄想在煮滾水的鍋中躲避炎熱，在茫茫大海中如何翻身。功名富貴是操縱在別人手中，妻子也遲早要死亡。只有君王與雙親的恩德無法報答，生生世世祈求佛陀保佑他們。」

鹿銜草

關外[1]山中多鹿。土人戴鹿首，伏草中，捲葉作聲，鹿即群至。然牡[2]少而牝[3]多。牡交群牝，千百必徧[4]，既徧遂死。眾牝嗅之，知其死，分走谷中，啣異草置吻[5]旁以熏之，頃刻復甦。急鳴金[6]施銃[7]，群鹿驚走。因取其草，可以回生。

1 關外：東北地區。關，指山海關，今秦皇島市山海關區。
2 牡：雄性動物。
3 牝：雌性動物。
4 徧：同今「遍」字，是遍的異體字。
5 吻：嘴唇。
6 鳴金：敲打銅鑼。
7 銃：火槍。

白話翻譯

東北地區的山中有許多鹿。當地人戴起鹿頭趴在草叢中，把樹葉捲起吹出聲響，鹿群就會紛紛聚集前來。公鹿少而母鹿多，公鹿與母鹿交配，無論有多少隻母鹿，公鹿們都要逐一與其交配，交配完公鹿也就累死了。眾母鹿在公鹿身上嗅聞，知道牠死了，紛紛跑到山谷中，啣一株異草放在公鹿嘴邊熏牠，公鹿片刻即可甦醒。當地人就趁這時急忙敲鑼開槍，群鹿驚嚇得跑走，人們就取走此草，可作起死回生之用。

邵士梅

邵進士[1]，名士梅，濟寧[2]人。初授登州[3]教授[4]，有二老秀才投刺[5]，睹其名，似甚熟識；凝思良久，忽悟前身。便問齋夫[6]：「某生居某村否？」又言其丰範，一一脗合[7]。俄而生入，執手傾語，歡若平生。談次，問高東海況。二生曰：「獄死二十餘年矣，今一子尚存。此鄉中細民，何以見知？」邵笑云：「我舊戚也。」

先是，高東海素無賴；然性豪爽，輕財好義。有負租[8]而鬻[9]女者，傾囊代贖之。私一媪，媪坐隱盜[10]，官捕甚急，逃匿高家。官知之，收高，備極搒掠[11]，終不服，尋死獄中。其死之日，即邵生辰。後邵至某村，卹其妻子，遠近皆知其異。此高少宰[12]言之，即高公子冀良[13]同年[14]也。

1 邵進士：字嶧暉，山東濟寧人。順治十六年（西元一六五九年）中進士。任登州府儒學教授。
2 濟寧：今山東省濟寧市。
3 登州：古代府名。今山東省蓬萊市。
4 教授：古代官名。宋、元以後府、州、縣學的學官，執掌教學課試等事務。
5 投刺：遞上拜帖。刺，古代在竹簡上刻上姓名，作為拜見的名帖。
6 齋夫：古代在學堂打雜的僕役。
7 脗合：吻合、符合。脗，同今「吻」字，是吻的異體字。
8 負租：欠繳賦稅。
9 鬻：讀作「玉」，賣。
10 隱盜：隱匿盜匪。
11 搒掠：嚴刑拷打。搒，讀作「彭」。
12 高少宰：即高念東。名珩，山東淄川人。少宰，古代官名，明清兩代是吏部侍郎的俗稱。
13 高公子冀良：即高冀良，高念東之子，任職貴州平越縣（今貴州省福泉市）知縣。
14 同年：同一年考上科舉。

◆**王阮亭云**：「邵前生為棲霞人，與其妻三世為夫婦，事更奇。高東海以病死，非獄死，邵自述甚詳。」

邵士梅前世是山東棲霞人，與他的妻子三世都結為夫妻，這件事更加匪夷所思。高東海是病逝，而非死於獄中，邵士梅自述非常詳細。

白話翻譯

邵進士名士梅，是山東濟寧人。最初被授予山東登州教授，有兩位老秀才遞名帖拜見，看他們的名字似曾相識；他想了許久，恍然大悟是前世認識的人，就問學校雜役：「某生住在某村嗎？」又描述他的長相風采，都一一吻合。不久，兩位秀才進來，邵士梅與他們把手言歡，如同與老朋友相見一般。談話間，邵士梅問起高東海的情況。兩位秀才說：「他已死在監獄裡二十多年了，只留下一個兒子。他只是個鄉間小人物，你是如何得知？」邵士梅笑著說：「他是我以前的親戚。」

先前，高東海不務正業，性子豪爽，重義輕財。有人繳不出稅金而賣掉女兒，高東海傾囊相助，把女兒贖回。他和一個妓女頗有交情，此女因爲窩藏盜賊，官府追捕得很緊，妓女逃到高東海家，官府得知，將高東海收押，嚴刑拷打，他始終不認罪，不久就死在監獄了。他死的那一天，正是邵士梅誕生之日。後來，邵士梅親自造訪高東海居住的村子，撫恤他的妻子，遠近皆知，眾人皆感訝異。這個故事是吏部侍郎高念東講述的，他兒子高冀良與邵士梅是同科進士。

顧生

江南[1]顧生，客稷下[2]，眼暴腫，晝夜呻吟，罔所醫藥。十餘日，痛少減。乃合眼時輒睹巨宅，凡四五進[3]，門皆洞闢[4]；最深處有人往來，但遙睹不可細認。一日，方凝神注之，忽覺身入宅中，三歷門戶，絕無人迹[5]。有南北廳事，內以紅氈貼地。略窺之，見滿屋嬰兒，坐者、臥者、膝行者，不可數計。愕疑間，一人自舍後出，見之曰：「小王子謂有遠客在門，果然。」便邀之。顧不敢入，強之乃入。問：「此何所？」曰：「九王世子居。世子瘧疾新瘥[6]，今日親賓作賀，先生有緣也。」言未已，有奔至者，督促速行。俄至一處，雕榭朱欄[7]，一殿北向，凡九楹[8]。歷階而升，則客已滿座，見一少年北面坐，知是王子，便伏堂下。滿堂盡起。王子曳顧東向坐。酒既行，鼓樂暴作，諸妓升堂，演「華封祝」[9]。裁[10]過三折[11]，逆旅[12]主人及僕喚進午餐，就床頭頻呼之。耳聞甚真，心恐王子知，遂託更衣而出。

仰視日中夕，則見僕立床前，始悟未離旅邸。心欲急反，因遣僕闔扉去。甫交睫，見宮舍依然，急循故道而入。路經前嬰兒處，並無嬰兒，有數十媼蓬首駝背，坐臥其中。望見顧，出惡聲曰：「誰家無賴子，來此窺伺！」顧驚懼，不敢置辨，疾趨後庭，升殿即坐。見王子頷下添髭尺餘矣。見顧，笑問：「何往？劇本過七折矣。」因以巨觥示罰。移時曲終，又呈齣目。顧點「彭祖娶婦」[13]。妓即以椰瓢行酒，可容五斗許。顧離席辭曰：「臣目疾，不敢過醉。」王子曰：「君患目，有太醫在此，便合診視。」東座一客，即離坐來，兩指啟雙眥，以玉簪點白膏如脂，囑合目少睡。王子命侍兒導入複室，令臥；臥片時，覺床帳香軟，因而熟眠。居無何，忽聞鳴鉦鍠聒[14]，即復驚醒。疑是優[15]戲未畢；開目視之，則旅舍中狗舐油鐺[16]也。然目疾若失。再閉眼，一無所睹矣。

1 江南：古代省名。江蘇、安徽一帶。
2 稷下：濟南府城。
3 進：古代房屋，一個院落算一進。
4 洞闢：敞開。
5 迹：蹤跡、行跡、痕跡。同今「跡」字，是跡的異體字。
6 瘥：讀作「拆」的四聲，病癒。
7 雕榭朱欄：形容建築美輪美奐。
8 楹：指廳堂前的筆直長柱。
9 華封祝：戲曲劇目名，內容與作者不可考。
10 裁：通「纔」、「才」二字。僅、只之意。
11 折：古代戲曲的分段，一段為一折。
12 逆旅：旅館。逆，迎接來客之意。
13 彭祖娶婦：戲曲劇目名，內容與作者不可考。彭祖，古代傳說中長壽的人。
14 鳴鉦鍠聒：敲鑼打鼓，製造噪音。鉦，讀作「爭」，一種銅製的打擊樂器，也是行軍用、收兵時所用的樂器之一。鍠，讀作「皇」，鐘鼓敲擊之聲，此指打擊樂器所發出的聲響。
15 優：伶人。
16 鐺：讀作「撐」，鐵鍋。

◆**何守奇評點**：目幻，一轉瞬間少者已老，所謂百年猶旦暮耳。

眼睛出現幻象，一眨眼的時間年少的人已經變成老人，正是所謂的百年光陰只在朝夕之間。

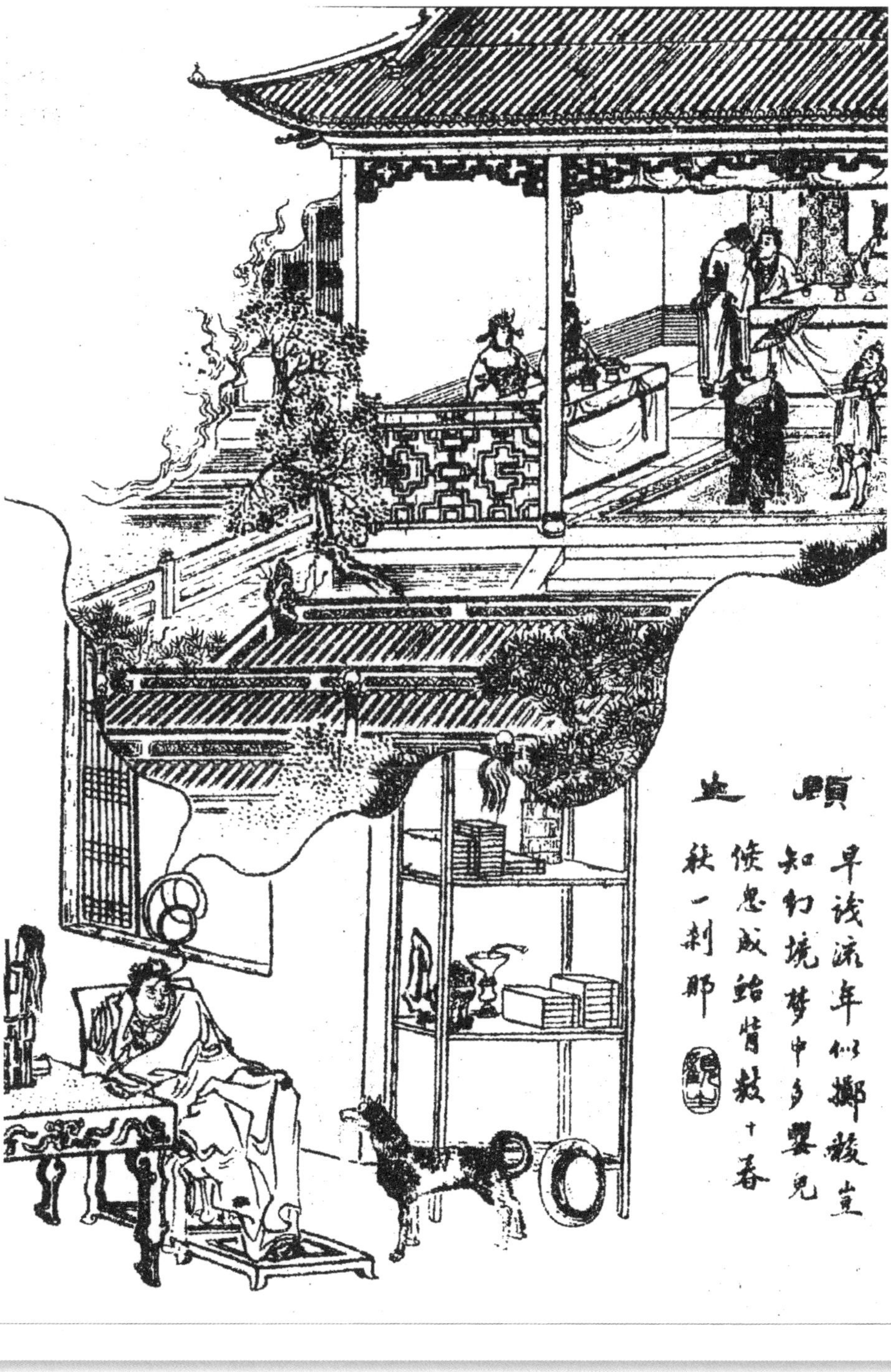
顧生
早識流年似擲梭豈
知幻境夢中多嬰兒
倏忽成鮐背數十春
秋一剎那

白話翻譯

顧生是江南人，到濟南府遊玩，住在旅店裡，眼睛突然腫得很大，不分日夜不停呻吟，藥石罔效。十幾天後，疼痛稍為減輕，他一閉上眼就看見一座大宅院，有四五進院落，大門都敞開著；最裡面有人走來走去，遠遠遙望無法分辨那些人的形貌。一天，顧生正聚精會神地觀看，忽然覺得已經身在宅院中，經過三道門，沒有看見一個人。只見南北兩座大廳，裡面鋪上紅地毯。他稍微窺視，滿屋子都是嬰兒，或坐或臥或在地上爬行，數不清究竟有多少。正在驚訝疑惑時，一個人從屋後走出，見到他說：「小王子說有遠方來的客人在門口，果然如此。」就邀請顧生進屋。顧生不敢進去，那人再三邀請，他才勉強答應，顧生問：「這是什麼地方？」那人說：「是九王世子住的地方。世子患瘧疾剛剛痊癒，今日親朋好友前來祝賀，先生來得正巧，甚是有緣。」話還沒說完，有人跑來催促他們快走。

不久來到一處大殿，朝北而建，外觀美侖美奐，前有九根大柱子。顧生拾級而上，賓客已經就坐。有一少年面朝北坐著，顧生知道他是王子，跪伏在堂下拜見，滿堂的客人都站了起來。王子拉著顧生朝東坐下。酒宴開始後，鼓樂大聲演奏，歌妓們登上大堂，表演「華封祝」的戲目。才演了三折，旅館主人和僕人喊他吃午飯，在他床頭頻頻呼喊，顧生聽得十分清楚，心中害怕王子知道，就假託要換衣服離席，但其實根本無人聽見從旅館來的叫喚。

顧生想抬頭看太陽位置判斷時間，一抬眼就見到僕人站在床前，這才恍然大悟他根本沒離開過旅館。顧生心中悵然，急著想回去大殿，就把僕人遣走，命他關上門離去。顧生剛閉上眼睛，見到華麗的宮殿依舊，急忙尋找剛才所走過的路前往。他經過先前滿是嬰兒的屋子，並沒有見到嬰兒，只有數十個頭髮蓬亂駝背的老人，在屋裡或坐或躺。他們望見顧生，罵道：「誰家的小流氓，跑來這裡偷看！」顧生驚恐不敢辯解，急忙走到後庭，入殿坐下。見到王子下巴已長出一尺長的鬍鬚，他見到顧生，笑問：「你去哪兒了？戲曲都演到七折了。」於是拿了大酒杯罰他喝酒。

不久，戲演完了，僕人呈上戲單。顧生點了「彭祖娶婦」的劇目。歌妓們就用可裝五杯的椰瓢斟酒給客人。顧生站起來辭謝：「臣患有眼疾，不敢喝得太醉。」王子說：「閣下罹患眼疾，有太醫在這裡，請他給你看診。」東座上一位客人依言離座前來，用兩指撥開顧生眼皮，用玉簪給他點了一些白色如凝脂的藥膏，囑咐他閉眼小睡一會兒。王子命侍從帶顧生到裡面的房間，讓他躺下；顧生躺了沒多久，覺得床帳香軟，就睡熟了。

過了不久，他聽見鑼鼓喧鬧之聲，馬上驚醒過來，以爲戲曲還沒演完；睜眼一看，是旅店中的狗在舔油鍋。他感覺眼疾痊癒了，再閉上眼，卻什麼東西都看不到了。

陳錫九

陳錫九，邳[1]人。父子言，邑名士。富室周某，仰其聲望，訂為婚姻。陳累舉不第，家業蕭索，游學于秦，數年無信。周陰有悔心。以少女適王孝廉為繼室；王聘儀豐盛，僕馬甚都。以此愈憎錫九貧，堅意絕婚[2]；問女，女不從。怒，以惡服飾遣歸錫九。日不舉火，周全不顧恤。

一日，使傭媼以榼[3]餉女，入門向母曰：「主人使某視小姑姑餓死否。」女恐母慚，強笑以亂其詞。因出榼中肴餌，列母前。媼止之曰：「無須爾！自小姑入人家，何曾交換出一杯溫涼水？吾家物，料姥姥亦無顏啗噉[4]得。」母大恚[5]，聲色俱變。媼不服，惡語相侵。紛紜間，錫九自外入，訊知大怒，撮毛[6]批頰[7]，撻[8]逐出門而去。次日，周來逆女，女不肯歸；明日又來，增其人數，眾口呶呶[9]，如將尋鬥。母強勸女去。女潸然拜母，登車而去。過數日，又使人來，逼索離婚書，母強錫九與之。惟望子言歸，以圖別處。

周家有人自西安[10]來，知子言已死，陳母哀憤成疾而卒。錫九哀迫中，尚望妻歸；久而渺然，悲憤益切。薄田數畝，鬻[11]治葬具。葬畢，乞食赴秦，以求父骨。至西安，遍訪居人，或言數年前有書生死於逆旅[12]，葬之東郊，今冢已沒。錫九無策，惟朝丐市廛[13]，暮宿野寺，冀有知者。會晚經叢葬處，有數人遮道，逼索飯價。錫九曰：「我異鄉人，乞食城郭，何處少人飯價？」共怒，捽[14]之仆地，以埋兒敗絮塞其口。力盡聲嘶，漸就危殆。忽共驚曰：「何處官府至矣！」釋手寂然。

俄有車馬至，便問：「臥者何人？」即有數人扶至車下。車中人曰：「是吾兒也。孽鬼何敢爾！可悉縛來，勿致漏脫。」錫九覺有人去其塞，少定，細認，真其父也。大哭曰：「兒為父骨良苦。今固尚在人間耶！」父曰：「我非人，太行總管[15]也。此來亦為吾兒。」錫九哭益哀。父慰諭之。錫九泣述岳家離婚。父曰：「無憂，今新婦亦在母所。母念兒甚，可暫一往。」遂與同車，馳如風雨。移時，至一官署，下車入重門，則母在焉。錫九痛欲絕，父止之。錫九啜泣聽命。見妻在母側，問母曰：「兒婦在此，得毋亦泉下耶？」母曰：「非也，是汝父接來，待汝歸家，當便送去。」錫九曰：「兒侍父母，不願歸矣。」母曰：「辛苦跋涉而來，為父骨耳。汝不歸，初志為何也？況汝孝行已達天帝，賜汝金萬斤，夫妻享受正遠，何言不歸？」錫九垂泣。父數數促行，錫九哭失聲。父怒曰：「汝不行耶！」錫九懼，收聲，始詢葬所。父挽之曰：「子行，我告之：去叢葬處百餘步，有子母白榆[16]是也。」挽之甚急，竟不遑別母。門外有健僕，捉馬待之。既超乘，父囑曰：「日所宿處，有少資斧，可速辦裝歸，向岳索婦；不得婦，勿休也。」錫九諾而行。馬絕駛，雞鳴至西安。僕扶下，方將拜致父母，而人馬已杳。

尋至舊宿處，倚壁假寐，以待天明。坐處有拳石礙股；曉而視之，白金也。市棺賃輿，尋雙櫬下，得父骨而歸。合厝[17]既畢，家徒四壁。幸里中憐其孝，共飯之。將往索婦，自度不能用武，與族兄十九往。及門，門者絕之。十九素無賴，出語穢褻。周使人勸錫九歸，願即送女去，錫九乃還。

初，女之歸也，周對之罵婿及母，女不語，但向壁零涕。陳母死，亦不使聞。得離書，擲向女曰：「陳家出[18]汝矣！」女曰：「我不曾悍逆，何為出我？」欲歸質其故，又禁閉之。後錫九如西安，遂造凶訃[19]，以絕女志。此信一播，遂有杜中翰[20]來議姻，竟許之。親迎有日，女始知，遂泣不食，以被韜面[21]，氣如游絲。周正無法，忽聞錫九至，發語不遜，意料女必死，遂舁歸錫九，意將待女死以洩其憤。

錫九歸，而送女者已至；猶恐錫九見其病而不內，甫入門，委之而去。鄰里代憂，共謀舁[22]還；錫九不聽，扶置榻上，而氣已絕。始大恐。正遑迫間，周子率數人持械入，門窗盡毀。錫九逃匿，苦搜之。鄉人盡為不平；十九糾十餘人銳身急難，周子兄弟皆被夷傷，始鼠竄而去。周益怒，訟於官，捕錫九、十九等。錫九將行，以女尸囑鄰媼，忽聞榻上若息，近視之，秋波微動矣；少時，已能轉側。大喜，詣官自陳。宰怒周訟誣。周懼，啗以重賂，始得免。錫九歸，夫妻相見，悲喜交并。

先是，女絕食奄[23]臥，自矢必死。忽有人捉起曰：「我陳家人也，速從我去，夫妻可以相見；不然，無及矣！」不覺身已出門，兩人扶登肩輿[24]，頃刻至官廨[25]，見公姑俱在。問：「此何所？」母曰：「不必問，容當送汝歸。」一日，見錫九至，甚喜。一見遽別，心頗疑怪。公不知何事，恆數日不歸。昨夕忽歸，曰：「我在武夷，遲歸二日，難為保兒矣。可速送兒歸去。」遂以輿馬送女。忽見家門，遂如夢醒。女與錫九共述曩事，相與驚喜。由此夫妻相聚，但朝夕無以自給。

錫九於村中設童蒙帳[26]，兼自攻苦。每私語曰：「父言天賜黃金，今四堵空空，豈訓讀[27]所能發跡耶？」一日，自塾中歸，遇二人，問之曰：「君陳某耶？」錫九曰：「然。」二人即出鐵索縶之，錫九不解其故。少間，村人畢集，共詰之，始知郡盜所牽。眾憐其冤，醵錢[28]賂役，途中得無苦。至郡見太守，歷述家世。太守愕然曰：「此名士之子，溫文爾雅，烏能作賊！」命脫縲絏，取盜嚴梏之，始供為周某賄囑。錫九又訴翁婿反面[29]之由，太守更怒，立刻拘提。即延錫九至署，與論世好，蓋太守舊邳宰韓公之子，即子言受業門人也。贈燈火之費以百金；又以二騾代步，使不時趨郡，以課文藝。轉於各上官游揚[30]其孝，自總制[31]而下，皆有餽遺。錫九乘騾而歸，夫妻慰甚。

一日，妻母哭至，見女伏地不起。女駭問之，始知周已被械在獄矣。女哀哭自咎，但欲覓死。錫九不得已，詣郡為之緩頰。太守釋令自贖，罰穀一百石，批賜孝子陳錫九。放歸，出倉粟，雜糠粃[32]而輦運之。錫九謂女曰：「爾翁以小人之心度君子矣。烏知我必受之，而瑣瑣雜糠覈[33]耶？」因笑卻之。錫九家雖小有，而垣牆陋蔽。一夜，群盜入。僕覺，大號，止竊兩騾而去。後半年餘，錫九夜讀，聞撾[34]門聲，問之寂然。呼僕起視，則門一啟，兩騾躍入，乃向所亡也。直奔櫪[35]下，咻咻汗喘。燭之，各負革囊；解視，則白鏹[36]滿中。大異，不知其所自來。後聞是夜大盜劫周，盈裝出，適防兵追急，委其捆載而去。騾認故主，逕奔至家。周自獄中歸，刑創猶劇，又遭盜劫，大病而死。

女夜夢父囚縶而至，曰：「吾生平所為，悔已無及。今受冥譴，非若翁莫能解脫，為我代求婿，致一函焉。」醒而嗚泣。詰之，具以告。錫九久欲一詣太行，即日遂發。既至，備牲物酹祝[37]之，即露宿其處，冀有所見，終夜無異，遂歸。周死，母子逾貧，仰給於次婿。王孝廉考補縣尹[38]，以墨敗，舉家徙瀋陽[39]，益無所歸。錫九時顧卹之。

異史氏曰：「善莫大於孝，鬼神通之，理固宜然。使為尚德之達人也者，即終貧，猶將取之，烏論後此之必昌哉？或以膝下之嬌女，付諸頒白之叟，而揚揚曰：『某貴官，吾東床[40]也。』嗚呼！宛宛嬰嬰[41]者如故，而金龜婿[42]以諭葬[43]歸，其慘已甚矣；而況以少婦從軍[44]乎？」

1 邳：古代州名。今江蘇省邳州市境內。
2 絕婚：撤銷婚約。
3 榼：讀作「克」，古代裝食物的盒類容器。
4 噉：同今「啖」字，是啖的異體字。
5 恚：讀作「惠」，惱怒、生氣。
6 撮毛：拉扯頭髮。
7 批頰：打耳光。
8 撻：讀作「踏」，用棍、鞭等抽打。
9 呶呶：讀作「撓撓」。形容眾人七嘴八舌，吵鬧的聲音。
10 西安：古代府名。今陝西省西安市。
11 鬻：讀作「玉」，賣。
12 逆旅：旅館。
13 市廛：店鋪集中的區域。
14 捽：讀作「卒」，抓起來。
15 太行總管：在太行山主管某項事務的官職，是作者自己虛構的陰司官名。
16 子母白榆：兩棵一大一小的白榆樹。
17 合厝：合葬。
18 出：出嫁的婦人被丈夫拋棄。
19 凶訃：死訊。
20 中翰：古代官名。明清時內閣中書的別稱。
21 以被韜面：用被子將臉摀住。
22 舁：讀作「魚」，扛舉、抬。
23 奄：奄奄一息的樣子。
24 肩輿：轎子。

◆**何守奇評點**：孝子節婦，出於一門，其為鬼神所祐宜矣，況又名士之後哉！

孝子節婦，都在一個家裡，鬼神理所當然會庇佑他們，更何況又是秀才的後代。

25 廨：讀作「謝」，古時官吏辦公處。
26 設童蒙帳：開館教授孩童讀書。
27 訓讀：教書。
28 醵錢：每個人出一點錢湊夠數目。醵，讀作「據」。
29 反面：翻臉、反目。
30 游揚：表揚。
31 總制：總督。
32 糠粃：讀作「康鄙」，粗糙的食物。
33 糠覈：糠裡面較粗的碎屑。覈，讀作「核」，米麥舂過後殘留的粗屑。
34 撾：讀作「抓」，敲打。

35 櫪：讀作「力」，馬槽、馬廄。
36 白鏹：白銀。鏹，讀作「搶」。
37 酹祝：祭拜祈禱。酹，讀作「類」。
38 縣尹：知縣。
39 瀋陽：地名。今遼寧省瀋陽市。
40 東床：東床快婿，借指女婿。
41 宛宛嬰嬰：年輕柔弱的樣子。
42 金龜婿：有錢的女婿。
43 諭葬：皇上下旨，賜朝廷重要官員的家屬將遺體運回家鄉安葬，並追封官銜。
44 少婦從軍：跟隨丈夫發配從軍。

白話翻譯

陳錫九是江蘇邳縣人，他的父親陳子言是本縣秀才。周富翁仰慕他的名聲，和陳家結爲兒女親家，然而陳子言屢試不中，家道中落，隨後就去陝西遊學，好幾年都沒有消息。周富翁暗中想悔婚，他把小女兒嫁給王孝廉做繼室，王家的聘禮很豐盛，僕從、車馬也很氣派，周某更加憎惡陳錫九的貧寒，下定決心要解除婚約。他去詢問大女兒的意願，大女兒堅決不肯退婚，周富翁很生氣，給女兒穿著襤褸衣衫，把她送到陳錫九家。陳家窮得無米下鍋，周富翁也袖手旁觀。

一天，周富翁派一個老媽子送食物去給大女兒。老媽子一進門就對陳母說：「我奉主人之命，前來看看我家小姐有沒有餓死？」周女擔心婆婆沒有面子，強言歡笑地岔開話題，拿出食盒中的點心與菜肴放到婆婆面前。老媽子連忙阻止：「小姐無須這麼做！自從小姐嫁過來，我們家連一杯白開水都沒從你們這兒喝到過，想必我家的食物，老太太也沒臉去吃。」陳母聞言大怒，聲色俱厲地譴責她。老媽子不服氣，說出更難聽的話譏諷陳母。雙方正當爭執不休，陳錫九剛好回來，問明情況後非常憤怒，揪著老媽子的頭髮搧她耳光，邊打邊把她趕出去。第二天，周富翁前來要把大女兒接回家，周女不肯依從，第三天周富翁又來，帶了一大群人，七嘴八舌、喧鬧不休，像要來鬧事挑釁。陳母堅持勸周女回家，周女淚流滿面地拜別婆婆，上車離去。過了幾天，周富翁又派人來，威逼討要離婚書。陳母強迫陳錫九寫給他，只盼望丈夫能盡快回家，再聘娶別家的女兒。

周家有人從西安回來，得知陳子言身亡的噩耗，陳母聽到消息，悲憤過度也病死了。陳錫九在傷痛之餘希望妻子能回來，但是岳父家過了很久都沒有一點消息，陳錫九越加悲傷憤怒，把家裡僅有的田產變賣，替母親辦了喪事。下葬之後，陳錫九一邊討飯一邊前往陝西，尋找父親的遺骨。到了西安，他遍訪當地居民，有人說：「數年前有一位書生死在旅館裡，埋在東郊，現在那座墳也沒了。」陳錫九無計可施，白天在街上討飯，晚上到郊外寺廟投宿，希望能打探到父親消息。

一晚，他經過一片亂葬崗，有幾個人攔路，逼著向他要飯錢。陳錫九說：「我是個外地

陳錫九

夢裏團圓事有

無佳城鬱附植双

榆由未玉孝神

形格豈為未滦

計好殊

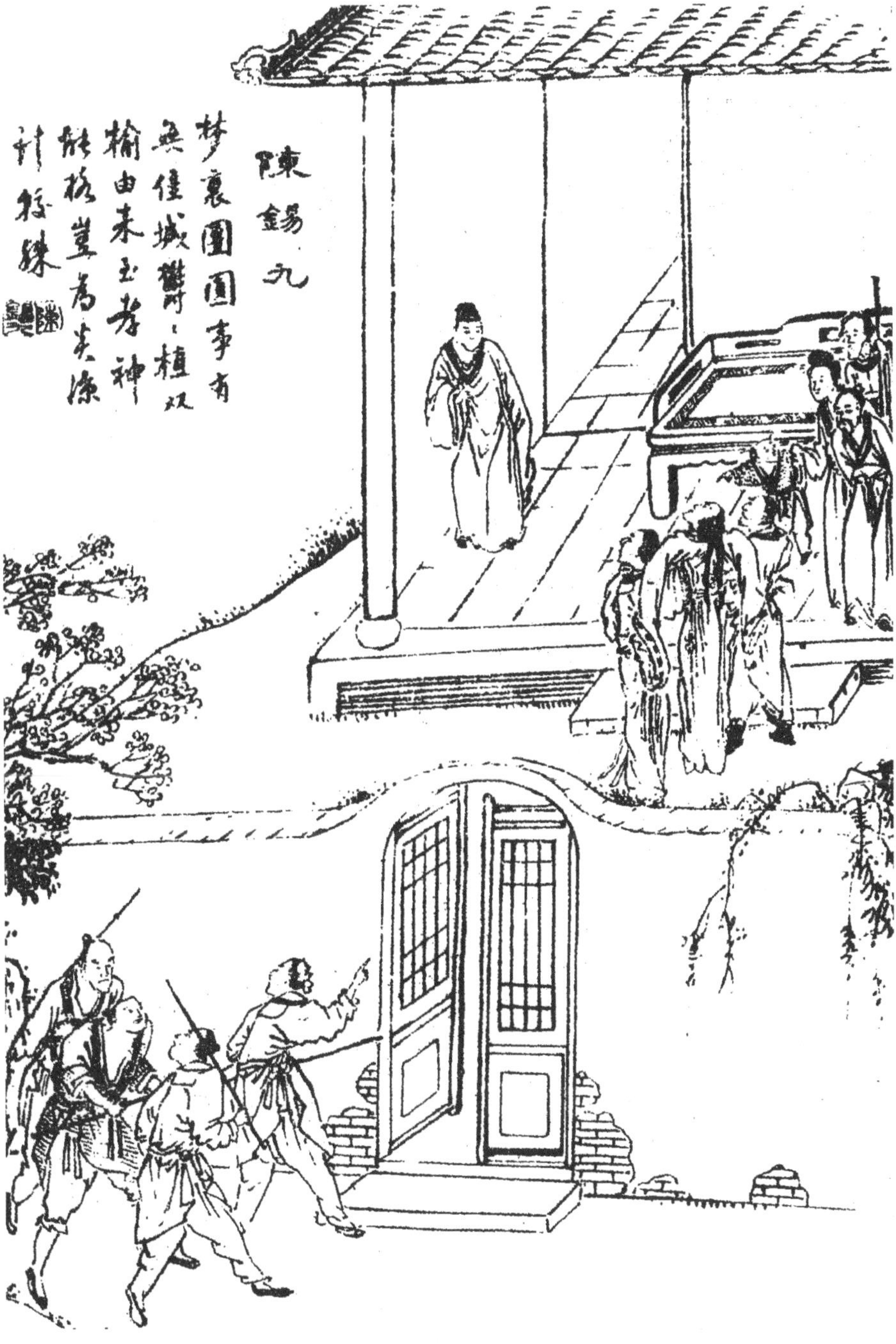

人，在城裡城外討飯維生，怎麼會欠人家飯錢？」這些人火大了，把他推倒在地，用埋死孩子的破棉絮塞他的嘴。陳錫九竭力嘶喊，眼看就快被悶死了，忽聽這些人驚叫道：「官府來人了！」立刻放手，四周變得一片死寂。不久一輛馬車行駛過來，車上的人問：「是誰躺在那裡？」隨即有幾個人把陳錫九扶到車旁。車裡的人說：「是我的兒子！這群惡鬼怎敢如此放肆！把他們全都捆來，一個都不要漏掉！」陳錫九覺得有人拿掉了塞在他嘴裡的東西。他定神辨認，車中人果眞是他的父親，大哭著說：「孩兒爲了尋找父親的屍骨受盡苦難，沒想到您如今仍在人世。」陳子言說：「我不是活人，是陰司的太行總管。這次來也是爲了孩兒你。」陳錫九哭得更傷心，陳子言好言勸慰。陳錫九哭著述說岳父家強逼離婚的事。陳子言說：「不必憂慮，現在你的妻子與你的母親在一起。母親非常掛念你，你可前往一會。」陳錫九就上了車，車速快如雷霆閃電。

不久，馬車在衙門前停下，陳錫九下車穿過幾道門，便見到陳母。陳錫九很哀痛，陳子言勸他不要悲傷，陳錫九啜泣著點頭。他看見妻子在母親身邊，就問母親：「我媳婦也在這裡，莫非她也死了？」陳母說：「不是，是你父親接來的，等到你回家時，還要把她送回去。」陳錫九說：「孩子想侍奉雙親，不想返回陽間。」陳母說：「你千辛萬苦跋山涉水到此，就是爲了尋找你父親的遺骨。你若是不回去，豈不辜負你的初心嗎？況且上蒼已經知道你的孝行，要賞賜你白銀萬斤，你們夫妻享福的日子還在後頭，爲何說這種喪氣話呢？」陳錫九低頭哭泣。陳子言幾次催促他盡快動身，陳錫九哭得悲慘。陳子言怒道：「你還不走嗎！」陳錫九這才害怕，停止了哭泣，詢問父親埋葬屍骨之處。陳子言拉著他的手臂說：「你快走吧，我告訴你：離那個亂葬崗一百多步的地方，有一大一小兩棵白榆樹，就是我埋骨之處。」陳子言拉著他走得很快，還來不及向母親告別，門外已有一個體型壯碩的僕人，牽著馬在等他。陳錫九上馬後，陳子言又囑咐：「你睡覺的地方有一點錢，可以拿去置辦體面衣服，回去後向你岳父討回你的媳婦，否則決不罷休。」陳錫九答應後離開，馬兒奔馳如閃電，雞啼時分就已到達西安。僕人扶他下馬，他剛要拜託僕人向父母問候，轉眼間人和馬都消失不見。

陳錫九找到先前投宿之處，背靠著牆閉眼休息，等待天亮。他感覺到坐著的地方有塊拳頭大小的石頭頂到大腿，天亮後一看，原來是一錠銀子。他買了棺木租了輛車，找到雙榆樹下，挖出父親的遺骨載回家鄉，把父母的遺骨合葬後，更是窮得家徒四壁了。幸虧鄉親們被他的孝行感動，接濟他三餐。陳錫九準備到岳父家去討回媳婦，他知道無法使用武力，就約堂兄陳十九一起去。到了周家大門口，守門人將他擋在門外。陳十九是個街坊混混，出口就罵髒話。周富翁只好派人勸陳錫九回家，表示願意立即把女兒送過去，陳錫九這才回家。

起初，周女剛返回娘家時，周富翁當著她的面辱罵陳錫九和陳母。周女默不作聲，只是對著牆壁垂淚。陳母亡故後，周家也瞞著她，周富翁只拿了張休書扔到女兒面前，說：「你已經被陳家休了！」周女說：「我一向遵守婦德，爲何休我？」想回婆家詢問，周富翁不允許她出門，後來陳錫九前往西安，周富翁就僞造陳錫九身亡的消息，好讓女兒死心。這個噩耗一傳出去，杜中翰家裡就派人來向周女提親，周富翁應允婚事，眼看迎親的日子快到了，周女才知道這件事。她悲傷哭泣，甚至絕食，用被子摀住臉躺在床上，氣若游絲、奄奄一息。周富翁拿她沒辦法，正好聽說陳錫九找上門，在屋外淨說些難聽話，他心想女兒總歸快要死了，於是派人將她抬回陳錫九家，打算等她死了，以此作爲要脅，發洩心中憤恨。

陳錫九回到家，周女已被送回，周家人擔心陳錫九不肯收留患病的周女，見到他一進門，放下擔架就走。鄰居們知道此事後都替陳錫九擔憂，一起商議著將周女抬回去，陳錫九不同意，將周女扶到床上躺下，此時她已斷氣。陳錫九感到害怕，正在驚慌失措，周富翁的兒子就領著好幾個人，手持武器闖進他家砸壞門窗。陳錫九見來勢洶洶便躲起來，周家的人到處找他，鄉親們都爲陳錫九打抱不平，陳十九也聚集了十幾個人挺身而出打抱不平，周家子弟都被打傷，這才抱頭鼠竄逃回去。周富翁更加氣憤，一狀告上官府，要求逮捕陳錫九和陳十九等人。陳錫九聽到風聲準備逃走，把周女的屍首託鄰居大娘照看，忽聽床上似有喘息之聲，走近一看，周女微微睜眼，不多時已經可以翻身。陳錫九喜出望外，親自到官府說明情況，縣令對周富翁的誣告很惱怒，周富翁心中害怕，拿一筆巨款賄賂縣令，才得以免罪。陳錫九回到家裡，夫妻相見，悲喜交加。

在此之前，周女奄奄一息躺在床上，誓言必死。忽然有人拉她起身說：「我是陳家人，快跟我走，你還能見到你丈夫，否則就太遲了！」周女不知不覺地身子已來到門外，有兩個人扶起她上轎子，轉瞬間來到官署門前。看見公婆都在此處，周女問道：「這是何處？」陳母說：「不必多問，不久就會送你回去。」又過了一天，看見陳錫九也來了，她十分高興，卻只匆匆見了一面就分離，她感到詫異。陳父通常數日不歸，昨晚卻突然回來說：「我有事在武夷山中耽擱，遲了兩天才回，陳錫九遇上麻煩，要趕快將媳婦送回去。」於是用馬車送周女返回陽間。周女忽見陳家大門，宛如從夢中醒來，她與陳錫九一同回述往事，夫妻又驚又喜。從此兩人團聚，但每日生活依舊困頓。

陳錫九在村中開私塾授課，同時刻苦攻讀。他經常在心裡想：「父親對我說：老天爺要賞賜黃金給我，我如今一貧如洗，難道能靠教書發財嗎？」有一天，陳錫九在從私塾返家的途中，遇見兩個人，問他說：「先生可是陳錫九嗎？」錫九回答：「正是。」那兩人就用鎖鍊將他鎖住，陳錫九也不明就裡。過了一會兒，村裡人都聚集過來，一齊質問那兩人，才知陳錫九被牽連進郡中一起強盜案。眾人都很同情陳錫九，認爲他是冤枉的，合夥湊錢賄賂差役，因爲這樣，他在押解途中才沒有吃苦。到了府城見了太守，陳錫九自述家世，太守驚訝道：「這是秀才的兒子，彬彬有禮，舉止斯文，怎麼會是盜賊！」命人除去綁住他的繩索。從牢裡提出強盜嚴刑拷問，強盜才供出是受周富翁指使，要他誣陷陳錫九。陳錫九又說明岳父怨恨他的原因，太守聽後更加憤怒，立刻命人拘拿周富翁歸案。太守請陳錫九到後衙中，略述和陳子言的交情。原來太守以前是邳縣知縣韓公的兒子，也是陳子言的學生。太守就贈陳錫九一百兩銀子作學費，又送他兩頭騾子當坐騎，讓他能常到府城來，以便考核文章。太守又對各級長官宣揚陳錫九的孝行，自總督以下各級官員都拿財物送他。陳錫九騎著騾子回到家，夫妻都感到很欣慰。

有一天，陳錫九的岳母哭著前來，見了女兒就跪在地下不肯起。周女驚駭詢問，才知周富翁已經被關在獄中。周女哭著自責，一心尋死，陳錫九被迫無奈，到府城去爲周富翁說情。太守釋放了周富翁，要他上繳一百石穀子贖罪，又批示轉贈給陳錫九。周富翁被釋放後，拿出囤積的穀子，摻上糠秕後用車子送到陳錫九家，陳錫九對妻子說：「岳父是以小人之心度君子之腹。怎麼在知道我必會接受後，還偷偷摻進糠秕混在裡面呢？」笑著把穀子退還了。

陳錫九雖能自給自足，院牆仍破敗不堪。一天夜裡，一群盜賊闖進來。僕人覺察後大聲呼喊，強盜因此只偷得兩匹騾子。過了半年多，一天晚上，陳錫九正在讀書，聽到敲門聲，詢問卻無人應答，就喊僕人前去觀視。門才打開，兩頭騾子就衝了進來，正是先前被偷走的。騾子直奔牲口欄中，全身流著汗，氣喘吁吁。點上蠟燭一照，兩頭騾子各馱著一個皮口袋。解開袋口一看，裡面裝滿白銀。陳錫九十分驚訝，不知這兩頭騾子從哪裡跑回來。後來聽說當晚的強盜搶劫了周家，滿載而歸，卻不巧碰上巡邏的士兵，追趕甚急，強盜就把搶來的財物扔掉逃走。騾子認得舊主家的路，就一路跑回來，周富翁被釋放後，被拷打的傷還未痊癒，又遇強盜打劫，受不了打擊，就病死了。

一天晚上，周女夢見父親身上銬著鎖鍊前來，說：「我生平所爲，悔之已晚。如今在陰間受到懲罰，非你公公不能幫我解脫。你替我向女婿求情，寫封信給他父親。」周女醒了後傷心哭泣，陳錫九問她原由，她把夢境向他訴說一遍。陳錫九早就想前往太行，當天便出發了。到了以後，準備好三牲祭品，灑酒祭奠，就露宿在那裡，希望能見到父親，可是一夜都無事發生，他只好回家。

周富翁死後，他的妻兒生活更困苦，只能依靠兩個女婿接濟。王孝廉考試候補當了縣官，因貪汙受賄而被罷官，全家被發配到瀋陽去了。周家母子更加無所依靠，陳錫九便時常接濟他們。

記下奇聞異事的作者如是說：「百善孝爲先，鬼神庇護孝子，也是理所當然。德行高尚的人，就算一生貧苦，也要嫁給他，何況他日後必會轉運發跡。有人把女兒嫁給白髮蒼蒼的老翁，還洋洋得意說：『某貴官是我的女婿。』唉！嬌弱的少女還活在世間，那個金龜婿就已經奉旨歸葬了，還有比這個更慘的嗎？更何況是少婦跟著丈夫發配充軍，也令人感嘆哪！」

卷九

09

前世因皆會種成現世果，
腳踏實地方能收成敬信與福報。
倘若妄想一步登天或為禍他人，
終將崩毀在空有華美外表的殘敗之下。

邵臨淄

臨淄[1]某翁之女，太學李生妻也。未嫁時，有術士推其造[2]，決其必受官刑。翁怒之；既而笑曰：「妄言一至於此！無論世家女必不至公庭，豈一監生不能庇一婦乎？」既嫁，悍甚，指罵夫壻[3]以為常。李不堪其虐，忿鳴[4]於官。邑宰[5]邵公[6]准其詞，簽役立勾。翁聞之，大駭，率子弟登堂，哀求寢息。弗許。李亦自悔，求罷。公怒曰：「公門內豈作輟[7]盡由爾耶？必拘審！」既到，略詰[8]一二言，便曰：「真悍婦！」杖責三十，臀肉盡脫。

異史氏曰：「公豈有傷心於閨闥[9]耶？◆何怒之暴也！然邑有賢宰，里無悍婦矣。誌之，以補『循吏傳』[10]之所不及者。」

1 臨淄：古代縣名。今山東省淄博市臨淄區。
2 造：生辰八字。
3 壻：女婿。同今「婿」字，是婿的異體字。
4 鳴：擊鼓鳴冤。
5 邑宰：縣令。
6 邵公：邵如侖，湖北天門（今湖北省天門市）人，康熙二十一年（西元一六八二年）擔任臨淄知縣。
7 作輟：作息，指審理案件的工作安排。
8 詰：讀作「傑」，問。
9 閨闥：閨房，此處引申為閨中婦人。闥，讀作「踏」。
10 《循吏傳》：由東漢班固為循吏所編纂的列傳之一，收錄於《漢書》。循吏，奉公守法，循規蹈矩的官員。《史記》、《漢書》、《南史》、《北史》等正史均有為循吏作傳。

◆**但明倫評點**：欲甘心於悍婦，稍稍有丈夫氣者皆然，故不必有傷心於閨闥也。至未嫁時而已決其必受官刑，豈悍婦亦生命註定，彼實不能自主耶？此等事不忍聞，亦不忍言。

稍有男子氣概的人，對悍婦所做所為都會感到氣憤，不必吃過悍婦的虧才知如此。至於那個悍婦，未出嫁時已註定必受到官府的責罰，這哪裡是悍婦命中註定好的？她難道無法決定對待丈夫的態度嗎？這種事情不忍心聽到，也不忍心談論。

邵臨淄
歸妹倫占脫輻文琴
堂屈膝淚雙拋鞭鸞
笞鳳皆前定我為
曇家作解嘲

白話翻譯

臨淄縣城某老先生的女兒，是太學生李某的妻子。她未出嫁時，有算命先生替她看生辰八字，斷定她將來一定會被官府羈押受到刑責。老先生頗爲生氣，接著又笑說：「胡言亂語到這種地步！且不說世族女兒絕不可能上公堂，難道一個監生還不能保護一個女人嗎？」他的女兒出嫁後十分兇悍，時常指著丈夫鼻子罵，李某無法忍受她的虐待，憤恨地來到官府鳴冤告狀。邵縣令接受了李某的狀子，發下籤牌給衙役，命羈拿到案。老先生聽說了，非常害怕，便率領家人到衙門，哀求邵大人收回成命。邵大人不允許。李某也很後悔，請求撤訴。邵大人怒道：「衙門要審理什麼案件，豈是你們可以隨意干涉？一定要將她捉來審問！」李妻帶到公堂後，邵大人稍微問了幾句，便說：「眞是個悍婦！」下令責打三十大板，屁股上的肉都掉了下來。

記下奇聞異事的作者如是說：「邵大人莫非也被妻子辱罵過？否則爲何如此動怒？不過縣裡有賢良的縣令，鄉里間就沒有悍婦了。記下這件事，以補足史書上《循吏傳》的缺漏。」

于去惡

王勉，字黽齋，靈山①人陶聖俞，名下士②。順治③間，赴鄉試，寓居郊郭。偶出戶，見一人負笈俇儴④，似卜居⑤未就者。略詰之，遂釋負於道，相與傾語，言論有名士風。陶大說⑥之，請與同居。客喜，攜囊入，遂同棲止。客自言：「順天人，姓于，字去惡。」以陶差長，兄之。于性不喜游矚，常獨坐一室，而案頭無書卷。陶不與談，則默臥而已。陶疑之，搜其囊篋⑦，則筆研之外，更無長物。怪而問之。笑曰：「吾輩讀書，豈臨渴始掘井⑧耶？」

一日，就陶借書去，閉戶抄甚疾，終日五十餘紙，亦不見其摺疊成卷。竊窺之，則每一稿脫，輒燒灰吞之。愈益怪焉，詰其故。曰：「我以此代讀耳。」便誦所抄書，頃刻數篇，一字無訛。陶悅，欲傳其術，于以為不可。陶疑其吝，詞涉誚讓⑨，于曰：「兄誠不諒我之深矣。欲不言，則此心無以自剖；驟言之，又恐驚為異怪。奈何？」陶固謂：「不妨。」于曰：「我非人，是鬼耳。今冥中以科目⑩授官，七月十四日奉詔考簾官⑪，十五日士子入闈⑫，月盡榜放矣。」陶問：「考簾官為何？」曰：「此上帝慎重之意，無論鳥吏鱉官⑬，皆考之。能文者以內簾⑭用，不通者不得與焉。蓋陰之有諸神，猶陽之有守、令也。得志諸公，目不睹墳典⑮，不過少年持敲門磚，獵取功名，門既開，則棄去；再司簿書⑯十數年，即文學士，胸中尚有字耶！陽世所以陋劣倖進，而英雄失志者，惟少此一考耳。」陶深然之，由是益加敬畏。

一日，自外來，有憂色，歎曰：「僕生而貧賤，自謂死後可免；不謂迍邅先生[17]相從地下！」陶請其故。曰：「文昌奉命都羅國[18]封王，簾官之考遂罷。數十年游神[19]耗鬼[20]，雜入衡文[21]，吾輩寧有望耶？」陶問：「此輩皆誰何人？」曰：「即言之，君亦不識。略舉一二人，大概可知：樂正師曠[22]、司庫和嶠[23]是也◆。僕自念命不可憑，文不可恃，不如休耳。」言已怏怏，遂將治任[24]。陶挽而慰之，乃止。至中元之夕，謂陶曰：「我將入闈。煩於昧爽[25]時，持香炷於東野。三呼去惡，我便至。」乃出門去。

陶沽酒烹鮮以待之。東方既白，敬如所囑。無何，于偕一少年來。問其姓字。于曰：「此方子晉，是我良友。適於場中相邂逅。聞兄盛名，深欲拜識。」同至寓，秉燭為禮。少年亭亭似玉，意度謙婉，陶甚愛之。便問：「子晉佳作，當大快意？」于曰：「言之可笑！闈中七則[26]，作過半矣；細審主司姓名，裹具[27]徑出。奇人也！」陶扇爐進酒，因問：「闈中何題？去惡魁解[28]否？」于曰：「書藝、經論[29]各一，夫人而能之。策問[30]：『自古邪僻固多，而世風至今日，奸情醜態，愈不可名，不惟十八獄所不得盡[31]，抑非十八獄所能容。是果何術而可？或謂宜量加一二獄，然殊失上帝好生之心。其宜增與、否與，或別有道以清其源，爾多士[32]其悉言勿隱。』弟策雖不佳，頗為痛快。表：『擬天魔[33]殄滅，賜群臣龍馬[34]天衣有差。』次則『瑤台應制詩』[35]、『西池桃花賦』[36]。此三種，自謂場中無兩矣！」言已鼓掌。方笑曰：「此時快心，放兄獨步[37]矣；數辰後[38]，不痛哭始為男子也。」

天明，方欲辭去。陶留與同寓，方不可，但期暮至。三日，竟不復來。陶使于往尋之。于曰：「無須。子晉拳拳[39]，非無意者。」日既西，方果來。出一卷授陶，曰：「三日失約。敬錄舊藝百餘作，求一品題[40]。」陶捧讀大喜，一句一贊，略盡一二首，遂藏諸笥[41]。談至更深，方遂留，與于共榻寢。自此為常；方無夕不至，陶亦無方不懽[42]也。

一夕，倉皇而入，向陶曰：「地榜已揭，于五兄落第矣！」于方臥，聞言驚起，泫然流涕。二人極意慰藉，涕始止。然相對默默，殊不可堪。方曰：「適聞大巡環[43]張桓侯[44]將至，恐失志者之造言也；不然，文場尚有翻覆。」于聞之，色喜。陶詢其故。曰：「桓侯翼德，三十年一巡陰曹，三十五年一巡陽世，兩間之不平，待此老而一消也。」乃起，拉方俱去。兩夜始返，方喜謂陶曰：「君不賀五兄耶？桓侯前夕至，裂碎地榜，榜上名字，止存三之一。遍閱遺卷[45]，得五兄甚喜，薦作交南[46]巡海使，旦晚輿馬可到。」陶大喜，置酒稱賀。酒數行，于問陶曰：「君家有閒舍否？」問：「將何為？」曰：「子晉孤無鄉土，又不忍恝然[47]於兄。弟意欲假館相依。」

陶喜曰：「如此，為幸多矣。即無多屋宇，同榻何礙。但有嚴君，須先關白[48]。」于曰：「審知尊大人慈厚可依。兄場闈有日，子晉如不能待，先歸何如？」陶留伴逆旅，以待同歸。

次日，方暮，有車馬至門，接于蒞任。于起握手曰：「從此別矣。一言欲告，又恐阻銳進之志。」問：「何言？」曰：「君命淹蹇[49]，生非其時。此科之分十之一；後科桓侯臨世，公道初彰，十之三；三科始可望也。」陶聞，欲中止。于曰：「不然，此皆天數。即明知不可，而註定之艱苦，亦要歷盡耳。」又顧方曰：「勿淹滯，今朝年、月、日、時皆良，即以輿蓋送君歸。僕馳馬自去。」方忻然[50]拜別。陶中心迷亂，不知所囑，但揮涕送之。見輿馬分途，頃刻都散。始悔子晉北旋，未致一字，而已無及矣。三場[51]畢，不甚滿志，奔波而歸。入門問子晉，家中並無知者。因為父述之，父喜曰：「若然，則客至久矣。」

先是陶翁晝臥，夢輿蓋止於其門，一美少年自車中出，登堂展拜。訝問所來。答云：「大哥許假一舍，以入闈不得偕來。我先至矣。」言已，請入拜母。翁方謙卻，適家媼入曰：「夫人產公子矣。」恍然而醒，大奇之。是日陶言，適與夢符，乃知兒即子晉後身也。父子各喜，名之小晉。兒初生，善夜啼，母苦之。陶曰：「倘是子晉，我見之，啼當止。」俗忌客忤[52]，故不令陶見。母患啼不可耐，乃呼陶入。陶嗚之曰：「子晉勿爾！我來矣！」兒啼正急，聞聲輟止，停睇不瞬，如審顧狀。陶摩頂[53]而去。自是竟不復啼。

數月後，陶不敢見之；一見，則折腰索抱，走去，則啼不可止。陶亦狎愛之。四歲離母，輒就兄眠；兄他出，則假寐以俟其歸。兄於枕上教毛詩[54]，誦聲呢喃，夜盡四十餘行。以子晉遺文授之，欣然樂讀，過口成誦；試之他文，不能也。八九歲，眉目朗徹，宛然一子晉矣。陶兩入闈，皆不第。丁酉[55]，文場事發[56]，簾官多遭誅遣，貢舉之途一肅，乃張巡環力也。陶下科中副車[57]，尋貢[58]。遂灰志前途，隱居教弟。常語人曰：「吾有此樂，翰苑不易也。」

異史氏曰：「余每至張夫子廟堂，瞻其鬚眉，凜凜有生氣。又其生平喑啞[59]如霹靂聲，矛馬所至，無不大快，出人意表。世以將軍好武，遂置與絳、灌[60]伍；寧知文昌事繁，須侯固多哉！嗚呼！三十五年，來何暮[61]也！」

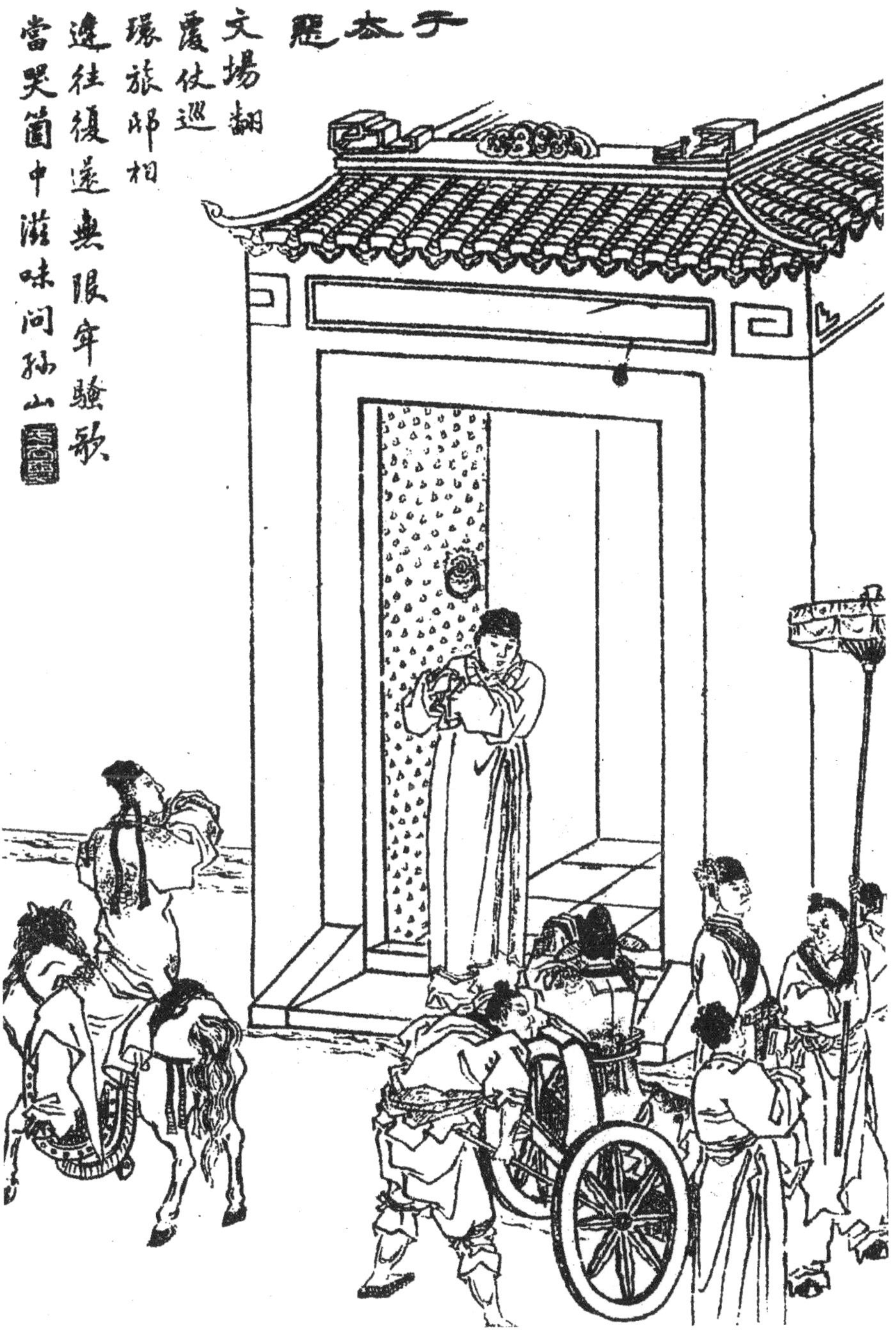
于去惡
文場翻
覆仗巡
環旅邸相
逢往復還無限牢騷歌
當哭箇中滋味問孫山

1北平：古代府名。明成祖永樂元年（西元一四〇三年）建為北京，改名順天府。

2名下士：享譽盛名又有真才實學的人。

3順治：清世祖年號（西元一六四四～一六六一年）。

4恇儴：讀作「框攘」，同「劻勷」，急遽不安的樣子。

5卜居：尋找居住的地方。

6大說：形容十分高興的樣子。說，通「悅」。

7篋：讀作「竊」。置物箱。

8臨渴始掘井：臨時抱佛腳，比喻事情發生了才開始想辦法解決。

9誚涉誚讓：言語間略加責備。誚讓，責備。誚，讀作「俏」。

10科目：科舉時代分科選拔官員的項目，諸如明法、明學、明算等科。此指科舉考試。

11簾官：明清時代，鄉、會試的考官。

12入闈：進入科舉考試的考場。

13鳥吏鱉官：相傳古代少昊氏為帝時，以鳥名作為官職的名稱，事見《左傳．昭公十七年》。此處作為嘲諷官員之用。

14內簾：負責閱卷的考官。

15墳典：三墳五典，上古典籍的書名。此處泛指書籍。

16司簿書：管理官衙中的文書簿籍。此指擔任官職。

17迍邅先生：猶言「倒楣鬼」。迍邅，讀作「諄沾」，比喻交了霉運，處在兩難的困境中。

18都羅國：地點不詳，疑似作者杜撰的地名。

19遊神：遊手好閒的神。

20耗鬼：沒有學問的鬼。耗，空虛浮泛。

21衡文：此指閱卷。

22樂正師曠：樂正，古代官名，周朝時的樂官長，執掌大學與小學。師曠，春秋時晉國的樂師，字子野，能聽音樂而斷定吉凶。此處諷刺閱卷的考官有眼無珠，不能辨識人才。

23司庫和嶠：司庫，主管錢庫糧食的官員。和嶠，晉人，字長興，家境富有，性情卻很吝嗇，杜預說他有錢癖。此處諷刺閱卷的考官貪愛錢財。

24治任：收拾行裝，將要離去。

25昧爽：天剛亮。

26七則：鄉試、會試初場的考文七篇中，「四書」佔三題，「五經」佔四題，合稱「七藝」或「七則」。此處泛指試題。

27具：文具。

28魁解：考中鄉試榜首。魁，第一名。此處指考取魁首。解，讀作「借」。

29書藝、經論：明清科舉考試的八股文。從「四書」出題稱「書藝」，從「五經」出題稱「經論」。

30策問：科舉考試項目之一，以經義、史事、政務等設問予考生作答。

31十八獄所不得盡：就算下十八層地獄，也不能贖盡所犯下的罪。

32多士：指參加科舉考試的一眾考生。

33天魔：佛家語。又稱波旬，時常設障礙妨礙修行之人。

34龍馬：駿馬。

35 瑤台應制詩：奉詔所作歌詠神仙居所的詩歌。瑤台，神話中的神仙居住的地方。應制詩，奉皇帝詔命所作的詩。

36 西池桃花賦：歌詠瑤池桃花的賦。西池，瑤池，西王母的住處。

37 獨步：卓越出眾。

38 數辰後：數日後，意指放榜時。

39 拳拳：忠厚誠懇。

40 一品題：此指對所做文章的批評指教。

41 笥：讀作「四」，用竹子編成，用來放衣物或食物的方箱。

42 懽：同今「歡」字，是歡的異體字。

43 大巡環：作者虛構的官名。

44 張桓侯：即張飛，字益德，死後諡號桓侯，東漢末年人。

45 遺卷：落榜者的試卷。

46 交南：交州南部地區。位於今廣東、廣西兩省一帶。

47 恝然：不放在心上，不介懷。恝，讀作「夾」。

48 關白：稟告。關，通達。

49 淹蹇：命途多舛，不平順。

50 忻然：歡喜的樣子。忻，同今「欣」字，是欣的異體字。

51 三場：明、清兩代的會試共分三場，此處指鄉試。

52 俗忌客忤：古代習俗避忌別人進入產房。

53 摩頂：撫摸頭頂，表示疼愛。

54 毛詩：即《詩經》。研習《詩經》的學派在漢代分為四家，後僅毛亨學派的《毛詩》流傳下來，即今日唯一一個版本的《詩經》。

55 丁酉：指清世祖順治十四年（西元一六五七年）。

56 文場事發：丁酉年間，分別在江南、順天、山東、山西、河南等地都發生考場作弊案件。順天府鄉試房官張成璞、李振鄴等人皆被牽連處斬。

57 副車：鄉試的備取生。

58 貢：成為貢生，可以貢入國子監讀書。

59 喑啞：讀作「因厄」，生氣地大吼。

60 絳、灌：周勃與灌嬰，皆為漢初名將，漢朝開國功臣之一。周勃，沛縣（今江蘇沛縣）人，漢朝建立後被封為絳侯。灌嬰，睢陽（今河南市商丘市睢陽區）人，官至太尉，周勃被免除官職後，他繼任為丞相，封潁陰侯，諡號懿侯。此處用以諷刺空有勇武之力卻沒有智識的人。

61 暮：晚，遲。

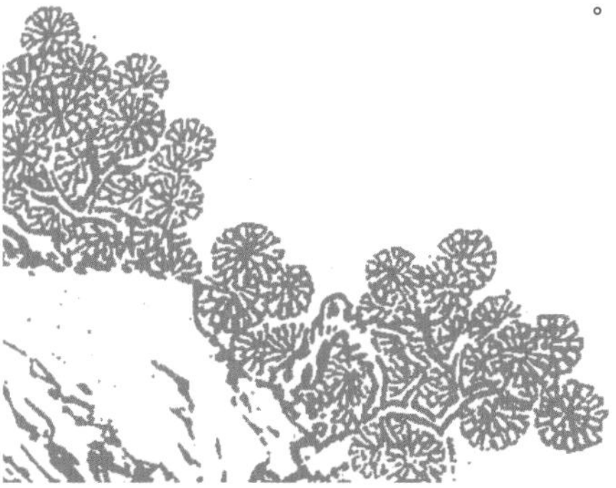

◆**馮鎮巒評點**：一個眼瞎，一個要錢。

一個眼睛瞎，一個死要錢。

白話翻譯

陶聖俞是順天府的秀才。順治年間，他趕赴鄉試，寄居在郊外，偶然外出時看到一個人背著書箱，神色慌張，好像在找房子住。陶聖俞稍微詢問，那人就把書箱放在路邊，與陶聖俞閒聊起來。他的談吐頗有名士風範，陶聖俞很喜歡他，邀請他同住。書生欣然答應，就拿著行囊進屋，兩人住到一起。書生說：「我是順天人，姓于，字去惡。」陶聖俞比他大，于去惡就以兄長的禮節侍奉他。他不喜歡四處遊覽，常常獨自坐在屋裡，桌案上也沒有書。陶聖俞不和他說話時，他就靜靜躺著。陶聖俞心中覺得疑問，搜查了他的行囊，除了筆墨硯臺之外，也沒有值錢的東西，陶聖俞覺得奇怪就詢問他。于去惡笑著說：「我們讀書，難道是臨時抱佛腳的嗎？」

有一天，他向陶聖俞借了書回到屋裡，關起門迅速地抄寫，一天抄了五十幾張紙，也沒見他折疊整齊裝訂起來。陶聖俞偷偷觀看，發現他每抄完一篇，就把紙燒成灰吃進去，陶聖俞越發感到奇怪，問他其中緣故，于去惡說：「我以此法來代替讀書。」接著背誦所抄之書，片刻就背出好幾篇，一字不差。陶聖俞心中大喜，求他傳授這種讀書方法，于去惡卻認爲不行。陶聖俞以爲是他小氣，言語間略有譴責之意。于去惡說：「陶兄對我誤會大了！如果我不說，難以表明心跡；我說了，又怕你大驚小怪，該怎麼辦呢？」陶聖俞堅持道：「沒關係，我不介意。」于去惡就說：「我不是人，而是個鬼。現在陰間也要以科舉考試來授予官職，七月十四日奉詔命甄選簾官，十五日考生就要入場，月末放榜。」陶聖俞問：「簾官的任命也要通過考試嗎？」于去惡答：「這是天帝愼重對待科考的意思，無論大小官員皆必須通過考試來選拔。擅長寫文章的才能當閱卷官，不通文墨的不能參加。陰間有各種神，如同陽世間有知府、縣令一樣。那些通過考試平步青雲的人，再也不讀書，不過是年輕時當成敲門磚一樣，等到考取功名，晉身仕途後，就把書本丟棄；再多做幾年官，就算精通文章的才學之士，胸中還能剩下多少墨水呢！陽世間那些才學低劣的人能夠僥倖得中，而有眞才實學的人卻名落孫山，就是缺少簾官的選拔啊！」陶聖俞深以爲然，對他更加敬重了。

有一天，于去惡從外面回來，滿面憂愁，感歎著說：「我一生下來就窮困潦倒，以爲死後可以脫離這樣的困境，不曾想霉運跟隨我到黃泉底下了。」陶生問他其中緣故。于去惡說：「文昌帝君奉命到都羅國封王去了，簾官的考試因此作罷，數十年遊手好閒，胸無點墨的鬼，都可來擔任閱卷官，我們這些人哪裡還有希望啊！」陶聖俞問：「這些閱卷官都有哪些人？」于去惡說：「我就算說了，你也不認識，我略舉一兩個，你大概能了解一二：樂正師曠、司庫和嶠這類的。我心想運氣靠不住，文章也不能倚仗，還是早點放棄吧！」說完他就悶悶不樂，準備收拾行李離開。陶聖俞挽留並且勸慰，他才勉強留下。到了中元節當晚，于去惡對陶聖俞說：「我要進考場了，麻煩你天剛亮時，持香到東郊喊三聲去惡，我就會前來。」說完就出門。

陶聖俞買了酒，準備菜餚等待。天剛亮，陶聖俞就按他的吩咐去做。不久，于去惡和一位少年聯袂前來，陶聖俞問起少年姓字，于去惡說：「這個人是方子晉，是我的好友，我們在考場中相遇。他聽說兄長您的大名，想要前來拜訪。」三人一同回到住所，點上燭火相互施禮。少年長得相貌堂堂，態度謙恭溫婉有禮，陶聖俞很喜歡他，便問：「子晉的佳作，一定很得意吧？」于去惡說：「說起來眞好笑！七道考題，他已完成一半有餘；仔細一看主考官的姓名，他就收起文具走出考場，眞是個怪人。」陶聖俞煽爐火，將溫好的酒端上來，又問：「出了些什麼題目？去惡，你能否得個榜首？」于去惡說：「書藝，經論各出一道，眾考生都能回答，策問的題目是：『自古以來小人很多，而世風日下，各種奸情醜態，更加難以形容，即使是十八層地獄也難涵蓋這些罪狀，而且罪犯數量繁多，連十八層地獄也裝不下。要用什麼辦法來解決？有人說應該視情況增添一兩層地獄，但這樣做，違背了天帝仁慈之心。應該增加，還是不應該增加？或者有其他辦法可以正本清源，你們盡量抒發己見，不要隱瞞。』小弟雖然不擅長策問，也暢抒己見，頗爲痛快。至於表，題目是：『消滅天魔，分別賞賜群臣龍馬、天衣不等。』再下面的題目是『瑤台應制詩』、『西池桃花賦』。這三篇，我自認可冠絕考場。」說完鼓起掌來。方子晉笑道：「現在說得是很痛快，任憑你稱霸考場；數個時辰後，你不痛哭才算個眞正的男子漢！」

天亮後，方子晉正要辭別。陶聖俞留他下來同住，方子晉認爲不行，約定晚上再來。三天後，方子晉竟然沒有再來。陶聖俞請于去惡去找，于去惡說：「不用，子晉爲人誠懇，一定不是故意爽約。」夕陽西下時，方子晉果然來了，他拿出一個書卷，交給陶聖俞說：「失約三天，抄錄過去所寫的百餘篇文章，請您品評。」陶聖俞捧讀後非常高興，每讀一句都讚不絕口，稍微看過一、兩篇，就放進書箱收藏起來，三人聊到深夜，方子晉留下和于去惡同榻而眠，從此習以爲常。方子晉每晚都來，陶聖俞也是沒有見到他就高興不起來。

一天晚上，方子晉匆忙進來，對陶聖俞說：「地府已經放榜，于五兄落榜了！」這時，于去惡正躺在床上，聽到後馬上坐起來，淚流不止。兩人好言相勸，他才止住哭泣，然而三人互相不言語，情況實在難以忍受。方子晉說：「我剛聽說大巡環張桓侯要來地府巡查，只怕是那些落第的人編造出來的。如果是眞的，也許還有翻身機會。」于去惡聞言大喜。陶聖俞問明緣故，方子晉說：「桓侯翼德，三十年巡視一次地府，三十五年巡視一次陽間，陰間與陽間不公平之事，就等他來解決。」于去惡起身，拉著方子晉一起離去，兩夜後才回來。方子晉對陶聖俞說：「你不向五兄道賀嗎？桓侯前天晚上前來，撕碎榜單，榜上的名字只剩下三分之一。他又審閱所有落榜試卷，看到五兄的卷子非常高興，已經推薦他擔任交南巡海使，不久就會有車馬來迎接。」陶聖俞很高興，設酒宴祝賀，酒過數巡，于去惡問陶聖俞說：「你家還有空房間嗎？」陶聖俞問：「何出此問？」于去惡說：「子晉孤苦無依，不忍心與你分開，小弟是想讓他借住在這裡，彼此也有個照應。」

陶聖俞大喜道：「如此就是我三生有幸。就算沒有多餘房間，和我同榻而眠也行。但我的父親尚在，總要稟報他老人家一聲。」于去惡說：「我們知道您令尊慈愛親厚，可以依靠，兄長離考試還有段日子，子晉如不能等待，先讓他過去如何？」陶聖俞就留他下來在旅館相伴，等到一同回鄉的日子。

第二天暮色剛降，就有車馬到門口停下，接于去惡前往赴任。于去惡起身握住陶聖俞的手說：「就此別過，有話想告訴你，又恐怕影響你上進之心。」陶聖俞說：「但說無妨。」于去惡說：「你的命途坎坷，生不逢時，此次科考只有十分之一的機會；下一科要等到桓侯到陽間來，公道才能伸張，也只有十分之三機會；第三次科考，才有希望上榜。」陶聖俞聞言，打算放棄應考。于去惡說：「不能如此，這是你的命數。即使明知不可，但命中註定要歷盡艱苦，不可逃脫。」他又對方子晉說：「不要在陽間遊蕩，今天的年、月、日、時辰都是吉時，我用車馬送你回去，我自己騎馬赴任。」方子晉欣然作別。陶聖俞心中迷惑慌亂，不知說什麼好，只能流淚相送，眼看車馬分道揚鑣，不久都消失了，這才感到懊悔。子晉北行沒有對他說一句話，現在也來不及了。三場考完，他感到不甚滿意，一路奔波返家，剛進門就問子晉下落，家中無人知曉，他把事情經過對父親說了，陶父高興地說：「若是如此，你的客人已經光臨很久了。」

先前，陶父躺在床上睡午覺，夢見車馬傘蓋停在門口，一位英俊少年從車中走出，登堂拜見，陶父驚訝問他是從哪裡來，那人答道：「大哥准許我在此借住，因爲他要參加科舉考試無法同行，我先前來。」說完，便請求拜見陶母，陶父謙讓地推辭，剛好家裡的老媽子來稟告：「夫人生下一位公子！」他才從夢中醒來，感到奇怪，聽陶聖俞所述正好和夢中相符，才知這孩子是子晉轉世的。父子倆都很高興，給孩子取名爲小晉。孩子剛出生時，經常在夜晚哭鬧，陶母很煩惱。陶聖俞說：「倘若是子晉，我去看他就不會哭了。」然而按照當地的習俗，忌諱外人進入產房，所以不准陶聖俞探視。嬰兒啼哭不止，陶母感到很困擾，就叫陶聖俞進去。陶聖俞哄著嬰兒說：「子晉別哭，我來了！」嬰兒哭得正厲害，聽到聲音就止住哭泣，目不轉睛地看著他，像在仔細打量。陶聖俞摸摸孩子的頭就離去，從此嬰兒不再哭泣。

數月後，陶聖俞不敢去看他，嬰兒一見到他，就彎腰要他抱；陶聖俞離開後就哭鬧不止。陶聖俞很喜歡他，小晉四歲時就離開母親，和兄長睡在一起，兄長外出，他就假裝睡覺，等兄長回來。兄長在枕頭上教他讀《毛詩》，咿咿啞啞地朗誦，一夜讀完四十幾行。陶聖俞把子晉留下的文章拿去教他，他很高興地誦讀，只念一遍就能背誦，改拿其他文章測試，他就無法背出。小晉長到七、八歲，眉清目秀，宛如子晉先前的模樣。陶聖俞兩次赴考都沒有考中。丁酉年間，考場作弊案被揭發，許多閱卷官受到株連被處斬，科舉途徑得到肅清，這都要歸功於桓侯巡視陽間。這件事發生後的下次鄉試，陶聖俞考中備取，不久成爲貢生。但他已對仕途心灰意冷，在家中教弟弟讀書，常對人說：「我能得天下英才而教之，這種快樂，就算拿翰林官職和我交換，我也不願意換。」

記下奇聞異事的作者如是說：「我每次到張飛廟時，瞻仰他的容顏，正氣凜然。他生前怒吼如同打雷，槍馬所到之處，無不大快人心，出人意料之外。世人以爲翼德將軍只崇尙武藝，把他與漢代絳侯周勃、灌嬰之流相提並論。又怎麼知，文昌帝君公務繁忙，需要桓侯出力之處頗多。唉！三十五年才來陽間巡視一次，怎麼來得這麼遲呢！」

狂生

劉學師[1]言：「濟寧有狂生某，善飲；家無儋石[2]，而得錢輒沽，殊不以窮厄為意。值新刺史[3]涖任，善飲無對。聞生名，招與飲而悅之，時共談宴。生恃其狎，凡有小訟求直[4]者，輒受薄賄，為之緩頰；刺史每可[5]其請。生習為常，刺史心厭之。一日早衙[6]，持刺登堂。刺史覽之微笑。生厲聲曰：『公如所請，可之；不如所請，否之。何笑也！聞之：士可殺而不可辱。他固不能相報，豈一笑不能報耶？』言已，大笑，聲震堂壁。刺史怒曰：『何敢無禮！寧不聞滅門令尹耶！』生掉臂竟下，大聲曰：「生員無門之可滅！」刺史益怒，執之。訪其家居，則並無田宅，惟攜妻在城堞[7]上住。刺史聞而釋之，但逐不令居城垣。◆朋友憐其狂，為買數尺地，購斗室焉。入而居之，歎曰：『今而後畏令尹矣！』」

異史氏曰：「士君子奉法守禮，不敢劫人於市，南面[8]者奈我何哉！然仇之猶得而加者，徒以有門在耳；夫至無門可滅，則怒者更無以加之矣。噫嘻！此所謂『貧賤驕人』者耶！獨是君子雖貧，不輕干[9]人，乃以口腹之累，喋喋公堂，品斯下矣。雖然，其狂不可及。」

1劉學師：劉友裔，山東濟寧（今濟寧市）人。康熙二十二年（西元一六八三年）擔任淄川學教諭，因而作者稱他為學師。
2家無儋石：即家中一貧如洗之意。儋石，讀作「丹旦」，僅供盛裝極少量食糧的容器。
3刺史：清代知州的別稱，意即地方長官。
4小訟求直：打官司勝訴。
5可：答允。
6早衙：古代縣令一天分早晚兩次在衙門辦公，早衙指的是早上的辦公時間。
7堞：讀作「跌」，修葺於城上的矮牆。
8南面：原指帝王，古時以坐南朝北為尊，也指堂上官員。
9干：求。

白話翻譯

劉學師說：「濟寧有個狂妄的書生，喜歡飲酒。家中一貧如洗，他一旦有錢就買酒喝，一點也不將貧窮放在心上。正好有一位新上任的刺史也很喜歡喝酒，一直找不到酒伴。外界傳聞狂生能飲，就把他請到家中同飲，因而很喜歡他，常和他喝酒聊天。狂生自恃和刺史相熟，凡是知道誰想打贏小官司來找他幫忙，就收點賄賂，替那個人說情；刺史也時常答應他的請求。狂生習以爲常，刺史心中開始感到厭煩。有一天早衙，狂生拿著名帖走進來，刺史看完微笑。狂生不高興地說：『您要是答應我的求情，就應允；不答應，就拒絕，這有什麼好笑的？我聽說士可殺，不可

◆**但明倫評點**：以笑報笑，適得其宜，聲震堂壁，斯過當矣。然而共談宴時，其笑亦必有如此者矣。以此而滅其門，亦未免過當。

用一笑還一笑，恰到好處，笑聲震動公堂牆壁，就太過分了。然而兩人飲酒聊天時，也有如此笑聲震牆的時候，光是這樣就抄人全家，那也未免過分了。

狂生
縱情詩酒不
嫌狂干謁如
何屢上堂縣
令有權門可
滅付之一笑
亦何妨

辱。別的事情我無法回報，你這種譏諷的笑難道還要我忍氣吞聲嗎？』說完，他放聲大笑，笑聲將衙門的牆壁都震動了。刺史大怒道：『你怎敢如此無禮！難道你沒聽說過有可使人家破人亡的縣官嗎？』狂生拂袖而去，大聲說：『本秀才無門可滅！』刺史更加生氣，把他抓了起來，查訪他的住處，才知他沒有田地和住宅，只帶著妻子住在城牆上。刺史聽說後就把他釋放，但不准他住城牆上。朋友們可憐他的狂傲，替他買了一小塊地，建了一間小屋，狂生因此感歎：『從此後我怕當官的啦！』」

記下奇聞異事的作者如是說：「奉公守法的讀書人，不在街上搶劫作惡，統治者與官員也不能拿他們怎麼樣！可是仇敵還是會欺侮他們，只因他們有家宅田地；若是連家宅都沒有，那些被激怒的人也拿他沒辦法。唉！這就是所謂的『貧窮不怕得罪人』吧！然而君子雖然貧窮，也不會輕易求人。僅僅爲了討口飯吃，就在公堂上喋喋不休，他的品德也不高尚啊！即便如此，他的狂傲也無人能及了。」

澂俗

澂[1]人多化物類，出院求食。有客寓旅邸時，見群鼠入米盎[2]，驅之即遁。客伺其入，驟覆之，瓢[3]水灌注其中，頃之盡斃。主人全家暴卒，惟一子在。訟官，官原[4]而宥[3]之。

1 澂：澂城。今陝西省澄城縣。
2 米盎：此指米缸。
3 瓢：動詞，舀取。
4 原：動詞，追根究柢，查明實情。
5 宥：讀作「右」，容忍、寬容、寬恕。

白話翻譯

澂城的人大多都會變成動物，跑出院子找食物吃。有位客人住在旅店時，看到一群老鼠鑽進米缸，趕一下就跑走了。客人等這群老鼠再次鑽進米缸時，突然把蓋子蓋上，再舀水往米缸裡面灌，不久，這群老鼠都淹死了。店主人全家在這時突然暴斃，只餘一子存活。向官府提告，官府了解事情經過，將那個人無罪釋放了。

鳳仙

劉赤水，平樂[1]人，少穎秀。十五入郡庠[2]。父母早亡，遂以游蕩自廢。家不中貲，而性好修飾，衾[3]裯皆精美。一夕，被人招飲，忘滅燭而去。酒數行，始憶之，急返。聞室中小語，伏窺之，見少年擁麗者眠榻上。宅臨貴家廢第，恆多怪異，心知其狐，亦不恐。入而叱曰：「臥榻豈容鼾睡！」二人遑遽，抱衣赤身遁去。遺紫紈袴一，帶上繫針囊。大悅，恐其竊去，藏衾中而抱之。◆

俄一蓬頭婢自門罅[4]入，向劉索取。劉笑要償。婢請遺以酒，不應；贈以金，又不應。婢笑而去。旋返曰：「大姑言：如賜還，當以佳耦[5]為報。」劉問：「伊誰？」曰：「吾家皮姓，大姑小字八仙，共臥者胡郎也；二姑水仙，適富川[6]丁官人；三姑鳳仙，較兩姑尤美，自無不當意者。」劉恐失信，請坐待好音。婢去復返曰：「大姑寄語官人：好事豈能猝合？適與之言，反遭詬厲；但緩時日以待之，吾家非輕諾寡信者。」劉付之。

過數日，渺無信息。薄暮，自外歸。閉門甫坐，忽雙扉自啟，兩人以被承女郎，手捉四角而入，曰：「送新人至矣！」笑置榻上而去。近視之，酣睡未醒，酒氣猶芳，赬[7]顏醉態，傾絕人寰。喜極，為之捉足解襪，抱體緩裳。而女已微醒，開目見劉，四肢不能自主，但恨曰：「八仙淫婢賣我矣！」劉狎抱之。女嫌膚冰，微笑曰：「今夕何夕，見此涼人！」[8]劉曰：「子兮子兮，如此涼人何！」遂相歡愛。既而曰：「婢子無恥，玷人床寢，而以妾換袴[9]耶！必小報之！」從此無夕不至，綢繆甚殷。袖中出金釧一枚，曰：「此八仙物也。」

又數日，懷繡履一雙來，珠嵌金繡[10]，工巧殊絕，且囑劉暴揚[11]之。劉出誇示親賓。求觀者皆以貲酒為贄[12]，由此奇貨居之。

女夜來，作別語。怪問之，答云：「姊以履故恨妾，欲攜家遠去，隔絕我好。」劉懼，願還之。女云：「不必，彼方以此挾妾，如還之，中其機[13]矣。」劉問：「何不獨留？」曰：「父母遠去，一家十餘口，俱託胡郎經紀，若不從去，恐長舌婦造黑白也。」從此不復至。

逾二年，思念綦[14]切。偶在途中，遇女郎騎款段馬[15]，老僕鞚[16]之，摩肩過；反啟障紗相窺，丰姿豔絕。頃，一少年後至，曰：「女子何人？似頗佳麗。」劉亟贊之。少年拱手笑曰：「太過獎矣！此即山荊[17]也。」劉惶愧謝過。少年曰：「何妨。但南陽三葛，君得其龍[18]，區區者又何足道！」劉疑其言。少年曰：「君不認竊眠臥榻者耶？」劉始悟為胡。敘僚婿[19]之誼，嘲謔甚歡。少年曰：「岳新歸，將以省覲，可同行否？」劉喜，從入縈山。

山上故有邑人避難之宅，女下馬入。少間，數人出望，曰：「劉官人亦來矣。」入門謁見翁媼。又一少年先在，靴袍炫美。翁曰：「此富川丁婿。」並揖就坐。少時，酒炙紛綸[20]，談笑頗洽。翁曰：「今日三婿並臨，可稱佳集。又無他人，可喚兒輩來，作一團圞[21]之會。」俄，姊妹俱出。翁命設坐，各傍其婿。八仙見劉，惟掩口而笑；鳳仙輒與嘲弄；水仙貌少亞，而沉重溫克，滿座傾談，惟把酒含笑而已。於是履舄[22]交錯，蘭麝[23]熏人，飲酒樂甚。

劉視床頭樂具畢備，遂取玉笛，請為翁壽。翁喜，命善者各執一藝，因而合座爭取；惟丁與鳳仙不取。八仙曰：「丁郎不諳可也；汝寧指屈不伸者？」因以拍板擲鳳仙懷中，便串繁響。翁悅曰：「家人之樂極矣！兒輩俱能歌舞，何不各盡所長？」八仙起，捉水仙曰：「鳳仙從來金玉其音[24]，不敢相勞；我二人可歌『洛妃』[25]一曲。」二人歌舞方已，適婢以金盤進果，都不知其何名。翁曰：「此自真臘[26]攜來，所謂『田婆羅』[27]也。」因掬數枚送丁前。鳳仙不悅曰：「婿豈以貧富為愛憎耶？」翁微哂不言。八仙曰：「阿爹以丁郎異縣，故是客耳。若論長幼，豈獨鳳妹妹有拳大酸婿耶？」鳳仙終不快，解華妝，以鼓拍授婢，唱「破窯」[28]一折，聲淚俱下；既闋[29]，拂袖逕去，一座為之不懽[30]。八仙曰：「婢子喬性[31]猶昔。」乃追之，不知所往。

劉無顏，亦辭而歸。至半途，見鳳仙坐路旁，呼與並坐。曰：「君一丈夫，不能為床頭人吐氣耶？黃金屋自在書中，願好為之！」舉足云：「出門匆遽，棘刺破複履矣。所贈物，在身邊否？」劉出之。女取而易之。劉乞其敝者。囅然[32]曰：「君亦大無賴矣！幾見自己衾枕之物，亦要懷藏者？如相見愛，一物可以相贈。」旋出一鏡付之曰：「欲見妾，當於書卷中覓之；不然，相見無期矣。」言已，不見。怊悵[33]而歸。視鏡，則鳳仙背立其中，如望去人於百步之外者。因念所囑，謝客下帷[34]。一日，見鏡中人忽現正面，盈盈欲笑，益重愛之。無人時，輒以共對。月餘，銳志漸衰，游恆忘返。歸見鏡影，慘然若涕；隔日再視，則背立如初矣：始悟為己之廢學也。乃閉戶研讀，晝夜不輟；月餘，則影復向外。自此驗之：每有事荒廢，則其容戚；數日攻苦，則其容笑。於是朝夕懸之，如對師保[35]。

如此二年，一舉而捷。喜曰：「今可以對我鳳仙矣！」攬鏡視之，見畫黛[36]彎長，瓠犀[37]微露，喜容可掬，宛在目前。愛極，停睇不已。忽鏡中人笑曰：「『影裏情郎，畫中愛寵』[38]，今之謂矣。」驚喜四顧，則鳳仙已在座右。握手問翁媼起居。曰：「妾別後，不曾歸家，伏處巖穴，聊與君分苦耳。」劉赴宴郡中，女請與俱；共乘而往，人對面不相窺。既而將歸，陰與劉謀，偽為娶於郡也者。女既歸，始出見客，經理家政。人皆驚其美，而不知其狐也。

劉屬富川令門人，往謁之。遇丁，殷殷邀至其家，款禮優渥。言：「岳父母近又他徙。內人歸寧，將復。當寄信往，並詣申賀。」劉初疑丁亦狐，及細審邦族，始知富川大賈子也。初，丁自別業暮歸，遇水仙獨步，見其美，微睨之。女請附驥[39]以行。丁喜，載至齋，與同寢處。檽[40]隙可入，始知為狐。女言：「郎無見疑。妾以君誠篤，故願託之。」丁嬖[41]之。竟不復娶。

劉歸，假貴家廣宅，備客燕寢[42]，灑掃光潔。而苦無供帳[43]；隔夜視之，則陳設煥然矣。過數日，果有三十餘人，齎旗采酒禮而至，輿馬繽紛，填溢堦巷[44]。劉揖翁及丁、胡入客舍；鳳仙逆嫗及兩姨入內寢。八仙曰：「婢子今貴，不怨冰人[45]矣。釧履猶存否？」女搜付之，曰：「履則猶是也，而被千人看破矣。」八仙以履擊背，曰：「撻汝寄於劉郎。」乃投諸火，祝曰：「新時如花開，舊時如花謝；珍重不曾著，姮娥[46]來相借。」水仙亦代祝曰：「曾經籠玉筍[47]，著出萬人稱；若使姮娥見，應憐太瘦生[48]。」鳳仙撥火曰：「夜夜上青天，一朝去所懽，留得纖纖影，遍與世人看。」遂以灰捻柈[49]中，堆作十餘分，望見劉來，托以贈之，但見繡履滿柈，悉如故款。八仙急出，推柈墮地；地上猶有一二隻存者，又伏吹之，其跡始滅。

次日，丁以道遠，夫婦先歸。八仙貪與妹戲，翁及胡屢督促之，亭午[50]始出，與眾俱去。初來，儀從過盛，觀者如市。有兩寇窺見麗人，魂魄喪失，因謀劫諸途。偵其離村，尾之而去。相隔不盈一矢，馬極奔，不能及。至一處，兩崖夾道，輿行稍緩；追及之，持刀吼吒，人眾都奔。下馬啟簾，則老嫗坐焉。方疑誤掠其母；纔[51]他顧，而兵傷右臂，頃已被縛。凝視之，崖並非崖，乃平樂城門也；輿中則李進士母，自鄉中歸耳。一寇後至，亦被斷馬足而縶之。門丁執送太守，一訊而伏。時有大盜未獲，詰之，即其人也。明春，劉及第。鳳仙以招禍，故悉辭內戚之賀。劉亦更不他娶。及為郎官，納妾，生二子。

異史氏曰：「嗟乎！冷煖[52]之態，仙凡固無殊哉！『少不努力，老大徒傷』。惜無好勝佳人，作鏡影悲笑耳。吾願恆河沙數[53]仙人，並遣嬌女昏嫁人間，則貧窮海中，少苦眾生矣。」

鳳僊
儂婿身家有富貧
先嫌宜著算因循郎
君及第歸來日第一
先酬鏡裏人

1 平樂：古代縣名，山東省單縣東部。
2 郡庠：古代推行科舉制度時，對府學的稱呼。此指考中秀才。
3 衾：讀作「親」，被子。
4 罅：讀作「下」，縫隙。
5 耦：通「偶」，配偶。
6 富川：古代縣名，今廣西平樂縣東北。
7 赬：淺紅色。讀作「撐」，同今「赬」字，是赬的異體字。
8 今夕何夕，見此涼人：典故出自《詩經．唐風．綢繆》：「今夕何夕，見此良人。」原為慶賀新婚的詩歌。此處的「涼」是「良人」的「良」諧音，暗喻丈夫。
9 袴：同今「褲」字，是褲的異體字。
10 珠嵌金繡：用金線繡成，上綴有珍珠的織品。
11 暴揚：公開展示，宣揚的意思。
12 贄：讀作「至」，禮物、餽贈。
13 機：計策謀劃。
14 綦：讀作「其」，極、甚。
15 款段馬：行走平穩緩慢的馬。
16 鞚：讀作「控」，駕馭。
17 山荊：對人謙稱自己的妻子。
18 南陽三葛，君得其龍：此處借用三國時諸葛亮、諸葛瑾、諸葛誕兄弟三人，來比喻皮氏三姊妹。龍，指的是臥龍先生，即諸葛亮。此指最傑出的人。
19 僚婿：俗稱「連襟」。姊妹的丈夫彼此互相稱呼。
20 酒炙紛綸：酒菜不斷端上來，很忙碌的樣子。

21 團圞：團聚。圞，讀作「巒」。
22 履舄：均指鞋子。舄，讀作「系」。
23 蘭麝：婦女身上所散發的體香。
24 金玉其音：把自己的歌聲視為珍寶愛惜，不輕易在人面前獻唱。
25 洛妃：戲曲名。曹植所撰〈洛神賦〉，由明朝汪道昆改編為雜劇《洛神記》。
26 真臘：古代國名，明朝後期更名為柬埔寨。
27 田婆羅：一種水果名。即波羅蜜，汁多味美。
28 破窯：戲曲名。元代雜劇有《呂蒙正風雪破窯記》，女主角劉月娥是富戶千金，她拋繡球招親，擲中窮酸秀才呂蒙正，執意要嫁給他為妻。劉父不答應，遂將女兒趕出家門，夫婦倆同住破窯。最後呂蒙正考中狀元，父女才和好如初。
29 闋：讀作「卻」。演奏完畢，曲終。
30 懽：同今「歡」字，是歡的異體字。
31 喬性：任性、易怒。
32 輾然：開懷大笑貌。輾，讀作「產」。
33 怊悵：惆悵懊悔的樣子。怊，讀作「超」。
34 下帷：本指放下帷幕，開館授徒。此指專心讀書，閉門謝客。
35 師保：古代教導太子的老師。後泛指老師。
36 黛：青黑色的顏料，古時女子用以畫眉。此處借指眉毛。
37 瓠犀：瓠籽。比喻排列整齊的牙齒。
38 影裡情郎，畫中愛寵：典故出自《西廂記》第二本第四折《越調‧鬥鵪鶉》。崔鶯鶯思念張生，曾說：「他就像是影子裡的情郎，我則是畫中的愛寵。」

39 附驥：本指依附他人而成名，此處指跟隨。驥，千里馬。事見《史記‧伯夷列傳》：「顏淵雖篤學，附驥尾而行益顯。」顏回雖然勤奮好學，但也是依附孔子才得彰顯自己的名聲。

40 櫺：讀作「凌」，窗框或欄杆上的雕花格子。

41 嬖：讀作「畢」，寵愛。

42 燕寢：休息、居住。

43 供帳：陳設的帷帳，此處指物品擺設。

44 堦巷：矮階與巷弄。堦，通「階」。

45 冰人：媒人。晉代索紞為令狐策解夢，告知其當為人作媒，而待冰融之期，則婚成。

46 姮娥：嫦娥。漢人為避文帝諱，改「姮」為「嫦」。

47 籠玉筍：比喻被女子穿過的鞋。籠，罩。玉筍，比喻女子裹小腳的尖足。

48 太瘦生：太過窄小。生，語助詞，無義。

49 柈：讀作「盤」，同「盤」、「槃」。

50 亭午：中午。

51 纔：通「才」。僅、只的意思。

52 煖：同今「暖」字，是暖的異體字。

53 恒河沙數：恒河裡的沙多到無法估算，形容數量非常多。恒河，不可考，約位於臨洮境內。

◆**但明倫評點**：以袴要婚，一篇文俱從此結構而成。

用一條褲子脅迫婚事，這是構成整篇文章的脈絡。

白話翻譯

劉赤水是平樂人，自幼長得清秀，又聰穎出眾，十五歲時就考中秀才。父母很早就過世，他整日遊手好閒，荒廢學業。他的家境貧困，卻又重視穿著喜愛打扮，被子床榻都很精緻美觀。一天晚上他被招呼去喝酒，忘了熄滅蠟燭，酒過數巡才想起來，急忙返家後，聽見房中有人低聲說話。他暗中偷窺，見到一名少年抱住一個美人躺在床榻上，他的住宅靠近高官的一處廢棄宅院，常有怪異之事發生，他猜想這定是狐妖作祟，心中也不恐懼，進門破口大罵：「我的床怎能容許別人在上面睡覺？」兩人驚慌失措，抱起衣服光著身子就逃走。留下一條紫色絲褲，帶子上還繫著針線包。劉赤水很高興，怕他們回來偷走，就藏進被子裡抱在懷中。

不久，一個披頭散髮的婢女從門縫鑽進來，向劉赤水討取留下的東西。劉赤水笑著向她索取報酬。婢女要用酒來交換，劉赤水不肯；婢女要送銀子給他，他也不答應。婢女笑著離去，又回來，說：「我家大小姐說，如果你肯把東西歸還，就送你一個嬌滴滴的妻子。」劉赤水問：「那個女子是誰？」婢女說：「我們家姓皮，大小姐小字八仙，和她睡在一起的人是胡公子；二小姐叫水仙，嫁給富川縣的丁相公；三小姐鳳仙，比兩位小姐更美，沒人不喜歡她的。」劉赤水怕她不守信，要坐著等候好消息。婢女去了很久，回來後說：「大小姐要我傳話給官人，好事不能倉促間辦成。剛才對三小姐說起這樁婚事，反被她罵一頓。請你寬限幾天等待佳音，我們家不是那種不守信用的人。」劉赤水才把東西歸還。

過了幾天都沒消息。傍晚時分，劉赤水從外面回來，關上門剛坐下，忽然兩扇門自動打開，兩個人手握棉被的四個角，抬著一位姑娘走進來，對他說：「送新娘子來啦！」他們笑著把女子放上床便離開了。劉赤水走近一看，女子睡得很沉還沒醒來，身上的酒氣很香醇，赤紅著臉酒醉的模樣更是美若天仙。劉赤水非常高興，捉住她的腳脫下鞋襪，抱著她的身體解開衣裳。女子已經略微甦醒，張開眼睛看見劉赤水，四肢無法動彈，憤恨地說：「八仙這個淫蕩的賤婢，竟然把我給賣了。」劉赤水就抱著她親熱，女子嫌他的肌膚太冰冷，微笑著說：「今天是什麼日子，見到這個涼（良）人。」劉赤水說：「子兮子兮，如此涼人何！」兩人享受起魚水之歡。雲消雨散後，鳳仙說：「那個賤婢實在太無恥了，弄髒別人的床席，就把我作爲交換褲子的籌碼，這個仇我一定要報。」從此鳳仙每晚都來，夫妻兩人感情甚篤。鳳仙從袖中取出一個金釧，說：「這是八仙的東西。」

過了幾天，她又從懷裡拿出一雙繡花鞋，上面用金絲鑲嵌著珍珠，做工非常精巧，吩咐劉赤水四處宣揚。劉赤水拿出來在親友面前炫耀，想看的人都拿酒或錢作爲交換，從此劉赤水就把它當作珍貴的物品收藏起來。

一天晚上，鳳仙來向他辭別，劉赤水感到奇怪，詢問起緣由，鳳仙回答：「大姊因爲繡花鞋的事情對我記恨，要全家搬走，不讓我和你繼續來往。」劉赤水心中害怕，就想把鞋子還她。鳳仙說：「不用。她用這個來要脅我，如果還給她，就中了她的計謀了。」劉赤水問：「你爲何不獨自留下？」鳳仙說：「父母出外遠遊，一家十幾口人，都託付給胡郎照看。如果不跟著去，恐怕長舌婦會說三道四。」從此以後，鳳仙就再也沒來過了。

過兩年，劉赤水非常想念鳳仙。他偶然在路上遇到一名女子騎馬緩慢而行，一名老僕牽著馬走，與劉赤水擦肩而過；女子回過頭揭開面紗偷看，她長得非常美豔。不久，一名少年從後趕上，劉赤水問：「這女子是誰？長得很美。」他大力稱讚，少年拱手笑道：「你太過獎了，這是內人。」劉赤水慚愧向他致歉，少年說：「有什麼關係呢。南陽諸葛三人，你得到臥龍先生，其他的美女又何足道哉！」劉赤水懷疑他的話。少年說：「你難道不認得偷偷在你的床榻上睡覺的人嗎？」劉赤水才恍然大悟他就是胡郎，略敘連襟情誼，兩人互相開玩笑，聊得很開心。少年說：「岳父剛剛回來，將要前往拜見，你是否要跟我一起前去？」劉赤水很高興，跟隨他進入紫山。

山上有座縣城中的人用來避難的宅院，八仙下馬進屋。不久，好幾個人出來看，說：「劉官人也來啦！」劉赤水進門拜見岳父岳母。有一位少年已在此處，穿著華貴鮮豔。岳父說：「這是富川姓丁的女婿。」劉赤水向他作揖後入座。不久，酒菜紛紛端上，眾人有說有笑。岳父說：「今天三位女婿都到了，可謂是難得的聚會。也沒有外人，可以叫女兒們出來，大家團聚一下。」不久，三姊妹都出來了。老翁命人布置座位，三姊妹各自坐在丈夫身旁。八仙見到劉赤水，只掩嘴微笑；鳳仙因此嘲笑作弄她；水仙容貌略顯遜色，卻溫婉文雅，端莊穩重。大家各自聊天，只有她拿著酒杯微笑而已，隨後大家不再拘泥，開懷暢飲，女子的體香撲面而來，眾人飲酒十分盡興。

劉赤水看到床頭擺了許多樂器，種類很齊全，就拿起一支玉笛，說要吹笛爲岳父祝壽。岳父很高興，命善於演奏樂器的，都各自取來一樣，大家合奏一曲；只有水仙的夫婿丁某與鳳仙沒有拿。八仙說：「二妹夫不通音律；你難道手指受傷不能彈奏嗎？」她把一個拍板扔到鳳仙懷中，接著繁弦急管，樂器交鳴。岳父很高興地說：「這才是天倫之樂！孩兒們都能歌善舞，何不各自發揮專長呢？」八仙起身，拉著水仙的手說：「鳳仙從來都愛惜她的聲音，我可不敢勞煩她，我們兩個人合唱一曲《洛妃》。」兩人表演歌舞剛結束，剛好一個婢女端上果盤，上面的水果都叫不出名字。岳父說：「這是從眞臘國帶回來，叫做『婆田羅』。」拿了幾個遞到二女婿面前。鳳仙不高興地說：「難道女婿也因爲貧富懸殊而有差別待遇嗎？」岳父微笑不語。八仙說：「爹爹是因爲二妹夫從外縣來，是遠道而來的客人。若論長幼，難道只有鳳妹妹有個沒出息的窮丈夫嗎？」鳳仙始終不悅，脫下華服外衣，把鼓和拍板遞給婢女，在她們伴奏下唱了一折《破窯》，聲淚俱下；演奏完畢，拂袖直接離去，大家心情都變得很差。八仙說：「這丫頭還是這麼任性。」便去追她，鳳仙已不知所蹤。

劉赤水也覺面上無光，告辭回家。走到半路，見到鳳仙坐在路旁。她叫他過去並肩坐下，說：「你堂堂七尺男兒，難道不能讓你的枕邊人揚眉吐氣嗎？書中自有黃金屋，我言盡於此，望君好自爲之。」她抬起腳，說：「出門匆忙，荊棘把我這雙鞋給刺破了，我送給你的東西，還帶在身上嗎？」劉赤水取出繡花鞋，鳳仙接過來替換著穿上。劉赤水向鳳仙討要那雙破鞋。鳳仙笑著說：「你可眞無聊！何曾見過自己妻子的東西，也要揣在懷裡當寶貝的。如果你眞的愛我，我有一件東西可以相贈。」她拿出一面鏡交給他，說：「你若想見我，就應發憤苦讀，考取功名；否則，我們就再也不要見了。」鳳仙說完就消失了。劉赤水無精打采地回家，低頭看鏡子，見到鳳仙背對著他站在鏡子裡，看上去宛如在百步之外。他想起鳳仙的囑咐，閉門謝客，專心讀書。一天，他見到鏡中人忽然正面對著他，面帶笑容。劉赤水更加珍愛這面鏡子，獨處的時候就與她脈脈相對。一個月後，他立志苦讀的精神開始鬆懈，時常出遊忘記回來，回家看到鏡中人的影像悲傷欲哭；隔天再看，就背對著自己了。劉赤水才恍然大悟這是由於他荒廢學業之故。於是閉門苦讀，日夜不懈怠。一個月後，鏡中的人影又以正面對他。從此，劉赤水每每荒廢學業，鳳仙就愁容滿面；劉赤水苦讀數日，鳳仙又笑臉盈盈。如此朝夕把鏡子懸掛在牆上，就像對著老師一樣。

就這樣過了兩年，他考中舉人，高興地說：「今天可以面對我的鳳仙了。」他攬鏡一照，見到鳳仙眉毛彎彎，牙齒微露，笑容可掬，宛如在面前一般。劉赤水高興地望著鏡中人影，目不轉睛，忽然鏡中人笑道：「『影裡的情郎，畫中的愛寵』說的就是我們現在這樣。」劉赤水高興得四處張望，鳳仙已經站在他身後。劉赤水拉著她的手，問岳父岳母安好，鳳仙說：「我和你分別後，不曾回家，躲在山洞裡，和你一起同甘共苦。」劉赤水要去參加郡城太守舉辦的宴會，鳳仙要求同往，他們合騎一匹馬前去，人們面對面卻看不見她。將要回家時，鳳仙暗中和劉赤水謀劃，假裝她是劉赤水在郡城娶的妻子。鳳仙回家後，才開始出來見客，打理家務。大家都對她的容貌驚爲天人，卻不知她是狐妖。

劉赤水原是富川縣令的學生，有一次他前往拜見，途中遇到二姊夫丁某人，盛情邀請他到家裡作客，對他十分禮遇。他說：「岳父岳母又搬走了。內人回娘家，也快要回來了。我必定寫信告知，再一起到你府上向你賀喜。」劉赤水起初懷疑二姊夫也是狐妖，但詳細詢問他家世，才知他是富川縣大商人的兒子。當初，丁某人傍晚從別墅回家，遇到水仙獨自在路上行走，覺得她很美，斜眼看她。水仙要求搭便車，二姊夫很高興，把她載到書齋，兩人睡在一起。水仙可從窗戶縫隙進來，才知她是狐妖。水仙說：「郎君不要猜疑，我是看你為人誠懇，才願將終身託付給你。」丁某人很寵愛她，就此沒再娶妻。

劉赤水回家後，借了大戶人家的豪宅，為客人準備食宿，打掃得煥然一新。只發愁沒有帳幔可用；隔天再去看，屋裡擺設一應俱全。過了幾天，果然有三十幾人抬著禮物和彩旗前來，車馬絡繹不絕，充塞街道巷弄。劉赤水向岳父、丁某人、胡某人施禮，迎接他們進屋。鳳仙迎接母親和兩位姊妹到內室。八仙說：「小丫頭，你今天顯貴了，不再埋怨我這個媒人了吧！我的金釧、繡花鞋還在你那裡嗎？」鳳仙把東西找出來還給她，說：「繡鞋雖然原封不動，卻已經被很多人看過了。」八仙用鞋子拍打鳳仙的背說：「這一記你是替三妹夫挨的。」她把鞋子丟到火盆裡，祈禱：「新時如花開，舊時如花謝，珍重不曾著，姮娥來相借。」水仙也代為祈禱：「曾經籠玉筍，著出萬人稱，若使姮娥見，應憐太瘦生。」鳳仙撥了灰燼說：「夜夜上青天，一朝去所歡，留得纖纖影，遍與世人看。」她把灰捻在盤中，堆成十多份。看到劉赤水走來，便托起盤子送給他，劉赤水看到滿盤子繡鞋，和原先那雙一樣。八仙急忙出來，把盤子拍到地下，但仍有一、兩隻繡鞋留著，她又趴到地上把灰燼吹散，繡鞋才真正被毀屍滅跡。

第二天，丁家夫婦因為路途遙遠，先啓程回去。八仙貪圖和妹妹玩耍，老父和胡郎催了她好幾次，中午才出來，和他們一起走了。這些客人剛來時，氣派很大，觀看的人很多。有兩個強盜窺見美女，魂都被勾了去，便謀劃要在半路上打劫。一探聽到他們離開村子，就尾隨而去。他們相隔不到一箭的距離，馬匹疾馳卻追趕不上。到了一個地方，兩邊是懸崖峭壁，中間一條窄道，車馬行走變慢。強盜追上去，持刀大吼，眾人四散奔逃。強盜下馬掀簾子一看，裡面坐著一名老婦；盜賊正在懷疑是不是誤劫了美女的母親，剛看向別處，右臂就被兵刃割傷，轉眼間被捆綁起來，強盜定睛一看，兩邊並不是懸崖而是平樂縣的城門。轎中是李進士的母親，剛從鄉下回來。另一個強盜追上來，也被砍傷馬腿綁了起來。守城門的士兵抓住強盜押送給太守，一經審訊，強盜全部招供。當時有另一樁案件的強盜未被逮捕歸案，一經審訊，居然就是其中一人。第二年春天，劉赤水考中進士，鳳仙恐怕招惹禍事，推辭親友祝賀。劉赤水也不再娶。等到他升到郎官時，才納了一房妾室，生了兩個兒子。

記下奇聞異事的作者如是說：「唉！世態炎涼，仙凡差別不大。『少壯不努力，老大徒傷悲。』可惜沒有爭強好勝的女人，能在鏡中做出各式悲喜表情來激勵她們的丈夫。我希望有無數神仙，派遣祂們的女兒嫁到凡間，那麼在貧窮的苦海中，就會少了許多受苦的眾生了。」

佟客

董生，徐州[1]人。好擊劍，每慷慨[2]自負。偶於途中遇一客，跨蹇[3]同行。與之語，談吐豪邁。詰其姓字，云：「遼陽[4]佟姓。」問：「何往？」曰：「余出門二十年，適自海外歸耳。」董曰：「君遨遊四海，閱人綦多，曾見異人否？」佟曰：「異人何等？」董乃自述所好，恨不得異人之傳。佟曰：「異人何地無之，要必忠臣孝子，始得傳其術也。」董又毅然自許；即出佩劍，彈之而歌；又斬路側小樹，以矜[5]其利。佟撚髯微笑，因便借觀。董授之。展玩一過，曰：「此甲鐵所鑄，為汗臭所蒸，最為下品。僕雖未聞劍術，然有一劍，頗可用。」遂於衣底出短刃尺許，以削董劍，脆如瓜瓠[6]，應手斜斷，如馬蹄。董駭極，亦請過手，再三拂拭而後返之。邀佟至家，堅留信宿。叩以劍法，謝不知。董按膝雄談，惟敬聽而已。

更既深，忽聞隔院紛拏[7]。隔院為生父居，心驚疑。近壁凝聽，但聞人作怒聲曰：「教汝子速出即刑[8]，便赦汝！」少頃，似加搒掠[9]，呻吟不絕者，真其父也。生捉戈欲往。佟止之曰：「此去恐無生理，宜審萬全。」生皇然[10]請教。佟曰：「盜坐名[11]相索，必將甘心[12]焉。君無他骨肉，宜囑後事於妻子；我啟戶，為君警[13]廝僕。」生諾，入告其妻。妻牽衣泣。生壯念頓消，遂共登樓上，尋弓覓矢，以備盜攻。倉皇未已，聞佟在樓簷上笑曰：「賊幸去矣。」燭之已杳。逡巡出，則見翁赴鄰飲，籠燭[14]方歸；惟庭前多編菅[15]遺灰焉。乃知佟異人也。

異史氏曰：「忠孝，人之血性；古來臣子而不能死君父[16]者，其初豈遂無提戈壯往[17]時哉，要皆一轉念誤之耳。昔解縉[18]與方孝孺[19]相約以死[20]，而卒食其言；安知矢約[21]歸後，不聽牀頭人嗚泣哉？

「邑有快役[22]某，每數日不歸，妻遂與里中無賴通。一日歸，值少年自房中出，大疑，苦詰妻。妻不服。既於牀頭得少年遺物，妻窘無詞，惟長跪哀乞。某怒甚，擲以繩，逼令自縊。妻請妝服[23]而死，許之。妻乃入室理妝，某自酌以待之，呵叱頻催。俄妻炫服出，含涕拜曰：『君果忍令奴死耶？』某盛氣咄之。妻返走入房，方將結帶，某擲盞呼曰：『咍[24]，返矣！一頂綠頭巾[25]，或不能壓人死耳。』遂為夫婦如初。此亦大紳者類也，一笑。」

1 徐州：古代府名。今江蘇省徐州市。
2 慷慨：性情剛強堅毅。
3 蹇：讀作「簡」，此指驢子。
4 遼陽：古代府名。今遼寧省遼陽市。
5 矜：誇耀。
6 瓠：讀作「戶」，指瓜類蔬果。
7 紛拏：紛亂錯雜的樣子。拏，讀作「拿」。
8 速出即刑：快點出來受死。
9 搒掠：嚴刑拷打。搒，讀作「彭」。
10 皇然：驚恐的樣子。
11 坐名：指名。
12 甘心：遂其心意。
13 警：喚醒。
14 籠燭：提著燈籠。
15 編菅：用菅草編成的人偶。
16 死君父：為君王和父親而死。
17 壯往：壯烈犧牲。
18 解縉：字大紳（西元一三六九～一四一五年），號春雨，諡文毅。江西吉水州（今江西吉安吉水縣）人，明朝第一位內閣首輔。
19 方孝孺：字希直（西元一三五七～一四〇二年），又字希古，號遜志，南明弘光帝追諡文正。明代浙江寧海縣（今屬浙江寧波市）人，世稱正學先生。明惠帝時重臣，著名文學與思想家，和宋濂、劉基合稱「明初散文三大家」。燕王朱棣起兵造反，惠帝朱允炆自焚而死（另有一說是從地道逃跑，行蹤成謎），方孝孺不肯投降，拒絕替朱棣撰寫即位詔書，被處以磔刑，並誅十族。
20 相約以死：燕王朱棣起兵造反，攻入金陵應天府，解縉與方孝孺原本約定要一起殉國，後來解縉食言，投降朱棣。
21 矢約：發誓要履行約定。
22 快役：捕快。
23 妝服：梳妝打扮。
24 咍：感嘆詞。讀作「嗨」。
25 綠頭巾：戲稱被妻子與其他男人私通而背叛的丈夫。

◆**何守奇評點**：忠臣孝子，出於血性；是乃仁術也。乃人自有之，而自朱之，更於何處求異術哉！

忠臣孝子，出於人的天性，這是因為人皆有仁心所致。這是人所本有的，也是由人自己所抹滅的，還須去哪裡尋求異術呢？

白話翻譯

董生是徐州人，他喜歡劍術，經常以身爲性情剛強的俠客爲榮。他在路上偶遇一個外地人，就騎上驢子結伴同行。董生與他交談，那人談吐豪爽。他問這個人的姓字，那人說：

「姓佟，遼陽人。」董生問：「要往何方？」佟客說：「我出門在外二十年，剛從海外回來。」董生說：「你四處遊歷，閱人無數，可有遇到什麼擁有特殊才能的異士？」佟客問：「你說的異士是什麼樣的？」董生就述說自己的愛好，希望能得到異士的傳授。佟客說：「異士哪裡沒有？但一定要是忠臣孝子，他們才肯傳授劍術給他。」董生很高興地自我推薦，馬上抽出佩劍，他談劍高歌，表示希望能遇到知音；又砍斷路旁的小樹，以誇耀寶劍的鋒利。佟客捋著鬍子微笑，要求借劍一觀。董生將劍遞給他，那人把玩一番後說：「這是用舊鎧甲鑄造而成，被汗臭薰過，是下等的劍。我雖然不懂劍術，但有一把劍，還能湊合著用。」說完就從衣服底下抽出一把一尺多長的短劍，拿它削董生的劍，像在切瓜果一樣，應手而斷，切口平整。董生非常驚訝，請求佟客把匕首給他觀看，他再三撫摸後才奉還。後邀請佟客到家裡作客，堅持留他過夜，詢問他劍法，佟客推辭道對劍術一竅不通。董生手按膝蓋滔滔不絕地談論，佟客只是恭敬地聆聽。

夜深人靜後，董生忽聽隔院有吵雜的聲音。隔院就是董生父親的住處，他感到驚訝疑惑，便靠近牆壁專注聆聽，只聽見有人罵道：「叫你兒子趕快出來受死，便饒你一命！」不久，像似拳打腳踢，呻吟的聲音不絕於耳，他更加確定是他的父親。董生要拿武器前往，佟客制止他：「你貿然闖入恐怕會有凶險，應想個萬全之策。」董生惶恐地向他請教。佟客說：「強盜指名你，就一定要抓到你才會甘心。你沒有別的親人，應向妻子囑託後事；我打開門，替你叫醒僕人。」董生允諾，就進入內室將此事告訴妻子。妻子拉著他的衣服哭泣，董生捨命救父的念頭頓時消失，和妻子一起登上樓頂，尋找弓箭，準備抵禦強盜。倉促間還沒準備好，就聽到佟客在樓頂屋簷上笑著說：「盜賊已經走了。」董生點燈一照，已無佟客蹤影。他緩慢地出去觀望，見到父親手提燈籠剛從鄰居家喝酒回來。只有院子裡多出一堆草偶的灰燼，這才知道佟客是個異人。

記下奇聞異事的作者如是說：「忠孝，是人的天性。古往今來的臣子不能為君王和父親赴死的，原先難道就沒有冒死相救的勇氣嗎？都是因為改變心意而耽誤的。明朝的解縉和方孝孺曾經相約要以身殉國，後來解縉卻食言。怎知他不是立完誓回家後，聽到妻子哭泣聲，於心不忍而改變主意了呢？

「臨淄縣城有位捕快，常常數日不歸家，妻子就與當地的無賴漢通姦。有一天捕快回家，剛好看見這個少年從房中走出，他感到疑惑，不斷追問妻子，妻子始終不肯承認。接著他從床頭撿到那名少年遺失的物品，妻子窘迫無話可說，只好跪在地上求他原諒。捕快很生氣，扔出一條繩子，逼迫她自盡。妻子請求梳妝打扮再死，捕快答應了。妻子進入房中梳妝；捕快就喝酒等候，不斷咒罵催促她。不久，妻子打扮光豔地出來，含淚跪在他面前說：『你眞的忍心叫我去死嗎？』捕快怒罵相逼。妻子返回房中，剛剛把繩子打好結，這時捕快把酒杯扔在地上說：『唉！你回來吧，一頂綠帽子，還壓不死人！』於是夫婦和好如初。這也算是解縉這一類的人吧，博君一笑。」

遼陽軍

沂水州[1]某，明季充遼陽軍[2]。會遼城陷[3]，為亂兵所殺；頭雖斷，猶不甚死。至夜，一人執簿來，按點諸鬼。至某，謂其不宜死，使左右續其頭而送之。遂共取頭按項上，群扶之，風聲簌簌[4]，行移時，置之而去。視其地，則故里也。沂令聞之，疑其竊逃。拘訊而得其情[5]，頗不信；又審其頸無少斷痕，將刑之。某曰：「言無可憑信，但請寄獄中。斷頭可假，陷城不可假。設遼城無恙，然後受刑未晚也。」令從之。數日，遼信[6]至，時日一如所言，遂釋之。

1 沂水：今山東省沂水縣。沂，讀作「怡」。
2 充遼陽軍：發配到遼陽充軍。
3 遼城陷：明熹宗天啟元年（西元一六二一年），遼陽被清國的前身金國給攻佔淪陷。
4 簌簌：形容風聲的擬聲詞。
5 情：犯人的供詞。
6 信：訊息。

白話翻譯

明朝末年，沂水有個人因犯罪而被發配到遼陽充軍。適逢遼陽城淪陷，他被亂兵所殺。頭雖斷，卻還未斷氣。到了夜晚，只見一個人拿一本簿子前來，點名眾鬼。點到某人時，說他命不該絕，便叫隨從幫他把頭接上，送他離開。有幾個人拿著他的頭按上他的脖子，一起扶著他向前走。簌簌的風聲響過，一群人走了不久，把人放在一個地方便離開了。某人看看所在地方，原來就是自己家鄉。

沂水縣令聽說後，懷疑他私自逃走，把他抓來審問，得到了他的供詞，卻不相信；又觀視某人脖子上沒有斷掉的痕跡，準備用刑。某人說：「我說的話無憑無據，就請大人暫且把我收押獄中。斷頭之事可以造假，但遼陽城淪陷，不可能是假的。如果遼陽城平安無事，再用刑也不遲。」縣令答應了。幾天後，遼陽城淪陷的消息傳來，時間與某人所說相吻合，便將他釋放了。

張貢士

安丘[1]張貢士[2]，寢疾，仰臥牀頭。忽見心頭有小人出，長僅半尺；儒冠儒服，作俳優[3]狀。唱崑山曲[4]，音調清徹，說白[5]、自道名貫[6]，一與己同；所唱節末，皆其生平所遭。四折[7]既畢，吟詩[8]而沒。張猶記其梗概，為人述之。高西園晤杞園先生[9]，曾細詢之，猶述其曲文，惜不能全憶。

高西園云：「向讀漁洋先生[10]《池北偶談》[11]，見有記心頭小人者，為安丘張某事。余素善安丘張卯君，意必其宗屬也。一日，晤間問及，始知即卯君事。詢其本末，云：當病起時，所記崑山曲者，無一字遺，皆手錄成冊，後其嫂夫人以為不祥語，焚棄之。每從酒邊茶餘，猶能記其尾聲，常舉以誦客。今并識之，以廣異聞。其詞云：『詩云子曰都休講，不過是都都平丈（相傳一邨塾師訓童子讀《論語》，字多訛謬。其尤堪笑者，讀「郁郁乎文哉」為「都都平丈我」）。全憑著佛留一百二十行（村塾中有訓蒙要書，名《莊農雜學》[12]。其開章云：佛留一百二十行，惟有莊農打頭強，最為鄙俚）。』玩其語意，似自道其生平寥落，晚為農家作塾師，主人慢之，而為是曲。意者：夙世老儒，其卯君前身乎？卯君名在辛，善漢隸篆印。」

【附池北偶談一則】安丘明經[13]張某，常晝寢，忽一小人自心頭出，身才半尺許，儒衣儒冠，如伶人結束。唱崑曲，音節殊可聽，說白、自道名貫一與己合。所唱節末，皆其平生所經歷。四折既畢，誦詩而沒。張猶憶其梗概，為人述之。

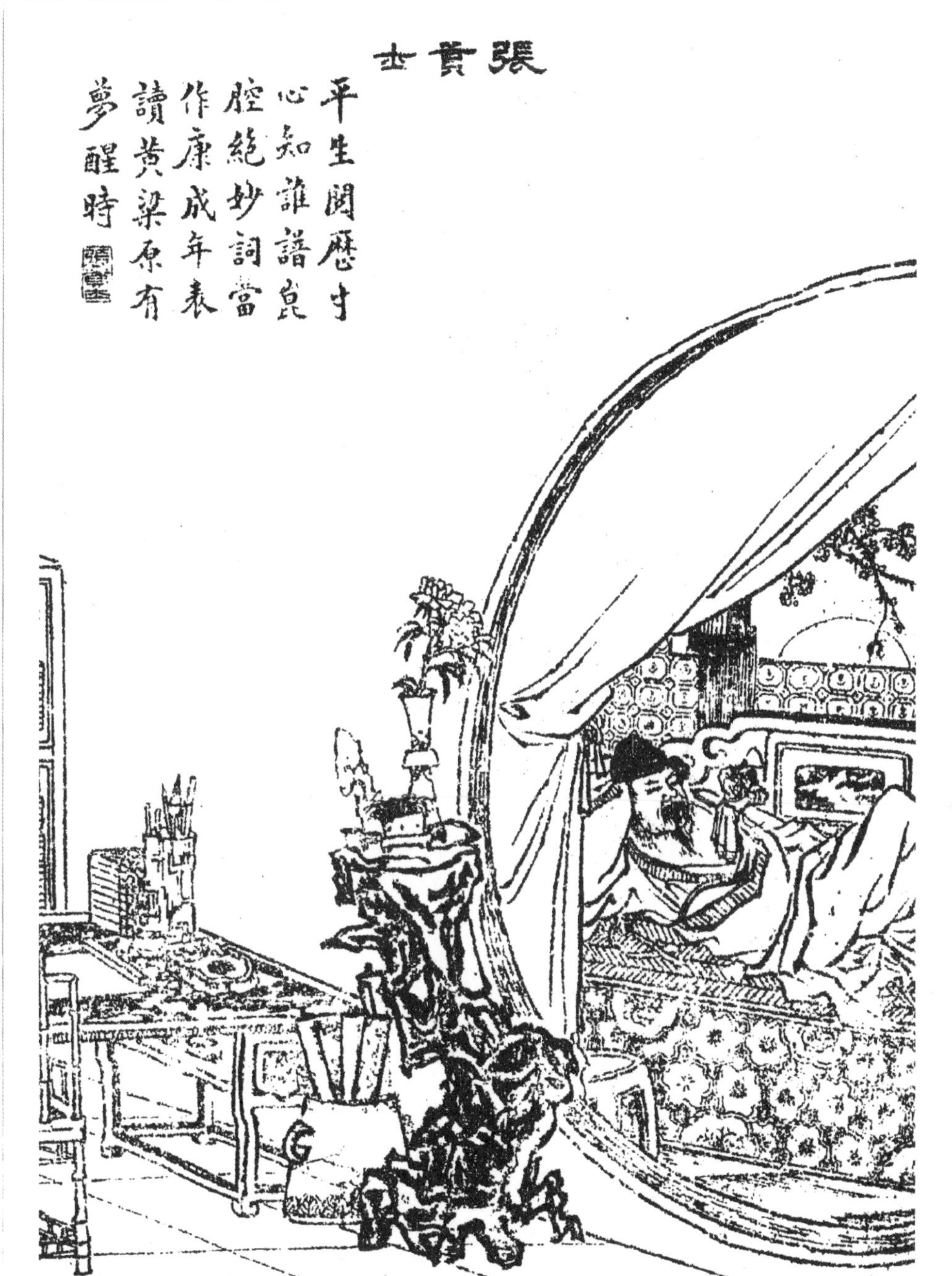
張貢士
平生閱歷寸
心知誰譜崑
腔絕妙詞當
作康成年表
讀黃粱原有
夢醒時

1安丘：古代縣名。今山東省安丘市。
2張貢士：清代張在辛（西元一六五一～一七三八年），字卯君，號柏庭，擅書法、篆刻。
3俳優：古代表演雜耍戲曲的演員。
4崑山曲：即崑曲。中國江浙一帶盛行的戲曲種類。從元代開始流行，最初是江蘇崑山一帶民間流行的清唱腔調，所以稱「崑山腔」。到明代嘉靖年間，魏良以崑山腔為基礎，結合中國各地戲曲唱腔，融合南北曲，並以笛、管、笙、琵琶、鑼鼓等樂器組成伴奏，旋律婉轉悠揚，擅長表現抒情情節，有「水磨調」之稱，亦稱「崑曲」、「崑劇」。
5說白：戲劇人物的對白或內心獨白，也稱「道白」。
6名貫：姓名籍貫。
7折：古代戲曲的分段，一段為一折。
8吟詩：此指戲曲中的退場詩。
9高西園、杞園先生：高西園，名鳳翰，號南阜山人，膠州（今山東省膠縣）人。杞園，即張杞園，名貞，字起元，安丘人。康熙壬子年間拔貢生，被朝廷任命為翰林院待詔。
10漁洋先生：即王士禎（西元一六三四～一七一一年），小名豫孫，字貽上，號阮亭，別號漁洋山人，人稱王漁洋，諡文簡。
11《池北偶談》：王士禎所撰筆記小說。
12《莊農雜學》：類似《莊農日用雜字》這樣的書籍，是一種農村啟蒙教材。內容以農業為題材，把各類字詞彙集在一起而編成的書。
13明經：明清兩代對貢生的尊稱。

◆**何守奇評點**：此疑是貢士心神。

懷疑這個唱戲的小人是張貢士的心神所幻化出來的。

白話翻譯

安丘縣有個姓張的貢生，他臥病在床，抬頭看著床頭，忽見一個小人從他的心窩上冒出來，只有半尺高；穿著儒生的裝束，像是在唱戲。他唱的是崑曲，聲調清脆嘹亮，獨白時自報姓名籍貫，和張貢士皆相同；所唱戲文情節也都是本人遭遇。一本四折唱完後，他吟誦一首退場詩就消失了。張貢士還能記得戲曲內容，經常講給人聽。

高西園和杞園先生見面時，曾經詳細詢問此事，他還能講出曲文部分內容，只可惜不能記得全部。

高西園說：「以前曾讀過王士禎先生的《池北偶談》，裡面有一則關於心頭小人的記載，就是安丘張姓人家的事。我和安丘張卯君交情很好，想必張貢生是他的宗親。一天會面時，我問起這件事，才知卯君就是張貢士。問他事情經過，他說自他病癒後，就把記得的崑曲內容詳細抄錄下來，沒有一個字缺漏，都是手抄成書，之後張夫人認爲這是不吉利的兆頭，把它燒掉了。每當茶餘飯後都還能想起結尾的部分，時常念誦給客人聽。現在一併記錄下來，以增廣奇異的見聞。曲詞中說：『詩云子曰都休講，不過是都都平丈（相傳有一農村私塾的教書先生指導孩子們讀《論語》，誤讀頗多，甚爲荒謬，其中最引人發噱的，當屬把「郁郁乎文哉」讀作「都都平丈我」了）。全憑著佛留一百二十行。（農村學堂裡有一套挺著名的啓蒙教材《莊農雜學》，開章所云：「佛留一百二十行，惟有莊農打頭強。」最爲粗俗鄙陋）』仔細思量曲詞中的深意，似乎自言平生的不幸遭遇，晚年在農村當私人學堂的教書先生，主人對他很不禮遇，因此寫下這段曲目。有人推測，這位懷才不遇的教書先生，是否就是張卯君前世？張卯君名在辛，對於隸書篆刻都很專精。」

附上《池北偶談》所記錄的這則故事：安丘縣張貢生，白天午睡時，忽然有個小人從自己心口蹦出來，身高約半尺，穿著儒生的服飾，裝扮成演員的樣子唱起崑曲，音韻悠揚美妙。在獨白時自報姓名籍貫，和他自己的一模一樣。所唱的戲文情節，都是張貢生平生經歷。一本四折唱畢，吟誦了一首退場詩就消失不見。張貢生仍然記得戲曲的故事情節，經常說給別人聽。

愛奴

河間[1]徐生，設教[2]於恩[3]。臘[4]初歸，途遇一叟，審視曰：「徐先生撤帳[5]矣。明歲授教何所？」答曰：「仍舊。」叟曰：「敬業姓施。有舍甥，延求明師，適託某至東疃聘呂子廉，渠[6]已受贄[7]稷門[8]。君如苟就，束儀[9]請倍於恩。」徐以成約為辭。叟曰：「信行君子也。然去新歲尚遠，敬以黃金一兩為贄，暫留教之，明歲另議何如？」徐可之。叟下騎呈禮函，且曰：「敝里不遙矣。宅綦隘，飼畜為艱，請即遣僕馬去，散步亦佳。」徐從之，以行李寄叟馬上。行三四里許，日既暮，始抵其宅，漚釘獸鐶[10]，宛然世家。呼甥出拜，十三四歲童子也。叟曰：「妹夫蔣南川，舊為指揮使[11]。止遺此兒，頗不鈍，但嬌慣耳。得先生一月善誘，當勝十年。」未幾，設筵，備極豐美；而行酒下食，皆以婢媼。

一婢執壺侍立，年約十五六，風致韻絕，心竊動之。席既終，叟命安置床寢，始辭而去。天未明，兒出就學。徐方起，即有婢來捧巾侍盥，即執壺人也。日給三餐，悉此婢；至夕，又來掃榻。徐問：「何無僮僕？」婢笑不言，佈衾[12]逕去。次夕復至。入以游語[13]，婢笑不拒，遂與狎。因告曰：「吾家並無男子，外事則託施舅。妾名愛奴。夫人雅敬先生，恐諸婢不潔，故以妾來。今日但須緘密，恐發覺，兩無顏也。」

一夜，共寢忘曉，為公子所遭，徐慚怍不自安。至夕，婢來曰：「幸夫人重君，不然，敗矣！公子入告，夫人急掩其口，若恐君聞。但戒妾勿得久留齋館而已。」言已，遂去。徐甚德之。然公子不善讀，訶責之，則夫人輒為緩頰。初猶遣婢傳言；漸親出，隔戶與先生語，往往零涕。顧每晚必問公子日課。徐頗不耐，作色曰：「既從兒懶，又責兒工，此等師我不慣作！請辭。」夫人遣婢謝過，徐乃止。

自入館以來，每欲一出登眺[14]，輒錮閉之。一日，醉中怏悶，呼婢問故。婢言：「無他，恐廢學耳。如必欲出，但請以夜。」徐怒曰：「受人數金，便當淹禁[15]死耶！教我夜竄何之乎？久以素餐[16]為恥，贄固猶在囊耳。」遂出金置几上，治裝欲行。夫人出，脈脈不語，惟掩袂哽咽，使婢返金，啟鑰送之。徐覺門戶逼仄；走數步，日光射入，則身自陷冢中出，四望荒涼，一古墓也。大駭。然心感其義，乃賣所賜金，封堆植樹[17]而去。

過歲，復經其處，展拜而行。遙見施叟，笑致溫涼，邀之殷切。心知其鬼，而欲一問夫人起居，遂相將入村，沽酒共酌，不覺日暮。叟起償酒價，便言：「寒舍不遠，舍妹亦適歸寧，望移玉趾，為老夫祓除不祥[18]。」出村數武[19]，又一里落，叩扉入，秉燭向客。俄，蔣夫人自內出，始審視之，蓋四十許麗人也。拜謝曰：「式微之族，門戶零落，先生澤及枯骨[20]，真無計可以償之。」言已，泣下。既而呼愛奴，向徐曰：「此婢，妾所憐愛，今以相贈，聊慰客中寂寞。凡有所須，渠亦略能解意。」徐唯唯。少間，兄妹俱去，婢留侍寢。雞初鳴，叟即來促裝送行；夫人亦出，囑婢善事先生。又謂徐曰：「從此尤宜謹祕，彼此遭逢詭異，恐好事者造言也。」徐諾而別，與婢共騎。至館，獨處一室，與同棲止。或客至，婢不避，人亦不之見也。

偶有所欲，意一萌，而婢已致之。又善巫，一挼挲[21]而痾[22]立愈。

清明歸，至墓所，婢辭而下。徐囑代謝夫人。曰：「諾。」遂沒。數日反，方擬展墓[23]，見婢華妝坐樹下，因與俱發。終歲往還，如此為常。欲攜同歸，執不可。歲杪[24]，辭館歸，相訂後期。婢送至前坐處，指石堆曰：「此妾墓也。夫人未出閣時，便從服役，夭殂瘞[25]此。如再過，以炷香相弔，當得復會。」

別歸，懷思頗苦，敬往祝之，殊無影響。乃市櫬[26]發冢，意將載骨歸葬，以寄戀慕。穴開自入，則見顏色如生。膚雖未朽，而衣敗若灰；頭上玉飾金釧，都如新製。又視腰間，裹黃金數鋌[27]，卷懷之。始解袍覆尸，抱入材內，賃輿載歸；停諸別第，飾以繡裳，獨宿其旁，冀有靈應。忽愛奴自外入，笑曰：「劫墳賊在此耶！」徐驚喜慰問。婢曰：「向從夫人往東昌[28]，三日既歸，則舍宇已空。頻蒙相邀，所以不肯相從者，以少受夫人重恩，不忍離逷[29]耳。今既劫我來，即速瘞葬，便見厚德。」

徐問：「古人有百年復生者，今芳體如故，何不效之？」歎曰：「此有定數。世傳靈跡，半涉幻妄。要欲復起動履[30]，亦復何難？但不能類生人，故不必也。」乃啟棺入，尸即自起，亭亭可愛。探其懷，則冷若冰雪。遂將入棺復臥，徐強止之。婢曰：「妾過蒙夫人寵，主人自異域來，得黃金數萬，妾竊取之，亦不甚追問。後瀕危，又無戚屬，遂藏以自殉。夫人痛妾夭謝，又以寶飾入斂。身所以不朽者，不過得金寶之餘氣耳。若在人世，豈能久乎？必欲如此，切勿強以飲食；若使靈氣一散，則游魂亦消矣。」

徐乃構精舍31，與共寢處。笑語一如常人；但不食不息，不見生人。年餘，徐飲薄醉，執殘瀝強灌之；立刻倒地，口中血水流溢，終日而尸已變。哀悔無及，厚葬之。

異史氏曰：「夫人教子，無異人世；而所以待師者何厚也！不亦賢乎！余謂豔尸不如雅鬼，乃以措大32之俗莽33，致靈物不享其年，惜哉！

「章丘34朱生，素剛鯁35，設帳於某貢士家。每譴弟子，內36輒遣婢為乞免，不聽。一日，親詣窗外，與朱關說。朱怒，執戒方37，大罵而出。婦懼而奔；朱追之，自後橫擊臀股，鏘然作皮肉聲。一何可笑！

「長山38某翁，每延師，必以一年束金，合終歲之虛盈，計每日得如干數；又以師離齋、歸齋之日，詳記為籍；歲終，則公同按日而乘除之。馬生館其家，初見操珠盤來，得故甚駭；既而暗生一術，反嗔為喜，聽其覆算不少較。翁大悅，堅訂來歲之約。馬辭以故。遂薦一生乖謬39者自代。及就館，動輒詬罵，翁無奈，悉含忍之。歲杪，攜珠盤至。生勃然忿極，姑聽其算。翁又以途中日40盡歸於西41，生不受，撥珠歸東42。兩爭不決，操戈相向，兩人破頭爛額而赴公庭焉。」

1 河間：明清時府名。今河北省河間市。
2 設教：開館教授學生。
3 恩：古代縣名，今山東省武城縣。
4 臘：農曆十二月。
5 撤帳：私塾的老師停止授課。
6 渠：他，指第三人稱。
7 贄：讀作「至」，聘請老師所送的禮物。
8 稷門：此指濟南。
9 束儀：即束脩，贈送老師教書的酬勞。
10 漚釘獸鐶：古代官宦人家的門飾。漚釘，一種金色的圓形銅釘，似水泡浮在水面。漚，讀作「歐」。水泡。獸鐶，以青銅鑄成獸頭樣式的門環。
11 指揮使：古代武將官名。
12 衾：讀作「親」，被子。
13 游語：輕浮的言語。
14 登眺：登高望遠，此指出門遊玩。
15 淹禁：限制行動，長久拘禁。
16 素餐：只拿錢不做事。
17 封堆植樹：在墳墓上堆土，表示對死者的敬意。
18 祓除不祥：消災解厄。祓，讀作「福」，古代祭祀之禮，為去除兇惡，祈求福氣而設。
19 數武：走幾步。
20 澤及枯骨：對死去的人施以恩澤。
21 挼挲：本指雙手互相摩擦，此指用手搓揉按摩。挼，讀作「挪」。

22 痾：疾病。
23 展墓：在墳前跪拜。
24 歲杪：年末。杪，讀作「秒」。
25 瘞：讀作「意」，埋葬、掩埋。
26 市櫬：買棺材。櫬，讀作「趁」，棺木。
27 鋌：讀作「定」。金錠。
28 東昌：古代府名。今山東省聊城市。
29 離逷：離開。逷，讀作「替」，遠也。
30 動履：步行。
31 精舍：華美的房屋。
32 措大：指稱貧寒的讀書人。此指徐生。
33 俗莽：粗俗莽撞。
34 章丘：古代縣名。現今山東省章丘市。
35 鯁：正直、耿直。
36 內：妻子。
37 戒方：戒尺，古代私塾先生懲罰學生所用的木尺。
38 長山：地名，今山東省鄒平縣。
39 乖謬：荒謬叛逆。
40 途中日：老師從書館和住處往返所花費的時日。
41 西：西席，指老師。
42 東：東道主，指主人。

◆**但明倫評點**：從兒懶又責兒工，此等師原不可作，然較之從兒懶而又不責兒工，衹指望兒成名者，不可作而猶可作也。

放縱兒子偷懶又督促他功課，這種人的老師本來是作不得的，然而相較那些放縱兒子偷懶又不督促兒子功課的家長，只眼巴巴盼望兒子能功成名就，雖是作不得而勉強還能作啊！

愛奴
歲闌执贄在
門墻一月薰
陶十載强他
日相逢聊报
德贈将詩婢
伴帷房

白話翻譯

徐生是河間人，以開館授徒爲業。他在十二月初返家途中遇到一位老翁，老翁看著他說：「徐先生停課了。明年在哪裡教書啊？」徐生回答：「還在原處。」老翁說：「我姓施，名喚敬業，我有個外甥想聘請一位好老師，剛託我到東疃去聘請呂子廉先生，但他已接受濟南某家的聘金。您如肯屈就，酬金將比在恩縣多一倍。」徐生以他已接受恩縣的聘請爲由推辭。老翁說：「您眞是個守信的君子。但離過年還有段時間，我以一錠黃金作爲聘金，您就暫且留在此處教我外甥，明年再商議如何？」徐生答應了。老翁下馬，遞上聘金，說：「敝村離此不遠，宅院狹小，無法容納牲口，請讓你的僕人先帶馬回去，我們步行前往即可。」徐生照他說的去做，把行李放在老翁的馬背上，走了三里多的路。天色漸暗時，才抵達老翁住處，門上鑲著圓形銅釘，還有獸頭門環，宛如官家的宅第。老翁叫出外甥來拜見，是個十三、四歲的小公子。老翁說：「我的妹夫蔣南川，做過指揮使，留下這個孩子，雖然不愚笨，卻嬌生慣養。若能得先生一個月細心教導，定能勝過讀十年書。」不久，擺上酒席，菜餚很豐盛，斟酒佈菜的都是婢女僕婦。

這時一個婢女拿酒壺站在一旁侍奉，約十五、六歲，長得非常秀麗，徐生暗自動心。酒宴結束，老翁命人幫徐生鋪床準備被褥，才告辭離去。天還沒亮，小公子就出來要跟隨老師讀書。徐生才剛起床，就有婢女捧著毛巾侍候他梳洗，正是那個端酒壺的婢女，一日三餐都由這個婢女送來。到了晚上，她又來鋪床。徐生問：「怎麼家中沒有僕人？」婢女但笑不語，鋪好被褥就出去了。第二天晚上又來，徐生對她說些輕佻的話，她笑著沒有拒絕，徐生就與她親熱起來。婢女才告訴他：「我們家沒有男子，外面的事都委託施舅打理。我叫愛奴。夫人敬重先生，怕其他婢女不乾淨，所以叫我來。今天的事，一定要保守秘密，若讓外人知道，我們倆都沒面子。」

一天晚上，他們一同就寢，不知不覺天已經亮了，被公子撞見，徐生慚愧不安。到了晚上，愛奴來說：「幸好夫人敬重先生，不然就糟了。公子一進屋稟告，夫人就急忙掩住他的嘴，怕您聽見，只告誡我不要在書房久留。」愛奴說完就離去。徐生因此事很感激蔣夫人，但公子不喜讀書，徐生斥責他時，夫人就爲兒子求情。剛開始，夫人只是派婢女來傳話；時間長了，她就親自前來，隔著門窗和徐生說話，往往傷心落淚。但由於她每晚都要了解公子上課的情況，徐生對此感到厭煩，擺臉色道：「一面放縱令郎偷懶，一面又監督他讀書，這種老師我沒法做，請允許我辭職。」夫人派婢女來認錯，徐生這才留下。

自從徐生到此開館授徒以來，就很想出去走走，但是門窗都關閉上鎖，徐生喝醉後心中煩悶，叫來愛奴問其中緣故。愛奴說：「沒什麼意思，夫人是怕小公子荒廢學業。如果您一定要外出，就請等到晚上。」徐生憤怒道：「拿了別人幾兩銀子，難道就應當被關到死嗎？入夜，四處漆黑，讓我上哪去？我一向以拿錢不辦事感到羞恥，聘金還在我包袱裡。」徐生把金錠放在桌案上，打點行李，準備離開。夫人出來，沉默不語，只是掩袖哭泣，命婢女退回聘金，打開門鎖送徐生離開。徐生感到門戶很狹窄，走了幾步，陽光照射進來，才發覺自己處在墳墓之中，四周一片荒涼，原來是一座古墓。他心中很害怕，但感念夫人恩義，就把她贈送的金子賣了，再請工匠來修墳，把墳土堆高，在墓旁種樹後才離去。

過了一年，徐生又經過這裡，祭拜完就要離開。他遠遠望見施老翁，笑著寒暄幾句，老翁盛情邀請他。徐生知道老翁是鬼，卻也想打聽夫人近況，就隨他入村，買酒一起小酌。不覺天色將暗，老翁起身付酒錢，才說：「寒舍就在附近，舍妹也正好回娘家，希望您能屈尊前往，借您的福氣為我去除邪祟。」出村走幾步，來到一座院落，老翁敲門進去，點上蠟燭與客人交談。不久，蔣夫人從屋裡出來，徐生才仔細打量她，原來她是個四十歲左右的美貌女子。她拜謝道：「我們家道中落，門戶蕭條，先生施恩於泉下之人，這份恩情無以為報。」說完，潸然淚下。接著叫來愛奴，對徐生說：「這個丫鬟是我所憐愛，今天把她送給你，可以稍慰解你在他鄉作客的寂寞。若有任何需求，她也能略知一二。」徐生唯唯諾諾。不久，兄妹都離開，留下愛奴侍寢。雞剛啼叫，老翁就來催促他們整理行李，送他們離開。夫人也出來，囑咐愛奴好好侍奉徐生。又對徐生說：「此後更要謹慎保密，我們的遭遇十分離奇，恐怕有喜歡多管閒事的人造謠生事。」徐生答應後作別，和愛奴共騎一乘。他到達恩縣的學館後，獨自住一個房間，和愛奴一同生活，有客人上門，愛奴並不迴避，客人也看不見她。徐生有時想要什麼，剛起心動念，愛奴就已經替他做好了。愛奴又懂得醫術，稍有不適，一經她按摩即立刻痊癒。

到了清明節，徐生回家，走到墓地時，愛奴辭別要回去看看，徐生囑咐她代他向夫人致謝。愛奴允諾後消失不見。數日後徐生從河間返回，剛想去墳墓前叩拜，就看見愛奴穿戴華美坐在樹下，於是一同回去。一年中互相來往，習以爲常。徐生想帶愛奴一起回到河間，愛奴堅持不肯。年末，徐生停課回家，兩人相約再見面的時間，愛奴送徐生到她先前坐過的地方，指著一堆石頭說：「這是我的墳墓。夫人未出嫁時，我便在她身邊服侍，死後就葬在這裡。如果你再經過此處，點一炷香來祭拜我，就能相見。」

徐生辭別回家，非常想念愛奴，前往墓地禱告，一點反應都沒有。徐生就買來棺材，挖開墳墓，想把愛奴的屍骨運回鄉安葬，表示自己依戀愛慕的心意。墳墓打開，徐生自己進去一看，只見愛奴臉色像活人一般，肌膚雖沒有腐爛，衣服卻破敗如灰，頭上的玉飾金釧又十分嶄新。徐生看到她腰間裹著黃金數錠，就把它包好，全部收起來，他脫下自己衣服蓋到屍體上，抱起放入棺材中，租輛馬車載回河間；停棺在別院後，替她穿上繡花衣裳，獨自睡在她身旁，希望她能顯靈相見。忽見愛奴從外面進來，笑道：「盜墓賊就在此！」徐生驚喜慰問。愛奴說：「先前跟隨夫人去東昌，三日後回來，房舍已空。過去你多次相邀，之所以不肯相從，是因自幼受夫人大恩，不忍遠離。如今既然你把我劫持來了，就請速速安葬，這便是你的大恩大德了。」

徐生問：「古人有死後百年又復生的例子，如今你的身體也沒腐敗，爲何不效仿？」愛奴歎氣說：「這都是冥冥之中註定好的。世上相傳的靈跡，多半是人幻想出來。若想要我能夠起身走路，又有何難？但無法像活人一樣，所以就不必多此一舉了。」她打開棺材躺進去，屍體就自己起來了，像個活人一樣，嬌俏可愛。徐生用手探進她懷中，皮膚冷得如同冰雪。她又要進入棺材躺下，徐生堅持不肯。愛奴說：「我過去承蒙夫人寵愛。主人從異域回來，帶回幾萬兩黃金，我偷偷拿了些，夫人也沒有追究。後來我快要死時，又沒有親戚家屬，就把黃金藏在身上下葬。夫人可憐我年紀輕輕就死了，又以珍寶首飾入殮。我的屍體之所以沒有腐敗，不過是吸取了金銀珠寶之氣。如果在人間生活，怎能長久維持呢？你一定要如此，切記不要逼我吃喝。否則靈氣一散，我的魂魄也會隨之消失。」

徐生修建了一棟華美的房子，與愛奴住在一起。愛奴說話談笑和正常人一樣；只是不吃東西，不休息，也不見陌生人。一年多後，徐生喝了些酒，有些醉意，就拿剩下的酒強灌她喝下；愛奴立刻倒地，口中流出血水，一天過去，屍體就腐爛了。徐生哀傷悲痛也於事無補，只能將愛奴厚葬了。

記下奇聞異事的作者如是說：「夫人教導兒子，和陽世的母親沒有分別，對待老師的心意同樣十足深厚！這難道稱不上賢慧嗎？我認爲漂亮的屍體不如文雅的鬼魂，只因窮書生的粗俗魯莽，才讓愛奴無法終其天年，眞是可惜呀！

「章丘有個姓朱的秀才，性情剛毅耿直。他在某貢士家開館授徒，每當責罰學生，貢士的妻子必派女僕婦前來求情，但貢士很少理會她。一天，貢士的妻子親自到窗外，向朱先生求情；朱生大怒，拿起戒尺破口大罵走出來。婦人懼怕而逃。朱生在後面追趕，還用戒尺凶狠地打她屁股，發出響亮的聲音，多麼可笑。

「長山某翁，每年聘請老師，必定把一年酬金，比對一天的天數，算出老師每天該拿多少報酬。又把老師離開書館和回來任教的日子詳細記錄在簿。到了年底，這位老闆就與老師一起按照實際教書的日子來計算酬勞。馬生在某翁家教書，剛開始看到這位老闆拿算盤前來，覺得很驚訝；暗中想出一條妙計，原本生氣轉而高興，聽任老闆苛扣酬金，也不與他計較。老闆很高興，堅持請馬生簽訂第二年合約。馬生故意找個藉口推辭，有個秀才個性胡攪蠻纏，馬生就推薦他代替自己。等到這位先生來這裡教書後，動不動就嚴厲責罵，老闆拿他沒辦法，只好忍耐。歲末老闆拿著算盤走來，這位老師憤怒不已，姑且讓他計算。老闆又把先生從住家到書館往返所花費的時日扣除。這位老師不肯接受，把珠子撥過去，算在老闆頭上。兩人爭執不下，拿著武器動起手來，兩人都頭破血流上公堂對質。」

孫必振

孫必振[1]渡江，值大風雷，舟船蕩搖，同舟大恐。忽見金甲神[2]立雲中，手持金字牌下示；諸人共仰視之，上書「孫必振」三字，甚真[3]。眾謂孫：「必汝有犯天譴，請自為一舟，勿相累。」孫尚無言，眾不待其肯可[4]，視旁有小舟，共推置其上。孫既登舟，回首，則前舟覆矣。◆

1 孫必振：字孟起，號臥雲，山東諸城（今諸城市）人。清順治十六年（西元一六五九年）進士。個性耿直，敢於忤逆權貴，險遭陷害，晚年病逝。
2 金甲神：身穿鎧甲的天神。
3 真：清晰真切貌。
4 肯可：允許。

白話翻譯

孫必振乘船渡江，正好遇上狂風閃電，船在江中不停搖晃，同船的人都非常恐懼。忽見有位穿金色鎧甲的神仙站在雲端，手持書寫金字的牌子，給下面的眾人看。大家都抬起頭來看，只見牌子上寫著「孫必

◆**但明倫評點**：金字牌下示人，是明使諸人推置小舟也。然即此推置之心，舟中人皆當全覆矣。

天神以書寫金字的牌子下示眾人，用意是要讓眾人把孫必振推到小船上。就因為這個怕被他連累的自私心理，大船上的人應當隨船沉沒。

振」三個字，字跡很清楚。大家對孫必振說：「一定是你犯了錯，遭受天譴，請你自己乘一艘船，不要連累別人。」孫必振尚未回答，大家也不管他允許與否，看到旁邊有條小船，就一起把他推上去。孫必振登上小船，回頭一看，原先那條渡船已經翻覆了。

邑人

邑[1]有鄉人，素無賴。一日，晨起，有二人攝之去。至市頭，見屠人以半豬懸架上，二人便極力推擠之，忽覺身與肉合，二人亦遝去。少間，屠人賣肉，操刀斷割，遂覺一刀一痛，徹於骨髓。後有鄰翁來市[2]肉，苦爭低昂[3]，添脂搭肉，片片碎割，其苦更慘。肉盡，乃尋途歸；歸時，日已向辰。家人謂其晏[4]起，乃細述所遭。呼鄰問之，則市肉方歸，言其片數、斤數，毫髮不爽。崇朝[5]之間，已受凌遲一度，不亦奇哉！

1 邑：此處指蒲松齡的家鄉山東省淄川縣（古名「般陽」），即今山東省淄博市淄川區。
2 市：買。
3 爭低昂：討價還價。
4 晏：形容時間很晚。
5 崇朝：從早上至中午，即整個上午。

白話翻譯

淄川縣有個村民，一向無惡不作，行爲不檢點。一天早上起來，有兩個人把他捉了去。來到市集上，他看見一個屠

◆**但明倫評點**：碎割之慘，令於生前受之，自口述之。鬼神或予以自新之路耶？抑借其言以警世耶？不然，恐他時再割地獄中，再無人證其片數、斤數矣。

凌遲之刑之慘痛，讓此人活著的時候承受，由他親口講述。鬼神也許是想給他一個改過自新的機會吧？或者借他的口來警告世人，否則，若等他死後在地獄中受此凌遲之刑，再沒有人能證明所割的片數、斤數了。

夫把半隻豬掛在肉架上，那兩人便用力把他推擠到豬身上，他忽然覺得自己的身體與豬肉合而爲一，那兩個人掉頭就走。不久，屠夫賣肉，拿刀割肉，每割一刀都令他感到痛徹骨髓。後來，有個鄰居老翁來買肉，與屠夫討價還價，不斷要求添肥搭瘦，屠夫一片片細細地切，他更加痛苦。肉賣完後，他才循著路徑回家；到家時，已經快辰時了。家裡人以爲他起床遲了，他詳細述說剛才的遭遇，喊剛買肉回家的鄰居老翁來問，所說的片數、斤數，絲毫不差。一個上午的時間，此人已遭受淩遲之刑，不也是很匪夷所思嗎？

單父宰◆

青州民某，五旬餘，繼娶少婦。二子恐其復育，乘父醉，潛割睪丸而藥糝[1]之。父覺，託病不言。久之，創漸平。忽入室[2]，刀縫綻裂，血溢不止，尋斃。妻知其故，訟於官。官械其子，果伏。駭曰：「余今為『單父宰[3]』矣！」並誅之。

邑有王生者，娶月餘而出其妻。妻父訟之。時淄宰[4]辛公，問王何故出妻。答云：「不可說。」固詰之。曰：「以其不能產育耳。」公曰：「妄哉！月餘新婦，何知不產？」忸怩[5]久之，告曰：「其陰甚偏。」公笑曰：「是則偏之為害，而家之所以不齊也。」此可與「單父宰」並傳一笑。

1 糝：此指撒。讀作「傘」。
2 入室：此指行房。
3 單父宰：此處是一種戲稱，指割去父親生殖器官的邑宰。邑宰，縣令。
4 淄宰：淄川（今山東省淄博市）縣令。
5 忸怩：羞愧，難以啟齒。讀作「紐妮」。

◆何守奇評點：逆子可誅。

不孝的兒子應該殺。

單父宰
雙荊不許再添
枝靈到他年
析產時石破天
驚傳異事可
憐梟獍太無知

白話翻譯

青州有個鄉民，五十歲時娶了年輕女子做繼室。他的兩個兒子唯恐父親再有其他子嗣，乘著父親喝醉時，偷偷把他的睾丸給割除，用藥粉撒在上面。父親醒來察覺，假託自己生病沒有聲張。過了很久，傷處逐漸痊癒，他貿然行房，刀傷縫合之處突然破裂，血流不止，不久就死了。他的妻子知曉原因，一狀告到官府衙門，縣令拷問他的兒子，他們才說出眞相並認罪。縣令大驚說：「我竟然也當一回單父宰了！」就將兩個犯罪的兒子處死了。

本縣有個姓王的人，娶妻才一個多月就要休妻。妻子的父親不服氣去告官，當時的淄川縣令是辛公，問王某人爲何要休妻。王某回答：「不能說。」辛公一再追問。王某才說：「因爲她無法生育。」辛公就說：「胡言亂語！成婚才一個多月，如何能知道她無法生育？」王某覺得很羞愧，難以啓齒，才說：「她的陰戶長得很偏。」辛公笑道：「原來是長得偏害的，所以你的家也不整齊囉！」這則故事可以和單父宰放在一起傳世，以博讀者一笑。

大鼠◆

萬曆[1]間，宮中有鼠，大與貓等，為害甚劇。遍求民間佳貓捕制之，輒被噉[2]食。適異國來貢獅貓[3]，毛白如雪。抱投鼠屋，闔其扉，潛窺之。貓蹲良久，鼠逡巡自穴中出，見貓，怒奔之。貓避登几上，鼠亦登，貓則躍下。如此往復，不啻[4]百次。眾咸謂貓怯，以為是無能為者。既而鼠跳擲[5]漸遲，碩腹似喘，蹲地上少休。貓即疾下，爪掬頂毛，口齕[6]首領，輾轉爭持，貓聲嗚嗚，鼠聲啾啾。啟扉急視，則鼠首已嚼碎矣。然後知貓之避，非怯也，待其惰也。彼出則歸，彼歸則復，用此智耳。噫！匹夫按劍[7]，何異鼠乎！

1 萬曆：明神宗年號。
2 噉：同今「啖」字，是啖的異體字。
3 獅貓：俗稱獅子貓，毛長尾巴大。
4 不啻：不止。
5 擲：跳躍。
6 齕：讀作「和」，以牙齒去咬。
7 按劍：以手撫劍，準備進攻。

◆**但明倫評點**：大勇若怯，大智若愚。伺其懈也，一擊而覆之，啾啾者勇不足恃矣，嗚嗚者智誠可用矣。

真正勇敢的人看似膽怯，就如真正有智慧的人看似愚笨一樣，這是相同的道理。獅貓等到大鼠鬆懈倦怠時，一鼓作氣發動攻擊，大鼠立刻就敗下陣來，啾啾嗚咽地討饒，牠的勇猛此時已經不足為懼。嗚嗚鳴叫的獅貓，牠的智慧才是足可用以擊垮大鼠的利器。

白話翻譯

明朝萬曆年間，皇宮中有一隻老鼠，體型和貓一樣大，爲害非常嚴重。到民間四處尋找合適的貓來捕捉這隻大老鼠，這些貓都被老鼠吃了。正好外國進貢一種獅貓，毛色雪白，把獅貓抱到有大鼠出沒的屋子，關上窗戶從外觀看。獅貓在屋內蹲了很久，大鼠緩緩從洞中出來，一見到獅貓就衝上去咬牠，獅貓跳到桌子上躲避，大鼠也跳上去，獅貓就跳下來，這樣來來回回不下百次。大家都以爲獅貓害怕大鼠，認爲牠也無法制服這般邪穢。接著大鼠跑跳速度卻變遲緩了，肥大的肚子不斷收縮，看上去有些喘，牠蹲在地上稍微休息，獅貓立刻快速跳下，爪子抓住大鼠頭上的毛，張口咬住大鼠脖子，雙方輾轉爭鬥僵持，貓嗚嗚叫起來，老鼠啾啾地嗚咽呻吟。人們急忙打開窗戶一看，大鼠的腦袋已經被咬碎了。這才知道獅貓不斷躲避大鼠的進攻並非怯戰，而是等待大鼠消耗體力，疲憊不堪時伺機進攻。大鼠一發動攻勢，獅貓就防守躲避，大鼠休息退避，獅貓就趁機進攻，這是運用智謀捕捉大鼠。哎！普通人一動怒就要與人爭鬥，與大鼠有何不同呢？

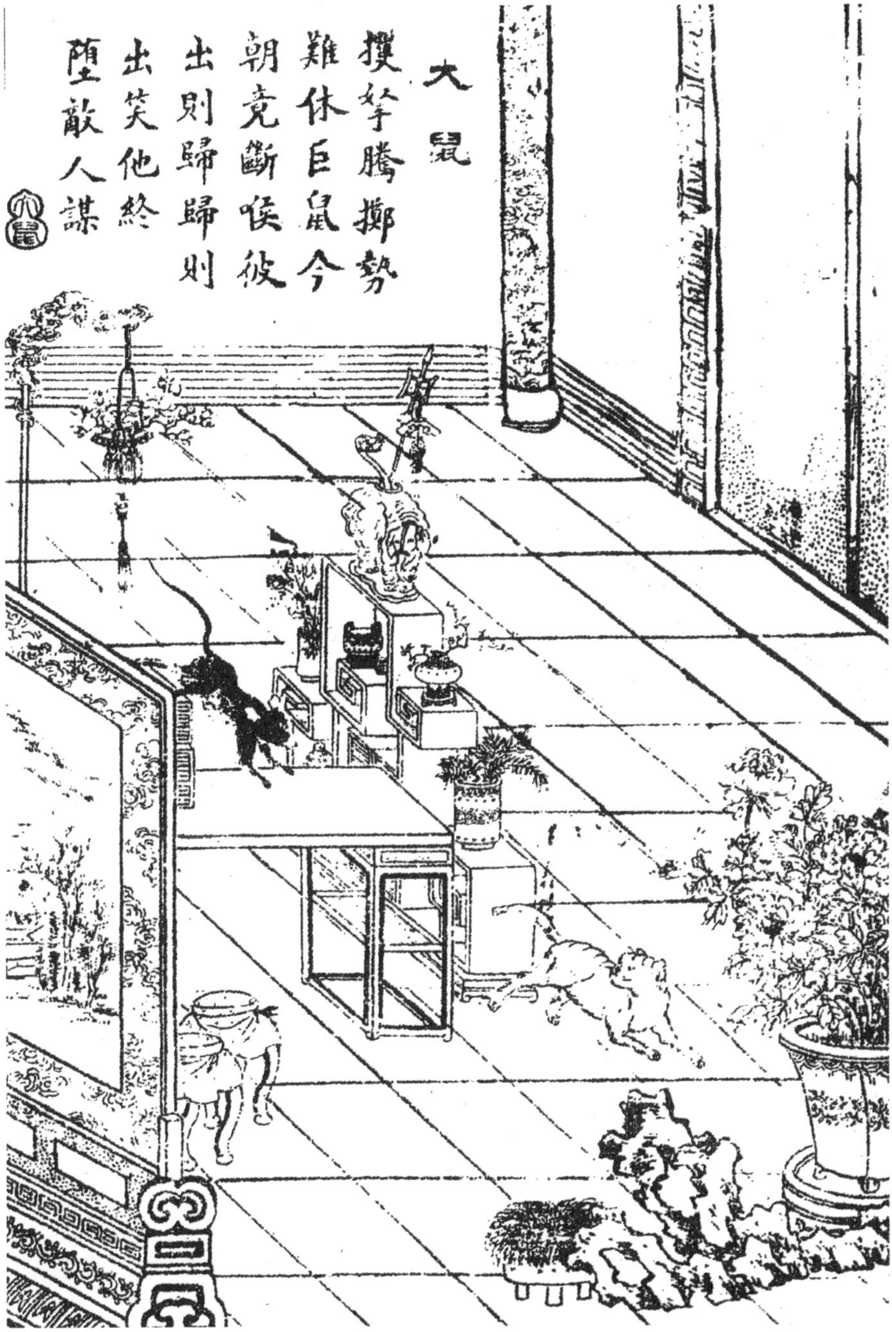
大鼠
攫拏騰擲勢
難休巨鼠今
朝竟斷喉彼
出則歸歸則
出笑他終
墮敵人謀

張不量

賈人某，至直隸[1]界，忽大雨[2]雹，伏禾中。聞空中云：「此張不量田，勿傷其稼。」賈私意張氏既云「不良」，何反祐護。雹止，入村，訪問其人，且問取名之義。蓋張素封[3]，積粟甚富。每春間貧民就貸，償時多寡不校，悉內[4]之，未嘗執概[5]取盈[6]，故名「不量」，非不良也。眾趨田中，見稞[7]穗摧折如麻，獨張氏諸田無恙。◆

【附錄】吳寶崖（陳琰）《曠園雜志》[8]一則：花塢僧濟水言：「順治十八年[9]，青州[10]一丐者，為神人敕[11]其行雹。避雹者聞空中語云：『毋壞張不量田。』天霽，他田偃壞，張田獨無恙。蓋張氏所貸歸者，聽其自入圖[12]，絕不較，故以『不量』稱之。」其事與南宋蔣自量同。蔣，杭人，長崇仁，次崇義，次崇信，兄弟一德，置公量，乞糴[13]者皆令自收米，歲歉亦然，人因目為「蔣自量」。咸淳三年[14]，詔封三蔣為廣福侯，至今廟祀鹽橋之上。

1直隸：清代省名，今河北省。
2雨：此作動詞用，降落。
3素封：指無官爵封邑，卻財產富裕的人。
4內：通「納」。
5概：古代量取穀物時所用的器具。
6取盈：收取足夠的分量。

7稞：讀作「顆」，麥子的一種。
8《曠園雜志》：浙江吳陳琰所撰志怪小說。吳陳琰，字寶崖，清代浙江錢塘人。
9順治十八年：西元一六六一年，時值清聖祖康熙沿用清世祖福臨的年號。
10青州：今山東省青州市。
11敕：原意是帝王所頒布的詔書，此指天神詔命。

12 圖：讀作「垂」，用竹子或草編成，盛裝穀物的器具。
13 糴：讀作「迪」，買進穀物。
14 咸淳三年：西元一二六七年。宋度宗趙禥的年號。

張不量
執概從無一取盈
如何偏得不良名
若非賈客親相訪
貲罰安能示眾生

◆但明倫評點：於疾風迅雷之中，而辨其畦畛，保其稼禾，善惡之界，鬼神何嘗錯亂絲毫。

在疾風迅雷狂驟之時，降冰雹的天神還能分辨田地間的界限，保住張不量的莊稼，猶如善惡界限是如此分明，鬼神何曾有絲毫錯亂。

白話翻譯

有個商人來到河北境內，天上突然降下大冰雹，他只好躲在稻田裡，聽到空中有聲音傳來：「這是張不量的田，不要損毀他的莊稼。」商人心想，這個張氏究竟何許人也，既然說是不良，爲何還要護佑他？不久冰雹停止，商人進入村中向人打聽，果然有張不量這個人，商人就把剛才聽見的話告訴村民，並問他爲何要叫張不量。原來張不量家中存有很多米糧，家中很富有，每到春天，窮人就向他借米。歸還時他從不跟人計較數量多寡，全部接受，也沒有拿量米的器具來秤量，所以鄉民都稱他爲「不量」。大家跑到田裡去，看見農作物都被損毀了，只有張不量的田地絲毫無損。

【附錄】吳寶崖（吳陳琰）所撰《曠園雜志》一則：花塢僧濟水言：「清康熙順治十八年，青州有個乞丐，代替神仙從空中降下冰雹。躲避冰雹的人聽到空中傳來說話聲，說：『不要損毀張不量的田地。』等天放晴，別處田地所種的莊稼都已經損壞，只有張不量的田地完好無損。原因是凡是張不量所借出的米糧，皆任由歸還的人放到盛裝穀物的器皿中，從來不計較多寡，所以別人都叫他『不量』。」這件事與南宋蔣自量相同。蔣氏是杭州人，大哥崇仁，二哥崇義，老么崇信，兄弟的德行都相當好，他們放置一個盛穀物的公用器皿，讓來買穀物的人自行拿取，即使在農作物歉收的時節也是如此，別人因爲這樣就稱他們兄弟三人爲「蔣自量」。咸淳三年，皇帝詔封蔣氏三兄弟爲廣福侯，到了現在，供奉他們的廟還在鹽橋上面。

王司馬

新城[1]王大司馬霽宇[2]鎮北邊[3]時，常使匠人鑄一大桿刀[4]，闊盈尺，重百鈞[5]。每按[6]邊，輒使四人扛之。鹵簿[7]所止，則置地上，故令北人[8]捉之，力撼不可少動。司馬陰以桐木依樣為刀，寬狹大小無異，貼以銀箔，時于馬上舞動。諸部落望見，無不震悚。又于邊外埋葦薄[9]為界，橫斜十餘里，狀若藩籬，揚言曰：「此吾長城也。」北兵至，悉拔而火之。司馬又置之。既而三火，乃以礮石[10]伏機[11]其下，北兵焚薄，藥石盡發，死傷甚眾。既遁去，司馬設薄如前。北兵遙望皆卻走，以故帖服[12]若神。

後司馬乞骸歸，塞上復警。召再起；司馬時年八十有三，力疾陛辭[13]。上慰之曰：「但煩卿臥治[14]耳。」於是司馬復至邊。每止處，輒臥帳中。北人聞司馬至，皆不信，因假議和，將驗真偽。啟簾，見司馬坦臥，皆望榻伏拜，撟舌[15]而退。

【附錄】樂陵[16]一武生赴鄉闈[17]。貧不能貸屋，恒寄棲人簷下。身軀短小，貌亦不颺[18]。諸生多戲侮之。囊有一大弓，人所不能開；一大箭，人所不能用也。問何為，笑不言。逮試外場[19]，弓柔矢小，射法亦平平。人益輕之。及射球，則以其大弓大箭，一發得之，竟以冠場[20]中式[21]。人始異而問焉，曰：「不料君之挽強如斯也！」生曰：「余何挽哉！余以千佛山下小石子，墊起弓弦兩端，則不挽自開。且指短不能用弓柄，乃以線為環，綰矢於弓[22]，射時稍用力拽弦，則石子落而矢自發矣。馬上為之，主試者固不覺也。」

噫！生可謂弋獲[23]矣。乃今觀王司馬之所為，而始歎生之舉於鄉非倖也，宜也。異日安邊境、立功名，臥身一帳之中，制敵千里之外，微斯人其誰與歸？事在嘉慶初年，表兄胡釋堂親見之。

1 新城：古代縣名。今山東省桓台縣。

2 王大司馬霽宇：即王象乾，字子廓，號霽宇。明朝新城（山東淄博桓台）人，官至兵部尚書。治軍嚴謹，威震四方。死後贈太子太師。大司馬，兵部尚書的別稱。

3 鎮北邊：王象乾長年鎮守薊遼，防守後金汗國（清朝的前身）的侵略。

4 大桿刀：長柄大刀。

5 百鈞：三千斤。此處形容物體極其沉重。

6 按：巡察。

7 鹵簿：原指古代皇帝出行時的護衛隊，後來一般官員出行的儀仗亦稱鹵簿。

8 北人：滿州人。

9 葦薄：用蘆葦編成的席子。

10 礮石：此指火藥和石彈。礮，同今「砲」字，是砲的異體字。

11 伏機：此指火藥引信。

12 帖服：順服、拜服。

13 力疾陛辭：勉力支撐著病體，向皇帝辭行。

14 臥治：躺著處理軍務。

15 撟舌：舌頭翹起發不出聲音，形容很恐懼或驚訝的樣子。撟，讀作「較」。

16 樂陵：古代地名。今山東省樂陵市。

17 鄉闈：即鄉試。闈，科舉考試的考場。

18 颺：顯揚。通「揚」。

19 外場：清代武舉考試分內場、外場。外場比武藝，內場比武經。

20 冠場：勝過同一場考試的人。

21 中式：科舉考試及格。

22 綰矢於弓：把箭綁在弓上。

23 弋獲：射獵而得。語出《詩經．大雅．桑柔》：「如彼飛蟲，時亦弋獲。」意思是說：「如同飛鳥自由飛翔，遲早被獵人捕獲。」後泛指捕獲。弋，讀作「意」。

◆**王阮亭云**：今撫順東北哈達城東，插柳以界蒙古，南至朝鮮，西至山海，長亙千里，名「柳邊條」。私越者置重典，著為令。

現今在撫順東北哈達城東的地方，插柳條分隔蒙古的邊界，南方最遠到朝鮮，西方最遠到山海，柳條綿延千里，稱為「柳邊條」。私自越過柳界的將處以重罰。

白話翻譯

兵部尚書王霽宇是河北新城人，鎮守北方邊境時，曾命鐵匠打造一把長柄大刀，刀身寬一尺，有千斤那麼重。他每次巡察邊境的時候，就讓四個人抬著大刀，儀仗隊伍所到之處，就把刀放在地上，故意讓滿州人來拿，他們使盡全力卻無法撼動分毫。王大人就暗中用桐木依大刀的樣子又打造一把，寬窄大小和先前一樣，往刀身貼上銀箔，經常在馬上揮舞。滿州各部落的人看到，無不震驚悚慄。王大人又在邊境外插上蘆箔爲界，綿延十餘里，像一道長籬笆，他揚言說：「這是我的長城。」滿州人一到，把那些蘆箔全部拔下燒掉。王大人又重新插上。這樣往復被燒了三次，他在蘆箔下埋火藥、石彈，接上引信。當滿州人再來焚燒蘆箔時，火藥、石彈一齊爆炸，滿州人死傷慘重。他們逃跑後，王大人又像先前一樣插上蘆箔，滿州人遠遠望見，紛紛退避，因此對他十分順服。

後來王大人年紀大了，請求告老還鄉，滿州人再度入侵邊關。皇帝又重新啓用他，王大人當時已經八十三歲了，他奉召拖著病體向皇帝辭行。皇帝勸慰他：「你只要躺著處理軍務就可以了。」於是，王大人又前往邊關。他每到一處，就躺在帷帳中。滿州人聽說王大人來了，都不相信，於是以議和爲藉口，想要探查虛實。等到掀開簾子，他們看見王大人閒適地躺著，皆朝他的臥榻跪拜，嚇得趕緊離開了。

【附錄】山東樂陵有個武生趕赴參加武舉鄉試，他窮得沒錢租房子，一直寄住在別人

家。他的身材矮小，長得其貌不揚，許多考生時常捉弄他。他的行囊中有一把大弓，別人都無法拉開；一把長箭，別人都無法使用。問他這是做什麼用的，他笑而不答。輪到他比試武藝時，弓弦不夠堅韌，箭矢太小，他的射法也沒有獨特之處，別人更加看不起他。等到比試射球這個項目，他拿起大弓箭，一發即中，竟以最高分壓過全場考生。別人開始對他刮目相看，問他爲何射得這麼好，向他說：「沒想到你的箭射得這麼好啊！」武生說：「哪裡是我射的呢！我用千佛山下的小石頭，墊起弓弦兩側，這樣就能不拉弓也能把弦撐開。而且手指短不能拉弓柄，我就用線做成一個環形，把箭綁在弓上，射的時候稍微用力牽引弓弦，石頭就能落下弓箭自動射出去了。在馬上射箭，所以主考官並沒有發現。」

哎！武生可謂不勞而獲。現在看王大人的所作所爲，才開始感嘆武生可以得到鄉試第一名並非僥倖，這是他所應當得到的。他日安定邊境、建功立業，躺在帳帷之中，在千里之外制伏敵人，除了他還有誰能辦到？這件事發生在嘉慶初年，我表兄胡罣堂親眼所見。

富翁

富翁某，商賈多貸其貲[1]。一日，出，有少年從馬後，問之，亦假本[2]者。翁諾之。既至家，適几上有錢數十，少年無事，以手疊錢，高下堆壘[3]之。翁謝[4]去，竟不與貲。或問故，翁曰：「此人必善博，非端人也，所熟之技，不覺形于手足矣。」訪之，果然。

1 貲：通「資」。指財物、錢財。
2 假本：借錢作資本。
3 堆壘：堆積。
4 謝：辭謝，即拒絕。

白話翻譯

某位富翁，很多做生意的商販都向他借貸。有一天，富翁外出，有個少年跟在他的馬後面，富翁

問他有什麼事，少年表示他也想借錢做生意。富翁答應了，回到家後，剛好桌上有幾十枚銅錢，少年覺得無聊，就用手去把銅錢堆積起來。富翁看到了，拒絕借錢給他。有人問他緣故，富翁說：「這個人一定擅長賭博，不是品行端正的人，他對賭錢的技法很熟練，不自覺間就在一舉一動中顯現出來了。」一前往打聽，果然如富翁所預料的那樣。

岳神

揚州提同知[1]，夜夢岳神召之，詞色憤怒。仰見一人侍神側，少為緩頰。醒而惡之。早詣岳廟，默作祈禳[2]。既出，見藥肆[3]一人，絕肖所見。問之，知為醫生。既歸，暴病，特遣人聘之。至則出方為劑，暮服之，中夜而卒。或言：閻羅王與東岳天子，日遣侍者男女十萬八千眾，分布天下作巫醫，名「勾魂使者」。用藥者不可不察也！◆

1 同知：協助正官的輔佐官。凡主管某職務，但不以正官的名稱授予，就稱為同知。
2 祈禳：祈禱。
3 藥肆：藥鋪。

白話翻譯

揚州府衙有一位姓提的知府輔佐官，晚上夢見岳神召他前去，以嚴厲的言詞責罵他。他抬頭看到有一人站在岳神旁邊替他求情。提同知醒了，心中很害怕，很早就到岳神廟去祈禱。出來後，見到藥鋪旁有一個人，很像昨晚夢裡所見之人，向路人打聽，才知道他是醫生。回家後，提同知突然染病，就派人去請那個醫生來。那人來了，開了一個藥方。提同知傍晚服下，半夜就死了。有人說：閻羅王和東岳天子白天派了很多男女使者遍佈天下當醫生，稱作「勾魂使者」，吃藥的人不可不謹慎。

◆**馮鎮巒評點**：罵煞天下醫生，然是確論，非故作輕薄語。

罵盡天下行醫人，然而的確有人吃錯藥而死，並非故意詆毀醫生。

岳神
問誰妙手擅回春
不信巫醫隸岳
神今日句
魂非一類
豈徒十
萬八
千人

小梅

蒙陰[1]王慕貞，世家子也。偶游江浙，見媼哭於途，詰之。言：「先夫止遺一子，今犯死刑，誰有能出之者？」王素慷慨，誌其姓名，出橐[2]中金為之斡旋，竟釋其罪。其人出，聞王之救己也，茫然不解其故，訪詣旅邸，感泣謝問。王曰：「無他，憐汝母老耳。」其人大駭曰：「母故已久。」王亦異之。抵暮，媼來申謝，王咎其謬誣。媼曰：「實相告：我東山老狐也。二十年前曾與兒父有一夕之好，故不忍其鬼之餒也。」◆王悚然起敬，再欲詰之，已杳。

先是，王妻賢而好佛，不茹葷酒；治潔室，懸觀音像，以無子，日日焚禱其中。而神又最靈，輒示夢，教人趨避，以故家中事皆取決焉。後有疾，綦篤，移榻其中；又別設錦裀[3]於內室而扃其戶，若有所伺。王以為惑，而以其疾勢昏瞀[4]，不忍傷之。

臥病二年，惡囂，常屏人獨寢。潛聽之，似與人語；啟門視之，又寂然。病中他無所慮，有女十四歲，惟日催治裝遣嫁。既醮[5]，呼王至榻前，執手曰：「今訣矣！初病時，菩薩告我，命當速死，念不了者，幼女未嫁，因賜少藥，俾延息以待。去歲，菩薩將回南海，留案前侍女小梅，為妾服役。今將死，薄命人又無所出。保兒，妾所憐愛，恐娶悍怒之婦，令其子母失所。小梅姿容秀美，又溫淑，即以為繼室可也。」蓋王有妾，生一子，名保兒。王以其言荒唐，曰：「卿素敬者神，今出此言，不已褻乎？」答云：「小梅事我年餘，相忘形骸[6]，我已婉求之矣。」問：「小梅何處？」曰：「室中非耶？」方欲再詰，閉目已逝。

王夜守靈幃⑦，聞室中隱隱啜泣，大駭，疑為鬼。喚諸婢妾啟鑰視之，則二八麗者，縗服⑧在室。眾以為神，共羅拜之。女斂涕扶掖。王凝注之，俛首而已。王曰：「如果亡室之言非妄，請即上堂，受兒女朝謁；如其不可，僕亦不敢妄想，以取罪過。」女腆然出，竟登北堂⑨。王使婢為設坐南嚮，王先拜，女亦答拜；下而長幼卑賤，以次伏叩，女莊容坐受；惟妾至，則挽之。

自夫人臥病，婢惰奴偷⑩，家久替。眾參已，肅肅列侍。女曰：「我感夫人盛意，羈留人間，又以大事相委，汝輩宜各洗心，為主效力，從前愆尤，悉不計校；不然，莫謂室無人也！」共視座上，真如懸觀音圖像，時被微風吹動。聞言悚惕，鬨然並諾。女乃排撥⑪喪務，一切井井，由是大小無敢懈者。女終日經紀內外，王將有作，亦稟白而行；然雖一夕數見，並不交一私語。

既殯，王欲申前約，不敢徑告，囑妾微示意。女曰：「妾受夫人諄囑，義不容辭；但匹配大禮，不得草草。年伯黃先生，位尊德重，求使主秦晉之盟⑫，則惟命是聽。」時沂水⑬黃太僕，致仕閒居，於王為父執，往來最善。王即親詣，以實告。黃奇之，即與同來。女聞，即出展拜。黃一見，驚為天人，遜謝不敢當禮；既而助妝優厚，成禮乃去。女餽遺枕履，若奉舅姑，由此交益親。

合巹⑭後，王終以神故，褻中帶肅，時研詰菩薩起居。女笑曰：「君亦太愚，焉有正直之神，而下婚塵世者？」王力審所自。女曰：「不必研窮，既以為神，朝夕供養，自無殃咎。」女御下常寬，非笑不語；然婢賤戲狎時，遙見之，則默默無聲。女笑諭曰：「豈爾輩尚以我為神耶？我何神哉！實為夫人姨妹[15]，少相交好；姊病見思，陰使南村王姥招我來。第以日近姊夫，有男女之嫌，故託為神道，閉內室中，其實何神。」眾猶不信；而日侍邊傍，見其舉動，不少異於常人，浮言漸息。然即頑奴鈍婢，王素撻楚[16]所不能化者，女一言無不樂於奉命。皆云：「並不自知。實非畏之，但睹其貌，則心自柔，故不忍拂其意耳。」以此百廢具舉。數年中，田地連阡，倉廩萬石矣。

又數年，妾產一女。女生一子；子生，左臂有朱點，因字小紅。彌月，女使王盛筵招黃。黃賀儀豐渥，但辭以耄[17]，不能遠涉；女遣兩嫗，強邀之，黃始至。抱兒出，袒其左臂，以示命名之意。又再三問其吉凶。黃笑曰：「此喜紅也，可增一字，名喜紅。」女大悅，更出展叩。是日，鼓樂充庭，貴戚如市。黃留三日始去。

忽門外有輿馬來，逆女歸寧。向十餘年，並無瓜葛，共議之，而女若不聞。理妝竟，抱子於懷，要王相送，王從之。至二三十里許，寂無行人，女停輿，呼王下騎，屏人與語，曰：「王郎王郎，會短離長，謂可悲否？」王驚問故。女曰：「君謂妾何人也？」答曰：「不知。」女曰：「江南拯一死罪，有之乎？」曰：「有。」曰：「哭於路者吾母也，感義而思所報，乃因夫人好佛，附為神道[18]，實將以妾報君也。今幸生此襁褓物，此願已慰。妾視君晦運將來，此兒在家，恐不能育，故借歸寧，解兒厄難。君記取家有死口時，當於晨雞初唱，詣西河柳堤上，見有挑葵花燈來者，遮道苦求，可免災難。」王曰：「諾。」因訊歸期。女云：「不可預定。要當牢記吾言，後會亦不遠也。」臨別，執手愴然交涕。俄登輿，疾若風。王望之不見，始返。

經六七年，絕無音問。忽四鄉瘟疫流行，死者甚眾，一婢病三日死。王念曩囑，頗以關心。是日與客飲，大醉而睡。既醒，聞雞鳴，急起至堤頭，見燈光閃爍，適已過去。急追之，止隔百步許，愈追愈遠，漸不可見，懊恨而返。數日暴病，尋卒。王族多無賴，共憑陵其孤寡，田禾樹木，公然伐取，家日陵替。

逾歲，保兒又殤，一家更無所主。族人益橫，割裂田產，廄中牛馬俱空；又欲瓜分第宅。以妾居故，遂將數人來，強奪鬻[19]之。妾戀幼女，母子環泣，慘動鄰里。方危難間，俄聞門外有肩輿入，共覘[20]，則女引小郎自車中出。四顧人紛如市，問：「此何人？」妾哭訴其由。女顏色慘變，便喚從來僕役，關門下鑰。眾欲抗拒，而手中若痿[21]。女令一一收縛，繫諸廊柱，日與薄粥三甌。即遣老僕奔告黃公，然後入室哀泣。泣已，謂妾曰：「此天數也。已期前月來，適以母病耽延，遂至於今。不謂轉盼間已成邱墟[22]！」問舊時婢媼，則皆被族人掠去，又益欷歔。

越日，婢僕聞女至，皆自遁歸，相見無不流涕。所縶族人，共謀兒非慕貞體胤[23]，女亦不置辨。既而黃公至，女引兒出迎。黃握兒臂，便捋左袂，見朱記宛然，因袒示眾人，以證其確。乃細審失物，登簿記名，親詣邑令。令拘無賴輩，各笞四十，械禁[24]嚴追；不數日，田地馬牛，悉歸故主。黃將歸，女引兒泣拜曰：「妾非世間人，叔父所知也。今以此子委叔父矣。」黃曰：「老夫一息尚在，無不為區處。」黃去，女盤查就緒，託兒於妾，乃具饌為夫祭掃，半日不返。視之，則杯饌猶陳，而人杳矣。

異史氏曰：「不絕人嗣者，人亦不絕其嗣，此人也而實天也。至座有良朋，車裘可共；迨宿莽既滋[25]，妻子陵夷，則車中人[26]望望然去之[27]矣。死友而不忍忘，感恩而思所報，獨何人哉！狐乎！倘爾多財，吾為爾宰[28]。」

---

1 蒙陰：古代縣名，今山東省臨沂市。
2 橐：讀作「陀」，袋子。
3 錦裀：彩錦製成的床褥。裀，讀作「因」。
4 昏瞀：神智不清醒。瞀，讀作「茂」。
5 醮：讀作「叫」，女子結婚後改嫁。此處僅指出嫁。
6 相忘形骸：比喻兩人相得甚歡，親密無間宛如一人。
7 靈幃：遮蔽隔離靈床的帷幕。此指靈堂。
8 縗服：古代服三年之喪所穿的喪服，以粗麻布做成，不緝邊縫。縗，讀作「崔」，通「衰」。
9 北堂：正室所居住的堂屋。
10 婢惰奴偷：奴婢們偷懶與行苟且之事。
11 排撥：安排打理。
12 秦晉之盟：春秋時代秦、晉兩國世代聯姻，秦晉之盟後借指婚姻。
13 沂水：今山東省沂水縣。沂，讀作「怡」。
14 合巹：古時成親夫婦要對飲合巹酒，代表成婚。巹，讀作「錦」。
15 姨妹：姨母的女兒，此指表妹。
16 撻楚：拿鞭子抽打。撻，讀作「踏」。
17 耄：讀作「茂」，年老。
18 附為神道：假託神仙方術或神明的旨意。
19 鬻：讀作「玉」，賣。
20 覘：讀作「沾」，觀看、察視。
21 痿：本指肌肉麻痺萎縮的病變，此指雙腳乏力，無法出力。讀作「委」。
22 邱墟：廢墟。
23 體胤：親生骨肉。胤，後代子孫。
24 械梏：戴上刑具，使人行動受限。
25 宿莽既滋：人已死去。
26 車中人：富有顯貴之人。
27 望望然去之：無情無義地離去。
28 宰：管家。

白話翻譯

王慕貞，蒙陰縣人，是個官宦人家子弟。他偶然到江浙去遊玩，看到老婦在路邊哭泣，上前詢問後，老婦說：「先夫只留下一個兒子，如今他犯罪被判死刑，有誰能救他出獄呢？」王慕貞一向慷慨豪爽，問她兒子姓名，出錢替她打通關節、從中周旋，老婦的

◆**但明倫評點**：為其止遺一子，而出金為子斡旋，存人之孤也。狐以與有父有一夕之好而不忍死其孤，假手於王，而終得所以報之，而亦為之存其孤。狐之義為何如哉！至其假託菩薩，事涉荒唐，然安知非菩薩使之來耶？蓋一念之善，天必報之。向使狐無此女，亦必有為之生子，為之撫孤者矣。

王慕貞因為老婦人只有這麼一個兒子，就出錢替她的兒子周旋關說，替他人保存骨肉。狐妖因為與那名兒子的父親有一夜情而不忍他斷絕後嗣，藉王慕貞之手來報答情郎。狐妖的恩義是多麼偉大啊！後來假託觀音菩薩一事，雖然荒謬，又怎知小梅不是菩薩派來的呢？一念善心，上天必有回報。假若狐妖沒有這個女兒，也一定會有為王慕貞生子，替他撫養遺孤的人啊！

兒子竟然無罪開釋。那人出獄之後，聽說是王慕貞仗義搭救，卻不知是何緣故，便造訪他所住的旅館，感動流淚地道謝，並且詢問救他的因由。王慕貞說：「沒有其他原因，純粹是可憐你的老母親罷了。」那人聽了很吃驚，說：「家母已過世許久了。」王慕貞也感到奇怪。到了傍晚，老婦前來道謝，王慕貞責怪她欺騙自己。老婦說：「實言相告，我是東山的老狐所幻化。二十年前曾與這孩子的父親有過露水姻緣，所以我不忍心讓他斷絕後嗣。」王慕貞聽了感到恐懼，又對老婦的行爲感到欽佩，還想問她幾句話時，她卻消失了。

先前王慕貞的妻子賢慧喜歡佛法。不沾葷腥也不飲酒，將房間打掃乾淨後就把觀音像懸掛在牆上。因爲她沒有兒子，就天天在屋裡焚香禱告，觀音菩薩又很靈驗，時常託夢告訴她如何趨吉避凶，所以家中事情都由她來裁決。後來她染上疾病，病重時把床移到這間房裡，又另外鋪設華美的寢具在內室，關上門窗，像在等人來使用的樣子。王慕貞疑惑不解，但因爲她病重神智不清，就不忍傷她的心。

妻子臥病兩年，厭惡吵鬧，經常屏退下人，單獨就寢。王慕貞偷聽房中動靜，妻子似在和什麼人說話；打開門一看，又悄無聲息。王妻在病中無所顧慮，他們有個十四歲的女兒，她就每天催促王慕貞替女兒操辦婚事。女兒出嫁後，王妻把丈夫叫到床前，拉著他的手說：「今天就要永訣了！剛剛患病時，菩薩告訴我命中註定很快就會死，我所放心不下的，是女兒還未出嫁。菩薩賜我一些藥，讓我能苟延殘喘，去年菩薩將要回到南海，留下侍女小梅來服侍我。如今我就要死了，我命薄，膝下無子，保兒很得我喜愛，怕你將來娶個悍婦回來，讓他們母子流離失所。小梅姿容秀麗，又溫婉賢淑，可以把她娶過來做繼室。」原來王慕貞有一妾室，生了一個兒子，名叫保兒。他覺得妻子所言荒謬，說：「你一向禮敬菩薩，現在說這樣的話，不覺得褻瀆神明嗎？」妻子答：「小梅侍奉我一年多，我們兩人宛若一體，我已經委婉地求過她了。」王慕貞問：「小梅現在何處？」王妻說：「在屋裡的不就是她嗎？」王慕貞還想再問，王妻已閉目過世了。

王慕貞夜晚守靈，聽到內室傳來哭泣聲，非常吃驚，懷疑是鬼，叫來侍妾和丫鬟打開門觀看。一名年約十六歲的美女，披麻戴孝待在屋裡。大家以爲她是神仙，排成一列向她叩拜，小梅止住眼淚，將眾人扶起來。王慕貞凝視她，她只是低頭而已，他向她說：「如果亡妻所言非虛，請你到廳堂，接受兒女們的拜見；如果你不肯，我也不敢妄想，以免招罪。」小梅害羞地走出來，竟直接走入正室房間。王慕貞命丫鬟設一個朝南的座位，王慕貞先行拜見，小梅也向他答禮；其他人按長幼尊卑，依次跪拜，小梅嚴肅地端坐受禮；只有王慕貞的小妾拜見時，小梅才上前攙扶。

自從王妻臥病不起，奴婢偷懶，婢僕私通，家裡疏於打理。眾人參拜完畢，恭敬地排成一列等候吩咐。小梅說：「我被夫人的誠意所打動，留在人間，夫人又把重責大任交託予我，你們應該要各自洗心革面，替主人效力，從前的過錯，我就不予計較；否則，不要以爲家裡沒人管了。」大家仰視座上的小梅，就像一幅觀音圖像，不時被微風吹拂擺動。大家聽了她的話，各自警惕，齊聲答應。小梅操辦喪事，把一切打理得井井有條，家中大小沒有人敢鬆懈。小梅整日打理內外事務，王慕貞想要有何舉動，也會先向她稟告才去做；雖然一晚見幾次面，但未曾私下交談。

王妻出殯後，王慕貞想履行先前約定，又不敢當面挑明，於是囑咐小妾向她暗示。小梅說：「我既然答應了夫人的託付，自然不會推辭；婚姻大事不能草率。年伯黃老先生，德高望重，若能由他來主持婚禮，我一定唯命是從。」當時的沂水黃太僕辭官在家賦閒，他是王慕貞父親的朋友，兩家來往密切。王慕貞親自上門拜訪，將事情經過稟告他，黃老先生覺得此事離奇，就和王慕貞一同回來。小梅聽說後就出來拜見。黃老先生一見小梅，以為是仙女下凡，推辭說不敢接受如此大禮；接著又資助豐厚嫁妝，把婚事辦好才離去。小梅送他枕頭、鞋子，如同孝敬公婆，從此兩家交往更加密切。

夫妻喝了交杯酒後，王慕貞因爲小梅是神仙，連親熱時都對她禮敬有加，還時常向她打聽觀音菩薩的生活情況。小梅笑道：「你也太笨了，那有神仙會下凡與凡人婚配的？」王慕貞又再三追問小梅的來歷。小梅說：「你不必追根究柢，既然認爲我是神，就朝夕供奉，保你一家平安無恙。」小梅管束下人很寬容，總是笑著和他們說話；但當丫鬟們嬉笑打鬧時，遠遠見到小梅，就立刻默不作聲。小梅笑道：「難道你們還認爲我是神仙嗎？我哪裡是什麼神仙！實際上我是夫人的表妹，從小感情就很好；姊姊病中想念我，暗中叫南村王姥姥把我接來。那時因爲天天要與姊夫見面，男女恐有不便，才假託是神仙的侍女，住在內室，並非是神仙。」大家仍然不信，但天天在她身邊，看她行爲舉止，並無異於常人之處，流言也逐漸消失。那些頑劣的僕人、懶惰的婢女，王慕貞如何鞭打處罰也無法令他們改過，然而小梅說一句，無人不樂意遵命。大家都說：「也說不出是什麼原因。並非是怕她，但一看她的容貌，心就軟了，不忍心違背她的吩咐。」從此家中規矩逐漸樹立起來，步上正軌。幾年之內，王家田地廣袤，庫房存糧萬石。

又過幾年，小妾生下一個女兒，小梅生下一個兒子。兒子出生時，左臂上有一顆小紅痣，因此乳名叫小紅。滿月那天，小梅讓王慕貞擺上盛宴，邀請黃老先生前來喝滿月酒。黃老先生送了很豐厚的賀禮，推辭說自己年事已高，不能出遠門；小梅派了兩名老媽子再三前往邀請，黃老先生才肯來。小梅抱出孩子，露出左臂，表示取名的原因，又再三詢問這孩子未來的前途。黃老先生笑著說：「這是喜紅，可以增加一個字，就叫喜紅吧。」小梅很高興，上前叩謝。那天，鼓樂充滿庭院，親戚、貴客紛紛前來，家中十分熱鬧。黃老先生住了三天才回去。

忽然，門外來了輛馬車，要來迎接小梅回娘家。十多年來，沒聽說過小梅娘家還有親戚，大家都議論紛紛；小梅充耳不聞，梳妝完畢，把孩子抱在懷中，要王慕貞親自送她，王慕貞就和她一起出門。走了二、三十里路，路上沒有行人，小梅讓車停下，叫王慕貞下馬，屏退左右，對他說：「王郎、王郎，相聚的時間短暫，別離的時間卻很長，難道不該悲傷嗎？」王慕貞驚訝問她緣故。小梅說：「你猜我是什麼身分？」王慕貞答：「不知。」小梅說：「你曾在江南救過一個死刑犯，有這件事嗎？」王慕貞答：「有。」小梅說：「在路邊哭泣的老婦，是我的母親；爲你的義舉感動所以想要報答你，因爲夫人喜好佛法，就假託神明，實則是要我以身相許來回報你的大恩。如今幸好爲你生了個兒子，心願已了。我看你將要大難臨頭，這孩子住在你家，恐怕無法長大成人，所以藉著回娘家，替孩兒躲過劫難。你要記住，家中若有死人，要在早晨公雞啼第一聲時，到西河柳堤上，看見提向日葵花燈的人，就攔住他苦苦哀求，可免去災禍。」王慕貞答允了，又問她何時歸來。小梅說：「無法預知，你要牢牢記住我的話，相見的日子就不遠了。」臨別時，牽著手，涕淚縱橫。隨後小梅就上車，車子像風一樣疾駛遠去。王慕貞一直等到車子看不見了才返家。

六、七年後，毫無小梅的消息，忽然鄰近的州縣盛行瘟疫，病死的人很多。一個婢女染病三天就死了。王慕貞想起先前小梅的囑咐，對此事很關心。當天，他正在宴客暢飲，大醉後睡著，他一醒來就聽到雞啼，急忙趕到柳堤，只見燈火閃爍，人已經離去。他急忙追趕，只差一百多步，卻愈追愈遠，背影逐漸消失，他懊惱地返家，幾天後暴病而死。王家一族中，多有品行不端的人，借機欺侮王家孤寡，把王家的莊稼樹木都砍下拿走，家中日益蕭條。

過了一年，保兒也死了，家中更無人作主。王家族人更加橫行霸道，瓜分田產，馬廄裡的牛馬都被搶光，他們又想瓜分宅院。因爲王慕貞的小妾住在這裡，就有幾個人要強行把她賣掉。小妾捨不得幼女，母女抱頭痛哭，哭聲悽慘驚動鄉里。正在危急之時，忽聽門外有一頂轎子抬進來，大家一看，是小梅牽著兒子從轎裡走出。圍觀的人亂哄哄鬧成一團，她問：「這都是些什麼人？」小妾哭訴說明經過，小梅聽完，臉色大變，叫上跟隨前來的僕人關門上鎖。眾人想要反抗，手腳卻軟弱無力。小梅叫人把他們全綁起來，拴到廊下柱子上，一天只給三碗稀粥，小梅派遣老僕跑去告訴黃老先生，然後進屋痛哭。哭完，小梅對小妾說：「這些都是命數。本想上個月回來，恰好母親病了耽誤時間，拖到今天才回來。沒想到一轉眼這裡已成廢墟。」問起以前伺候的僕人婢女，都被族人搶去，更加悲嘆起來。

第二天，婢僕聽說小梅回來了，都偷偷溜回來，見了面沒有不落淚的。被綁住的族人，都說小梅帶回的兒子不是王慕貞的骨肉。小梅也不與他們爭論。黃老先生出現了，小梅帶著兒子出門迎接。黃老握住孩子手臂，掀起左邊衣袖，露出紅痣給大家看，證明眞假。小梅仔細審查失去的東西，登記在簿，親自到衙門，請縣官下令拘捕一眾逞凶的族人，各打四十大板，戴上枷鎖，嚴格追究失去的物品。不出數日，田地牛馬皆歸還原主。黃老先生即將啓程返家，小梅帶著孩子哭著跪拜說：「我不是陽間的人，叔父您是知道的。我現在把這個孩子託付給您了。」黃老先生說：「只要我還有一口氣在，就會給他作主，不會讓他任人欺負。」黃老先生回去後，小梅將家事安排妥當，把孩子託付給小妾，準備祭品去祭拜亡夫與已故的夫人，半天都不見她回來。大家跑到墳前去看，杯盤都還在原處，人卻不知所蹤。

記下奇聞異事的作者如是說：「不斷絕別人後嗣的人，別人也不會斷絕他的子嗣。表面上看是人事，其實是天意。家中興旺時，座上賓客有良朋益友，可共富貴；等到家道中落，妻妾子女遭人欺凌，那些身分顯貴的朋友都會離你遠去。亡友不忍忘記，知恩圖報的，哪裡會是人呢？大概只有狐妖吧！假若你有錢，我願做你的管家。」

藥僧

濟寧①某，偶於野寺外，見一遊僧，向陽捫蝨②；杖挂葫蘆，似賣藥者。因戲曰：「和尚亦賣房中丹③否？」僧曰：「有。弱者可強，微者可鉅，立刻見效，不俟經宿。」某喜求之。僧解衲角，出藥一丸，如黍大，令吞之。約半炊時，下部暴長；逾刻自捫④，增於舊者三之一。心猶未足，窺僧起遺，竊解衲，拈二三丸並吞之。俄覺膚若裂，筋若抽，項縮腰橐⑤，而陰長不已。大懼，無法。僧返，見其狀，驚曰：「子必竊吾藥矣！」急與一丸，始覺休止。解衣自視，則幾與兩股鼎足而三矣。縮頸蹣跚而歸。父母皆不能識。從此為廢物，日臥街上，多見之者。

1 濟寧：古代州名。今山東省濟寧市。
2 捫蝨：捉身上的蝨子。
3 房中丹：用於房事助興的藥。
4 捫：撫摸。
5 項縮腰橐：脖子縮短，彎腰駝背。

白話翻譯

濟寧有個人，他偶然在郊外的一間寺院外，看到一位遊方僧對著太陽捉身上的蝨子；他的禪杖上掛著葫蘆，就像賣藥的郎中。那人就開玩笑說：「和尚也賣房事助興的藥嗎？」和尚說：「有。性功能差的可以變強，陰莖小的可以變大，立刻見效，不用等到第二天。」那人聽了很高興，就向和尚求買藥丸。和尚解開僧袍一角，拿出一顆黍粒般大小的丸藥讓他吞下。約過了半頓飯時間，那人下身的陰莖突然增長了；再過一會兒，用手一摸，比原來大了三分之一。他心裡還不滿足，趁著和尚去小解，偷偷解開他的僧袍，拿了兩、三顆藥丸，一併吞服。不久，他覺得皮膚像要裂開那樣疼，筋都在抽動，脖子縮進身體裡。他的背駝了，陽具卻長個不停，心下十分恐懼卻無計可施。和尚回來看見他這副模樣，驚訝地說：「你一定是偷吃我的藥！」馬上又給他另一種藥丸，服下後，才感到陰莖停止生長，解開衣褲一看，陰莖長得幾乎與兩條腿一樣長，看起來像三條腿。他縮著脖子步履蹣跚地回去，父母都不認識他了。從此他成了廢物，每天躺在街上，很多人都看見過他。

◆何守奇評點：

求此藥者，欲工於媚內耳。增三分之一，心猶未滿，勢不至為廢物不止也。

求這種讓陰莖增長的藥，明顯是想取悅自己的妻子。增長三分之一，心中還不滿足，陰莖沒有變成令他滿意的樣子，自己反而成了廢人。

于中丞

于中丞成龍[1]，按部[2]至高郵[3]。適巨紳家將嫁女，妝匲[4]甚富，夜被穿窬[5]席卷[6]而去。刺史[7]無術。公令諸門盡閉，止留一門放行人出入，吏目[8]守之，嚴搜裝載。又出示諭闔城戶口，各歸第宅，候次日查點搜掘，務得贓物所在。乃陰囑吏目：設有城門中出入至再者[9]，捉之。過午，得二人，一身之外，並無行裝。公曰：「此真盜也。」二人詭辨不已。公令解衣搜之，見袍服內著女衣二襲，皆匲中物也。蓋恐次日大搜，急於移置，而物多難攜，故密著而屢出之也。

又公為宰[10]時，至鄰邑。早旦，經郭外，見二人以床舁[11]病人，覆大被；枕上露髮，髮上簪鳳釵一股，側眠床上。有三四健男夾隨之，時更番以手擁[12]被，令壓身底，似恐風入。少頃，息肩路側，又使二人更相為荷[13]。于公過，遣隸回問之，云是妹子垂危，將送歸夫家。公行二三里，又遣隸回，視其所入何村。隸尾之，至一村舍，兩男子迎之而入。還以白[14]公。公謂其邑宰[15]：「城中得無有劫寇否？」宰曰：「無之。」

時功令[16]嚴，上下諱盜，故即被盜賊劫殺，亦隱忍而不敢言。公就館舍，囑家人細訪之，果有富室被強寇入家，炮烙而死。公喚其子來，詰其狀，子固不承。公曰：「我已代捕大盜在此，非有他也。」子乃頓首哀泣，求為死者雪恨。公叩關往見邑宰，差健役四鼓[17]出城，直至村舍，捕得八人，一鞫[18]而伏。詰其病婦何人。盜供：「是夜同在勾欄[19]，故與妓女合謀，置金床上，令抱臥至窩處始瓜分耳。」共服于公之神。或問所以能知之故。公曰：「此甚易解，但人不關心耳。豈有少婦在床，而容入手衾[20]底者。且易肩而行，其勢甚重，交手[21]護之，則知其中必有物矣。若病婦昏憒而至，必有婦人倚門而迎；止見男子，並不驚問一言，是以確知其為盜也。」

1 于中丞成龍：于成龍，字北溟，卒諡清端。清朝山西永寧（今山西省呂梁市離石區）人。官至兵部尚書，江南江西總督，兼攝江蘇、安徽兩省巡撫事，故稱「于中丞」。中丞，是明清兩代對巡撫的稱呼。
2 按部：巡查所管轄部屬的工作表現。
3 高郵：古代縣名。今江蘇省高郵市。
4 妝匳：女子的嫁妝。匳，讀作「連」，同今「奩」字，是奩的異體字，女子的陪嫁品。
5 穿窬：穿過牆壁到別人家偷東西，即小偷。窬，讀作「于」。
6 席卷：搜刮一空。
7 刺史：此指高郵知州。
8 吏目：古代官名。此處泛指地方官府內的小官員。
9 再者：多次。
10 宰：知縣。
11 舁：讀作「魚」，抬舉。
12 擁：通「雍」，擁擠窒塞。
13 荷：讀作「賀」，背負。
14 白：讀作「博」，稟告、告知。
15 邑宰：古代對縣令的尊稱。
16 功令：古代考核與選用、拔擢官員的制度、法令。
17 四鼓：四更天。大約凌晨一點到三點之間。
18 鞫：讀作「局」，審問、審判。
19 勾欄：古代妓院。
20 衾：讀作「親」，被子。
21 交手：聯手。

◆**何守奇評點**：同時有兩成龍，其名位政績並相似，見漁洋集。

同一時代有兩個同名同姓的于成龍，他們的官位與政績都很類似，事見王士禎《漁洋集》。

于中丞
誰從巨室盜妝奩大索驚
傳法令嚴搜得襄衣頻
出入箇中機智亦韜鈐

白話翻譯

兩江總督于成龍大人，到高郵巡察部屬的工作情形，適逢一個富翁嫁女兒，準備了很豐盛的嫁妝，晚上卻被盜賊穿牆給搜刮一空，然後逃之夭夭。當地知州大人束手無策，于大人命令把所有城門都關上，只留一個城門放行人出入，交由當地的小官吏把守，嚴格搜索裝載出城的貨品。他又貼出告示通知全城百姓，各自回家，等候第二天全城大搜查，務必要找到贓物。于大人暗中囑咐衙吏說，若有人多次進出城門，就馬上逮捕。中午過後，衙吏就捉到兩個人。他們除了身上衣服，並未攜帶行李。于大人說：「東西就是這兩個人偷的。」他們狡辯不肯承認。于大人下令解開他們的衣服搜查，只見在外袍裡面還穿著兩套女裝，都是嫁妝之物。他們害怕第二天全城大搜查，急忙將贓物運出城去，但東西太多難以攜帶，就暗中穿在裡面，屢次出入城門。

于大人當縣令時，到鄰縣去辦公。清晨經過城外，看見兩個人用床抬著一位病人，身上蓋著大被子。枕頭上露出頭髮，頭髮上插著一隻鳳頭釵。那人側臥在床上，有三、四個健壯的男子跟隨在床的兩側，他們不時輪流用手推塞被子，把被子邊角壓到病人身體底下，好像怕被風吹到著涼。不久，他們放下床在路邊休息，又換兩個人抬。于大人走過去後，派遣隨行官吏回去問明情況，那夥人便說是妹妹病危，要送她回丈夫家。于大人走了兩、三里路，又派官吏回去，看看他們進了哪個村子，官吏暗中跟隨，見他們進入一個村子的房舍裡，有兩個男人出來迎接。官吏回來將這件事稟告于大人。于大人問縣令：「城中有盜賊小偷犯案嗎？」縣令說：「沒有。」

當時朝廷對地方官的政績考查極嚴，上下各級官員都忌諱竊盜案，即便有被盜賊搶劫殺害的事件，也隱瞞不敢說。于大人到客館歇息，吩咐家丁仔細查訪，果然打聽到附近有個富翁被強盜闖進家中，用烙鐵燙死了。于大人把受害者的兒子叫來，問詳細情形，富翁的兒子卻堅決不肯承認。于大人說：「我已經替你們把盜賊抓來了，並無別的用意。」富翁的兒子這才叩頭痛哭，請求爲他的父親報仇雪恨。于大人敲門求見縣令，縣令派了強健的捕快在四更天出城，直接前往盜賊藏匿的村舍中，捉到八個強盜，一經審訊全部認罪。詢問病婦是什麼人，強盜招供說：「作案那晚在妓院裡，與妓女合謀，把金銀放到床上，叫她躺在床上抱在懷裡到窩藏的地點，然後才瓜分。」大家都很佩服于大人斷案神準，有人問他怎麼識破這案子。于大人說：「這很容易看穿，只是人們不留心罷了。哪裡有年輕婦女躺在床上，卻允許別人把手探進被子裡的？而且他們不斷換人抬著走，那床一定很沉重。床兩邊的人聯合保護，就知道裡面一定藏有貴重東西。如果眞是病婦昏迷抬回家，一定會有婦女出門迎接，但是他們只見男子迎接，並沒有顯現出驚訝的神情，因此我斷定這夥人就是強盜無疑。」

于中丞二
斷獄無圓閱歷深祇須當局肯留心送迎少婦皆男子何況頻拈手入衾

參考書目

王邦雄，《莊子內七篇．外秋水．雜天下的現代解讀》（台北：遠流出版社，2013 年 5 月）
王邦雄等著，《中國哲學史》（台北：里仁書局，2006 年 9 月）
牟宗三，《中國哲學十九講》（台北：台灣學生書局，1999 年 9 月）
馬積高、黃鈞主編，《中國古代文學史 1-4 冊》（台北：萬卷樓圖書股份有限公司，2003 年）
張友鶴，《聊齋誌異會校會注會評本》（台北：里仁書局，1991 年 9 月）
郭慶藩，《莊子集釋》（台北：天工出版社，1989 年）
樓宇烈，《王弼集校釋．老子指略》（台北：華正書局，1992 年 12 月）
盧源淡注譯，蒲松齡原著，《聊齋志異》（新北市：台科大圖書股份有限公司，2015 年 3 月）
何明鳳，〈《聊齋誌異》中的「異史氏曰」與評論〉，《文史雜誌》2011 年第 4 期
馮藝超，〈《子不語》正、續二書中殭屍故事初探〉，《東華漢學》第 6 期，2007 年 12 月，頁 189-222
楊清惠，〈論《聊齋志異》王士禛評點的小說敘事觀〉，《彰化師大國文學誌》第 29 期，2014 年 12 月
楊廣敏、張學豔，〈近三十年《聊齋志異》評點研究綜述〉，《蒲松齡研究》2009 年第 4 期
邱黃海，《從「任勢為治」說的形成論韓非思想的蛻變》，國立中央大學哲學研究所博士論文，2007 年 7 月

電子工具書

中央研究院漢籍電子文獻 https://hanji.sinica.edu.tw/
百度百科 http://baike.baidu.com/
佛光大辭典 https://www.fgs.org.tw/fgs_book/fgs_drser.aspx
教育部重編國語辭典修訂本 http://dict.revised.moe.edu.tw/cbdic/
教育部異體字字典 http://dict.variants.moe.edu.tw/
漢語大辭典 http://www.guoxuedashi.net/
維基百科 https://zh.wikipedia.org/zh-tw/

好讀出版　圖說經典33

聊齋志異十：滄海一粟

填寫線上讀者回函
請掃描 QRCODE

原　　著／(清)蒲松齡
編　　撰／曾珮琦
繪　　圖／尤淑瑜
總 編 輯／鄧茵茵
文字編輯／林泳誼、簡綺淇
美術編輯／許志忠
行銷企劃／劉恩綺
圖片整輯／鄧語葶

發 行 所／好讀出版有限公司
台中市407西屯區工業30路1號
台中市407西屯區大有街13號（編輯部）
TEL:04-23157795　FAX:04-23144188
http://howdo.morningstar.com.tw
(如對本書編輯或內容有意見，請來電或上網告訴我們)
法律顧問／陳思成律師

讀者服務專線：(02)23672044 / (04)23595819#230
讀者傳真專線：(02)23635741 / (04)23595493
讀者專用信箱：service@morningstar.com.tw
晨星網路書店：http://www.morningstar.com.tw
郵政劃撥：15062393（知己圖書股份有限公司）
如需詳細出版書目、訂書，歡迎洽詢

初版／西元2022年9月15日
定價／299元
ISBN 978-986-178-612-4
如有破損或裝訂錯誤，請寄回台中市407工業區30路1號更換（好讀倉儲部收）

國家圖書館出版品預行編目資料

聊齋志異.十／(清)蒲松齡原著；曾珮琦編撰 —— 初版 —— 臺中市：好讀出版有限公司，2022.09
面：　公分. ——（圖說經典；33）
ISBN　978-986-178-612-4（平裝）
857.27　　111011222

Published by How-Do Publishing Co., Ltd. 2022 Printed in Taiwan. All rights reserved.